娘子

2之1

〈大爺饒命啊〉

大臉貓愛吃魚 著

文創風 026

目錄

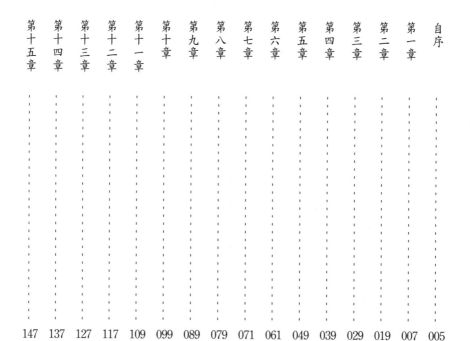

自序

大臉貓愛吃魚

以前我寫的幾本古言基本都是穿越種田文，寫了太多家長裡短文後突然就想寫個純古代的輕鬆文來緩解一下心情，於是便有了這個故事。

文中女主的性子很單純活潑，有一點點笨，但是笨得可愛，有點後知後覺，往往都是因為逞一時之快惹怒了人後又蔫得立刻拍馬屁道歉，保證完了以後不會再犯，沒多久還會犯同樣的錯誤，總之是個有點天然呆的女孩子。因自小受寵，出外自己闖蕩時便不願受氣，但現實所逼令郝光光不得不該收斂時必須收斂脾氣，只為了在惹到大人物時能保住小命。

本文男女主皆是二婚，女主是被有眼無珠的前夫家休棄的，好在沒有圓房，再嫁人沒有太大困難。而男主則是死了前妻，有個年齡很小的兒子，兩人都算二婚，於是不存在誰配不上誰的情況。

男主的兒子性子很彆扭，與郝光光相處後也喜歡上了性子單純、欺負起來感覺很好玩的她，只是愛擺少爺架子，明明喜歡上人家、想讓人家當他繼母，但偏不願承認，性子與他爹很像。

本文創作起來尚算輕鬆，女主這樣的性格令文章也嚴肅不起來，劇情文風都比較歡快，不虐，是閒暇時讀起來會令人心情為之放鬆的小文。

當初是先想出來的文名，文章原名叫做「惹不起，躲不起」，於是想寫個與文名相對應的故事。女主惹到了個很厲害的男人，想躲但偏躲不掉，一直過著被欺壓的悲催生活，但卻不會太過逆來順受，受氣的同時也要將男主的家攪和得一團亂才行。

因女主是被休的身分，古代被休的女人再嫁人比較困難，於是就安排了個有兒子的男主，這樣的兩人配對不會令人感覺到太突兀。

本來女主的身分很高，是丞相外孫女，但因為種種原因不能與相府相認，於是一直頂著個普通百姓的頭銜，比較可憐，但女主樂觀，也沒有想過與外祖家相認，心放得寬日子便過得輕鬆多了。

男女主的性子都有點彆扭，俗稱悶騷。因初相識那段時間彼此都沒給對方留下好印象，於是動心就比較困難，好容易動了心又不好意思告訴對方，於是拖拖拉拉的，最後還是因為男主比較霸道，每次女主逃跑時都會費盡千辛萬苦去尋找，最後將其追回，否則兩個人很難走到一起成為夫妻。

此文連載時很多讀者都表示很喜歡女主的性格，討厭男主的性格，覺得男主配不上女主，不知大家看了這個文後是否也有相同感覺？

故事是輕鬆走向，希望廣大讀者們看了這個故事能喜歡，若是能給大家帶來會心一笑，作者會非常開心。但願諸位讀者會喜愛這個故事，喜愛文中的人物，如此便是給作者的創作之路帶來的最大鼓勵！

第一章

天大亮，陽光自窗外射進來，照在牆上大紅的囍字上，喜床上繡著鴛鴦的紅被子亂糟糟地扔至角落，床上坐著個只著裡衣、迷迷糊糊剛睡醒的女子。

身在喜房又在喜床上醒來的，自然就是新娘子了，可是這個新娘的表情有點呆，明顯還處在狀況外。

新郎官不在屋內，聽到動靜的丫鬟推門而入，嘴角噙著幸災樂禍的笑容，鄙夷且不耐地將一張寫有字跡的紙張遞給還在哈欠連天、眼角掛著眼屎的人。

「什麼東西？」郝光光傻愣愣地接過紙張一看，草草一望大概幾十個字，落款處除了有簽名外還有個明晃晃的官府大印。她識得的字一隻手都數得出來，實在看不懂。

一點都沒有不識字要臉紅的自覺，郝光光一邊抬手抓了抓亂糟糟的頭髮，順便將眼屎摳去，一邊不在意地抖了抖還泛著墨香的紙，問著下巴揚得高高的丫鬟。「寫的什麼？妳來唸唸。」

不識字居然還一點都不知道掩飾？真是臉皮厚得厲害，不愧是從山裡來的！丫鬟臉上的鄙夷更濃，眼中的不耐更是毫不掩飾地流露出來，退後一步，哼了一聲。「這是休書！連字都不識，還想當白府三少奶奶？我們三少爺說了，未與妳同房，妳還是清白之身，拿著休書走人吧！我們三少爺心善，怕妳出了白府餓死，這是二百兩銀子，拿了後趕緊走！」

休書？郝光光聞言差點兒被口水嗆到，瞪大眼睛看著手裡名為「休書」的東西，嘴巴大張。她這是被休了？

昨夜新郎官沒回房，她最後等不了，便自己掀了蓋頭、脫了衣服睡覺。新婚之夜新郎官連喜房都不回，明擺著是不給她面子，這口氣很難嚥得下去，幾番想衝出去找那個白小三狠狠揍一頓，讓他嘗嘗敢藐視她郝光光的下場，只是每每在最後關頭都想到了老頭子的交代，不得已才忍了怒火，放棄找白小三算帳，咬牙切齒地埋頭大睡。

孰料，她忍了一宿沒有去找白小三算帳，結果那混帳王八蛋居然給她寫了休書?!他爺爺的！早知道白家人這麼不給她家老頭兒面子，她一定在成親前就先將白小三揍成豬頭樣再跑路！

丫鬟見郝光光一副「大受打擊」的模樣，嘴角微翹，看著別人痛苦真是人生一大享受啊！

郝光光眼角餘光掃到丫鬟的表情，輕輕皺了皺眉，沒跟她一般見識，只是一個勁兒地納悶著自己到底哪裡出了差錯，咋的剛嫁進門就被休了？

猶記得老爹郝大郎生前千叮嚀萬囑咐，說她嫁過去後要懂得收斂性情，要溫柔賢淑，在丈夫和公婆面前不能胡來，起碼裝到懷了夫家香火後才能漸漸露出本性來，否則會被休掉。

老頭子說女人被休無論是對她還是對他都是奇恥大辱，她這輩子就別想在道上混了，丟人！

老爹臨終前交代的話就彷彿是昨天剛說過一樣，字字句句牢牢記在郝光光腦海之中，為了不丟人，從她拿著當年兩家互換的信物進了白家門，直到與白小三拜了堂這短短五天的時間裡，她不僅沒有大聲說過一句話，更是連走路都強忍住要將鞋子甩掉的衝動，一點一點地邁著小貓步，見到人，不管哪個歪瓜劣棗，就算嘴角不自在地直抽搐也強迫自己對人面露微笑。

天可憐見的，她郝光光真的是很努力很努力地往她所認知的端莊形象上靠近了。

見郝光光發起呆來沒完沒了，一直被忽視的丫鬟怒了。「還發什麼呆？快些拾掇，奴婢沒那麼多時間陪妳耗著！」

「這休書何人所寫？」郝光光問。

「當然是三少爺寫的。」

「何時寫的？」

「方才。」

「他在何處？為何不自己送來？」郝光光眼中的怒意快速閃過。

「三少爺忙得很呢，對『閒雜人等』自然不會浪費時間和精力。」丫鬟幸災樂禍地說道。

「哼，妳不說我也清楚，出去尋花問柳了吧？真可惜，他有了妳這個小美人還不是照樣出去花天酒地！怎麼，好像沒聽說妳那親親三少爺要收妳入房？」郝光光以著萬分憐憫的眼光將丫鬟從頭看到腳，末了還很可惜地咂吧一下嘴，替她表示不值。

轟的一下，被戳到痛腳的丫鬟怒了，跳起來不悅道：「那又如何？不管三少爺與多少人相好，起碼我知他是喜歡我的！不像某些人，為了進白家門花樣百出，最後還不是連洞房都沒入就落了個被休的下場！」連「奴婢」都不說了，直接說「我」，可想而知她有多生氣。

郝光光憐憫地瞄了眼上躥下跳的丫鬟，她叫什麼名字從來沒記住過，起身拿出自己來時穿的男裝穿起來，不甚在意地說：「那個每天抱不同女人的下賤玩意兒，也就妳當香餑餑，老娘才看不上。真還要謝謝他昨夜沒來，否則老娘還怕染上什麼不正經的病呢！」

「妳少污辱我家三少爺！妳這個——哎喲！」丫鬟還沒罵完便捂住被抽疼的半邊臉痛叫，哆嗦著手指，不可置信地指著郝光光。「妳、妳打我?!」

穿好了衣服的郝光光冷眼上前，伸手迅速襲向丫鬟的腰間，將她的腰帶解下，以迅雷不及掩耳之速將囂張過頭的小丫頭雙手反綁在身後，將不斷掙扎反抗的人踹倒在地後，雙目在屋內巡視了一圈，拿過床頭上放著的、驗證女子貞節的白綢，揉成一團塞進正大喊大叫的丫鬟嘴中。

「既然妳那寶貝三少爺寫了休書，那老娘就沒必要再裝孫子了。連個丫頭都敢對我指手畫腳，白家是不是欺人太甚了點？」郝光光瞇著眼，湊到眼中閃現出害怕的丫鬟面前輕語著，一把抓住踢過來的腿，使勁一捏，在刺耳的哭爹喊娘聲中冷哼道：「真是不長教訓，現在老娘就替妳爹娘教教妳這個不知天高地厚的小丫頭！」

郝光光不曉得什麼叫做得饒人處且饒人，欺負她的人別想在她手上好過。這個曾是白小三入幕之賓的小丫鬟自她來到白家後就一直冷嘲熱諷的，有一次還將她的飯食「不小心」扔到地上，當時是礙著老爹的囑咐，不敢輕舉妄動，現在既然那個白小三都休了她了，還顧忌什麼？

「嗚嗚……」見郝光光在扒她褲子，丫鬟這次是真的害怕了，拚命扭動小蠻腰躲避著郝光光的魔手，眼中流露出濃濃的乞求討好，無奈對方不接受她的示弱，眨眼的工夫，下半身長褲就被扒掉。

「嘿嘿，將妳扒光，白小三回來後就省事了，到時說不定妳還會感謝我呢！」郝光光原本想將褻褲也給扒下來，好好削削這個丫鬟的臉面，手伸出一半，最後放棄了。畢竟是年輕臉皮薄，這事她做不出來。

笑咪咪地掃了眼正抖得厲害的兩條美腿，郝光光忍不住讚嘆出聲，伸出狼爪在上面摸了兩把，手感不錯，怪不得白小三寵她。輕笑一下，收回吃豆腐的手，拍了拍俏丫頭憋得紫紅的小臉兒說：「姑奶奶善良著呢，就小小懲罰妳一下，扒了妳下半身就行了，上身的衣服就暫且留著吧！」

丫鬟氣得差點兒沒厥過去，目前她這副樣子若是被人看到還得了？怕是不出一天，她就會成為全府人的笑柄了。沒想到這個向來低眉順眼，連話都不敢大聲說的郝光光，居然是這麼一個難纏的主！她後悔為了討好三少爺，爭著拿休書來笑話郝光光了。

小小懲罰了下這個白小三的暖床丫頭後，郝光光胸中怒火稍稍得以緩解，將休書和那張二百兩銀票小心收好。白家不愧是暴發戶，白小三這麼不待見她還隨手二百兩呢，不知這掌財的白老爺夫婦是否更大方呢？

郝光光帶來的東西不多，收拾起來也方便得很，除了銀票貼身保管外，剩下的衣物等都塞進包袱裡。

拎著包袱，郝光光挺胸抬頭，邁著極其瀟灑的步伐在丫鬟恨不得殺了她的「灼熱」目光下走出了喜房。

白府很大很奢華，當初剛來時郝光光的眼睛都快瞪凸出來了，像個傻帽似的，東看看、西望望，不時地拉著身邊的丫鬟問這是什麼、那是什麼，想來她當時表現得太差勁了，才導致全府的人都拿看土老帽的鄙夷眼光看她。

看著郝光光拎著包袱出來，幾個消息特別靈通的丫鬟立即捂嘴偷笑起來，目光毫不掩飾地打量著郝光光。

郝光光不搭理她們，徑直往白夫人的院子走去。

臨近白夫人的院門時，被一個婆子攔下了，板大腰圓的身材往郝光光身前一擋，朗聲說道——

「我家夫人身子有恙，郝姑娘請回吧！」

「昨日我看她還生龍活虎的，怎的今日就出狀況了？難道是沒臉見我不成？滾一邊去！」郝光光抬手一揮，圓滾滾的婆子登時就像小雞子似的，被甩到一邊去了，在婆子大呼小叫之下，她大踏步走進了白夫人的院落。

白夫人院裡登時衝出了好幾個人擋在郝光光身前，目光不善地瞪視著被休棄了卻明顯死賴著不想走的……不男不女的傢伙。

對，用「不男不女」這個詞語來形容郝光光現在的模樣一點都不誇張。

身形修長，一身衣料普通的米白色男裝，頭髮簡單地用髮繩束在腦後，連根簪子都沒用，臉上脂粉未施，眉頭輕皺，大眼睛正不耐煩地看著他們，嘴角微抿，若非清楚她是與自家少爺有著婚約的郝家姑娘，眾人都要以為站在眼前的其實是一名看起來很精神的俊俏小哥兒了。

「好狗不擋道，怎的一大早白府的『狗』都爭搶著跑來擋路呢？」冷颼颼的話自郝光光的嘴裡吐出來，語氣中帶著毫不掩飾的譏諷。

被稱為狗的眾人大怒，正想喝斥一番時，屋內傳來白夫人的聲音——

「讓她進來吧。」

「哼！」主人發話了，下人們只得不情願地讓開道。

嗤笑一聲，郝光光在下人們惱火的瞪視下，大步流星地進了白夫人的臥房。

白夫人剛起，正身著中衣坐在床上淨手漱口，見到穿著一身粗布麻衣的男裝並且大剌剌地打量著自己的郝光光後一愣，輕咳了下，不太自然地道：「光光這身打扮……真俊。」

「我們不熟，還是叫我郝姑娘吧。」郝光光眼中閃過排斥，她接受不了非親近之人叫她光光。

白夫人臉上閃過一絲尷尬，沒想到郝光光說話這麼不給面子。

「我是來討個說法的！既然貴府這麼不待見我，怎的還娶了我？我寧願你們像流氓似的，根本不承認這門親事，哪怕被你們惡霸地強硬退了親都好，也不想被白家無恥地當傻子耍！」怪不得白家近幾年生意越做越大，結果昨日來賀喜的人卻少得可憐，原來是他們早就打定主意要休她呢！

「這事確實是我們白家虧欠了妳，實在是清兒太胡鬧，居然背著我們寫了休書。這事我也是剛剛才聽說，清兒又跑得不見蹤影……」在郝光光清澈黑亮的大眼注視下，白夫人顯得有些心虛，眼神避開，輕咳了下道：「清兒如此作為，白家委實愧對曾對我們有恩的郝老爺，只是雖說婚姻乃父母之命、媒妁之言，可最終過日子的還是小倆口，若一方實在反對的話，勉強在一起並非就是好事，與其誤了妳一生，倒不如現在就——」

郝光光打斷了白夫人的話，冷哼道：「照這麼說，我還要謝謝白小三休了我？呸！你們不想違背當初的約定，勉強辦了喜事，然後轉眼就將休書準備好了，你們是要猴玩吧？我郝光光雖大字不識幾個，卻也不是笨蛋，可以任你們耍！」

話音剛落，一張上等紅木圓椅「哐啷」一聲，被郝光光徒手劈成兩半，嚇得白夫人和侍候在側的丫鬟面無人色。
門外聽到動靜的丫頭婆子立時在屋外急急詢問發生什麼事了，抬腳就要進來時被白夫人出聲制止了。
白夫人後怕地拍著胸口，驚魂未定地看著面泛怒色的郝光光。一直以為她是性子溫和的那種人，這五天來她給人的印象就是這樣的，因此他們才敢明目張膽地草草準備喜事，又對兒子早早寫好休書的事睜隻眼、閉隻眼，誰想郝光光沒有如他們所願，忍氣吞聲地拿了休書直接離開。
「妳、妳想如何補償？只要不過分，我必定盡力滿足妳的要求。」白夫人身為女人，明白被休棄了的女子處境堪憐，白家理虧在先，是以在郝光光發飆後，沒有喚來護衛將她扔出去。
「還是白夫人明事理些。」郝光光不想再在白家多待，見白夫人很上道，就沒再為難她，開口道：「我還有幾十年可活呢，以後恐怕也沒人再娶我，老爹不在了沒人養活我，若沒有足夠的銀子，恐怕就得喝西北風去了，到時——」
白夫人打斷郝光光，開口問：「給妳一萬兩作為補償如何？」
「嗄？」郝光光傻了，她本想獅子大開口，準備要五千兩的，還琢磨著若對方不同意，她要怎麼磨才能拿到銀子，誰想白夫人大方得出乎她意料。突然間，她覺得白夫人不那麼面目可憎了，看著還挺順眼的。

「怎麼，覺得不夠？那再給妳添幾件首飾也無妨。」白夫人會這麼好說話，一半是因為愧疚，一半則是被郝光光單刀劈裂椅子的勇猛嚇的。

「成交！」郝光光笑咪咪地走上前，毫不臉紅地伸手要錢。

白夫人吩咐身側覺得吃虧了、正嘟嘴不高興的丫鬟去拿銀票，起身拉著郝光光走到梳妝檯前，在自己的首飾盒裡挑了三個樣式比較新的簪子遞過去，看著郝光光喜孜孜地接過，忍不住輕嘆。「女兒家平時多打扮打扮，光……郝姑娘一副好相貌，不要浪費了。」

收穫比自己想像的多很多，郝光光心情大好，於是沒覺得白夫人煩人，將每樣最少值十兩銀子的首飾小心收好，好脾氣地回道：「曉得了。」

白夫人搖搖頭，心想真是個天真的孩子，一萬兩銀子就哄得她眉開眼笑的，連被休棄的事都不在意了，為此她不知該慶幸郝光光太單純了，還是要愧疚白家欺負了個沒了爹娘的孩子。

好一會兒，丫鬟自帳房處取了一萬兩銀票來，不情願地遞給郝光光。

郝光光拿過銀票，笑得合不攏嘴，對白夫人道：「放心，以後我郝光光不會再進白家大門，我們兩家再無關係，後會無期！」

郝光光是笑著在一片憐憫和疑惑的目光注視下走出白家大門的。

憐憫的是，郝光光被休了且娘家沒了人，以後的日子會不好過；疑惑的則是，明明有如此淒慘的遭遇，居然還笑得一臉麻花似的，莫不是受的刺激過大，傻掉了？

沒那閒功夫猜測別人的心思，郝光光只覺身心舒暢，若有人期盼她鬱鬱寡歡的模樣，那真是抱歉，套句她家老頭兒常說的話——她郝光光自幼就是個沒心沒肺的主！賢良女子該有的良好品德她全沒有，一般女子會操心在意的事她全不在意。

換成一般女子被休怕是會一哭二鬧三上吊了，郝光光則只覺得她又可以自由自在地生活了，實在是可喜可賀，至於其他人愛怎麼看待她這個被休的女人隨便，若有人對她指指點點就當對方在放屁，反正她又不痛不癢的，被休棄一事在她眼中就跟吃壞了肚子跑幾遍茅廁沒什麼兩樣，聞聞臭味再折騰個幾回，就什麼事都沒有了。

第二章

郝光光帶著盤纏，坐在一家早點鋪子前喝著熱騰騰的餛飩，吃著香噴噴的包子。由於白家親事辦得太過低調，而她住在白家那幾天又沒出過門，是以根本沒人認得她。

掃了眼裝著休書的包袱，想到自己被休有辱老頭兒臉面，不禁感到內疚，但一想到自己不用和那個見到美人就黏上去的白小三綁一輩子，就心情又轉好。一萬兩銀票她已經存進錢莊了，那張二百兩銀票就隨身帶著花用。

郝光光自出生起就住在山上，山上有幾戶人家，老老少少都很和氣，在一起生活得很開心。郝大郎平時靠打獵養家，郝大娘縫縫補補，日子勉強還算過得去，趕上冬天不好打獵時，郝大郎就會下山從富商身上「順」點銀錢來補貼家用。

據郝大郎說，當年郝大娘生郝光光時，正好趕上家裡的米麵都吃光了，銅錢也花光了，而且在外面忙活了一天，愣是半隻獵物都沒見到，真是要啥啥光，於是郝大郎大腳一跺、大掌一拍，就給剛出生的女娃子取名叫郝光光，以紀念這個家裡什麼都光光的特殊日子。

後來郝光光長大了就不信她老爹這個說辭了，堅持認為他之所以給她取這麼個人聽人笑的名字，完全是因為郝大郎胸無點墨，大字不識幾個，根本就取不出好聽的名字來，能取名光光，而不是光屁股、光禿子這等俗濫的名字，已經夠她燒香拜佛慶幸了。

郝大郎以前是做什麼的郝光光不知道，但隨著年紀的增長，越發覺得自己老爹不像表面上看起來那麼一無是處。不說別的，就單憑老爹「順」人財物這樣本事就無人能及，管對方會不會功夫、盯得嚴不嚴實，只要郝大郎想偷，就沒有失手的時候，說他偷功天下第二，估計沒人敢認第一。

郝光光五歲時，郝大娘生病去世，郝大郎那晚喝醉了，說了一堆醉話，從那些話中，郝光光拼湊出來，郝大娘出身官宦之家，不僅生得美還頗有才華，追求者有如過江之鯽，但誰也沒料到她居然會愛上一個去她家偷東西的偷兒，最後還鬧得不惜與家人決裂，跟著他來到深山老林裡過苦日子。

郝大郎醉得糊裡糊塗，邊說邊掉眼淚，喃喃道這輩子他偷得最珍貴、最讓他寶貝的東西便是郝大娘。得妻如此，夫復何求？這是郝大郎生平難得說出的一句像樣的成語。

等郝大郎酒醒後，郝光光追問娘親是哪家的千金，怎麼就被他偷到山上來了？結果什麼都沒問出來，郝大郎頭搖得跟博浪鼓一樣，堅持說她是聽錯了。

郝大娘走後，就剩下他們父女倆相依為命，郝大郎雖然長得不像郝大娘那般出彩，外貌也就勉強稱得上中等，但是身板結實、高大威猛還樂於助人，因此附近住戶不管是待字閨中的姑娘家還是沒了男人的小寡婦，見到他都心底小鹿亂撞，只是可惜再好的姑娘也入不了郝大郎的眼，這輩子他沒有再娶的打算。

在郝光光七歲時，郝大郎救了一對夫妻，姓白，就是白小三的爹娘，當時他們只是普通商人，做生意還沒賺到錢呢，兩人身上沒帶值錢的東西，看到郝光光聰明伶俐，模樣挺討喜，於是便決定給兩家孩子定下親事，承諾以後會善待郝光光，當作是報答郝大郎的救命之恩。

白老爺將身上唯一一塊材質普通、值不了幾個錢的玉珮掰成兩半，一半給郝光光當信物，另外一半說給自家三兒子留著。

郝大郎見白家夫婦均長得不錯，料想爹娘都長得比白菜還水靈，兒子不可能像扁豆似乾巴巴的，寶貝閨女嫁過去應該不會吃虧，而且總覺得白老爺絕對會有翻身的一日，與其將光光嫁給不熟悉的人家，倒不如許配給受過自己恩惠的白家，於是便應下了這門親事。

果然不出所料，近十年來白老爺生意越做越大，成了當地有名的富商，郝大郎為自家閨女定下這門親事感到得意。

在郝光光剛過完十六歲生辰沒幾日，郝大郎病倒了，將她叫到身前，讓她拿著那半截玉珮去白家，又囑咐些話後，便閉上眼尋郝大娘去了。

郝光光哭著葬了郝大郎，在山上陪著郝大郎的靈位一個月後才下山。她知道當年郝大娘離世時，郝大郎傷心欲絕之下就想追著去的，只是念在當時她年紀小，他不放心扔下她一個人，於是咬牙硬撐了十一年，等她長大了能自己照顧自己後，終於等不及，匆匆去地下尋愛妻了。

如果郝大郎知道白家因為生意做大了而看不起他這個窮親家，將他視如明珠的寶貝女兒當傻子耍，剛拜堂就休棄，不知是否會氣得從棺材裡跳出來嚇死白老爺？

郝光光吃完早飯就開始四處轉悠，走著走著就聽到有人在八卦白家的事——

「聽說沒有，白家三少爺一大早就休妻了！」

「真的？不是昨天才成的親嗎？」

「怪就怪在這兒了！剛成親就休妻，莫非是洞房花燭發現新娘子並非完璧？」

「不是吧？那白家也太可憐了。」

「我看不見得，昨日還聽白家下人說，那準少奶奶老實巴交的，怎麼可能偷漢子去？八成是白家三少爺嫌棄那姑娘家窮貌醜，看她好欺負就休了。」

「既然嫌棄怎麼還娶她？」

「那誰知道？有錢人家做的事就是這麼莫名其妙，咱要想得明白，咱也成富人了！」

「……」

郝光光本來挺好的心情因為聽到這些人說的話立時變差，居然有人說她偷漢子！雖然她自小到大一直住在山上，但山上有好幾家住戶，其中有一戶家裡的一對姊妹花是從妓院裡逃出來的花姑娘，所以一般的粗言穢語她還聽得懂。

那白小三休了她，最後他這個惡人居然還被可憐了，這還得了！郝光光咬咬牙，瞪了那群正八卦得歡實的三姑六婆，大踏步往白小三平時最愛去的花街柳巷行去。白小三花名在外，路上隨便拉一個人問，三個最少有一個能說出白小三身在何處，最後郝光光將目標定在了「醉花樓」。

去找白小三算帳途中，看到有書生代寫家書，靈機一動，郝光光噙著意味不明的笑，走過去問：「寫一封家書多少錢？」

「五文錢一封。這位小哥想寫多少？」半天沒生意上門，見到郝光光來，書生立刻來了精神。

摸了摸袖口，估摸了下她身上的碎銀子大概是二兩，這是她下山時的全部家當。郝光光眼珠子轉了轉，開口道：「在下要你寫的東西比家書簡單得多，是休書，寫一百份。」

「一百份休書？」書生詫異，不是沒有人來找他代筆過休書，可是休書這東西一份足矣，要一百張何用？難道還平時閒來無事，拿出來看看解悶兒使？

「別問那麼多，我這份休書你要弄清楚，是女休男！你照著休書的模子給我寫，男方被休棄的理由就寫……貌醜、不仁不義、不忠不孝、遊手好閒，還有風流過頭、下流無恥。好了，暫且就先這麼多吧。」郝光光絞盡腦汁就想出這麼幾個還比較文謅謅的形容詞來。

書生聽得嘴角直抽搐，直覺郝光光是來耍弄他玩的。

看出書生的排斥，郝光光柳眉一皺，上挑的眼角斜掃。「不願寫？又不是休你，你不樂意個啥？立刻給我寫一百份出來，寫完再付你一兩銀子辛苦錢，如何？」

聽到還有辛苦錢可拿，書生立刻將心底的那抹排斥壓下，笑呵呵地攤開白紙開始寫起休書來。聽郝光光的話，他將被休之人的名字先空出來，郝光光方才說的幾個形容詞則一字不漏地全寫將進去。

落款：郝光光。

休書雖然一百字不到，但一百份寫完起碼得半天時間，郝光光先付了定金，說日陽落山前過來取，然後不再耽擱，揹起行囊快步前往「醉花樓」尋白小三了。

白天青樓不開門做生意，花姑娘們都在休息，郝光光在「醉花樓」附近轉悠來轉悠去，由於形跡可疑，最後轉悠得青樓打手都出來防著她了。

「這位大哥，請問白小……白家三少爺在不在裡面？」郝光光套近乎地湊上前對一臉橫肉的打手笑問。

「白家三少爺在不在關你什麼事？哪兒來回哪兒去！」打手不耐煩地揮手打發道，看郝光光的穿著打扮就知是沒錢的主，人又長得瘦不啦嘰的，哪裡像是逛窯子的主？倒像是無賴騙子！

「怎麼不關我事？我找三少爺有事啊！」郝光光眨眨眼，莫名其妙地說道。山下人很討厭，有時說的話總讓她覺得奇怪，就像現在。

郝光光只是很誠實地按照自己的理解來回答打手的話，可是在她認為很簡單的一句話，聽在對方耳中就成了明晃晃的挑釁。

「喲嗬！」打手氣笑了，上下打量了一番白淨的郝光光，撇撇嘴輕視道：「毛還沒長齊的小子，還敢跟爺爺我嗆聲？白家三爺正和柔芙姑娘……休息，不得打擾，瞧你小子還有點膽色，本大爺今日心情好，放你一馬，走吧！」

「我不走，也不想跟你打架，你讓我進去吧。」郝光光衝著打手抱了抱拳後，繞過他，徑直向「醉花樓」走去。

「臭小子敬酒不吃吃罰酒！」打手怒了，伸手向郝光光的後衣領抓去，結果抓了個空。

郝光光身手很靈活，側身躲過襲來的魔爪後，一個縱身便闖了進去。

這下「醉花樓」熱鬧了，有人一吆喝，一下子出來五、六名打手，迅速將郝光光圍了起來。

「哪裡來的臭小子，敢闖『醉花樓』？」老鴇聽到騷亂聲，跑了出來。大白天的，她沒上妝，素面出來見人讓她覺得很沒臉。

「我不想跟你們打架，跟白三少爺說幾句話就走。」郝光光不耐煩了，不是說青樓這種地方是個男人都能進來的嗎？她現在一副男人打扮，怎麼就不讓進？

老鴇四十出頭，人老珠黃了，不打扮根本見不得人，因為郝光光硬闖，沒來得及抹胭脂就出來被人看了她的「廬山真面目」，怒火頓生，將火氣全撒到郝光光身上，喝道：「給我綁了這小子！」

打手們聽令，上前就去抓郝光光。

郝光光沒跟他們硬碰硬，老爹交代過打架時能躲則躲，不能躲也要拿傢伙去打他們。她是女子，不得與男人有過多的身體接觸，現在她手上除了包袱外什麼都沒有，於是只能躲。

拜郝大郎所賜，郝光光的輕身功夫很好，躲過打手們的攻擊後，幾個蹦跳就奔至樓梯處，推開慘白著一張臉、醜得嚇人的老鴇，躥上二樓。這裡房間多，剛才爭吵之時她眼尖看到幾個房間有人開門探出頭了，應該是睡覺的地方。

郝光光奔至一間房前，毫不客氣地一腳踢破了門，對裡面床上纏抱成一團的男女問：「白木清在嗎？」

這裡沒有，郝光光又去踹隔壁的房門，她一間間地找，不信找不到白小三。

在踹破了四扇房門時，打手們趕至，郝光光一邊躲一邊繼續踹門，被打手們逼至最後一扇房門前時，她不負眾望地又踹破了一道門，以為這次還找不到人，誰想白小三就在這個房間裡，此時正蓋著被子與一名美人摟在一起，詫異地望向門口的方向。

「白小三，我終於找到你了！」郝光光衝進房間，見打手們站在門口不敢進來，於是鬆了一口氣。

「妳、妳怎麼來了？」白木清驚訝得很，使勁眨了眨眼，確定自己沒認錯人，這就是與他拜過堂又被他一大早休了的人。

白木清年方二十，眉眼風流，一副桃花相，模樣中等偏上，勉強稱得上美男，但還搆不上「大」美男的標準，只是因為家境富裕又很會哄女子歡心，是以在未婚的男子之中他很受歡迎，名聲很響。

看到白木清，郝光光就有氣，尤其想到他連逛著窯子都不忘回去送休書，就更有氣了。看到桌子上有壺酒，端起來掂量了下，發現還剩一半多，於是拿著酒壺行至床前，將剩下的酒一股腦兒地全倒在還處於發呆中的白木清臉上。

「啊！」被子裡的美人驚呼出聲，攥緊被子往床內縮去，驚恐地看著板著張臉的郝光光。

「妳幹什麼?!」白木清被酒潑了一臉，狼狽得立刻坐起身，只是他忘了此時他是光著身子的，一坐起身被子滑了下來，上半身乃至半個臀部立刻曝露在郝光光及門口圍著的一群打手面前。

郝光光別開眼，從懷中掏出那半截破玉珮，甩在臉色鐵青的白小三身上，不懼怕他恍若要吃人的憤怒眼神，鄙夷道：「卑鄙無恥的白小三，只潑了你一臉酒就惱成這樣，那我被你們一家子當猴兒耍又該惱成何等模樣？哼！」

「瘋婆娘！不拿著休書離開，跑這裡來發什麼瘋？」白木清從沒覺得像現在這麼丟臉過，抓過被子將臀部蓋住。若非他身無寸縷，早就跳起來給郝光光一頓教訓了。

床上美人和門外眾打手聞言，均不可思議地瞪大眼睛認真打量起郝光光來。原來這個來「醉花樓」搗亂的小哥就是白三少爺昨日新娶的妻子，剛過了一夜就被休了，想來是氣不過，於是找來這裡撒潑洩憤來了。

郝光光伸手將白小三和美人緊抓著的被子一把搶過來扔到地上，立時，兩具光裸的身軀如白麵饅頭，誘人地展露在眾人面前，美人身上還印著點點紅痕。

「啊啊啊啊～～」美人驚得尖叫出聲，迅速扯過粉色床帳圍住身體，俏臉青一陣、紅一陣，瞪著郝光光的眼神氣憤得恨不得一刀捅過去。

由於這邊太過熱鬧，其他房間裡的恩客和美人們都穿好衣服，好奇地圍了過來看熱鬧。

郝光光見人越來越多，羞辱白小三的目的算是達成了，於是大聲道：「白小三，老娘來只是要告訴你，我郝光光就算沒了娘也沒了爹，卻也不是任你可以隨意欺負的主！」

說完後，不理會白小三的反應，郝光光轉過身大搖大擺地向門口走去，在眾人好奇的目光打量中步出了房門，走到臉色極難看的老鴇面前抱了下拳，語氣誠懇地道歉。「不好意思，打攪你們休息了，我這就走，呵呵！」

「妳一共踹破了我十二道房門，共計二十五兩銀子！」老鴇怒瞪著搗完亂還厚臉皮、笑咪咪的郝光光，伸手索要銀子。

「去找白小三要銀子，是因為他，那些門才壞的，我的腳還因為尋他，踹門踹得直泛疼呢！」郝光光說完後嘿嘿一笑，趁人不注意立刻閃人。

眾人只覺「咻」地一下，有人影閃過，再定睛一看，哪裡還有郝光光的身影？

「醉花樓」這一鬧，關於白木清的八卦更多了，為此他還得了個響噹噹的外號——白小三。以後誰再提起他，不再稱他為白三少爺，而是直接說白小三。當然，這是後話，暫且不提。

第三章

郝光光出完了氣，心情大好，想著那一百封休書還沒寫完，左右無事便奔往成衣鋪買幾身料子好點的衣服。狗眼看人低的傢伙實在是太多了，總被人拿鼻孔對著委實憋氣了點兒。

以前沒錢買不了好衣裳，現在手上有了銀子，想買什麼就買什麼，她不是守財奴，花錢不心疼銀子，一下子買了四套不同顏色的男裝，髮帶鞋帽也都買了，一共花了五兩銀子，很貴，但正所謂一分錢一分貨，這些貴的衣裳一穿上身，整個人的氣質立刻就變得不一樣了。

之前郝光光也只能算是個俊俏小哥，而當那身剛買來的海棠色絲綢衣衫穿上身，同色系束腰一繫，腳踏白底盤雲紋布靴，手裡學著那些附庸風雅的公子哥兒們拿著一把山水畫扇子，全身武裝下來後，揚唇對人那麼微微一笑，端的是唇紅齒白，玉樹臨風的花花美男子，比白小三要好看得多太多。

郝光光走在大街上，路上那些大姑娘、小媳婦們都故作嬌羞地拿眼偷瞄她，郝光光素來就喜男裝，再加上從小被五大三粗的郝大郎當男孩兒拉拔，是以扮起男裝來幾可以假亂真，雖然臉白了點，但出身好的少爺們皮膚都白，郝光光本身又沒有幾分女子特有的柔美纖弱感，因此往大街上一走，所見之人沒有誰看出她是女扮男裝。

自「醉花樓」出來已經過了近一個時辰，郝光光沒想到白小三只是小小地被她羞辱了一下，居然就惱羞成怒地派人到處找她，見下人們拿著她的畫像四處詢問，她暗叫不妙，趕緊挑人少的地方行走，最後還作賊似地從個小攤處買了兩撇假鬍子黏在臉上，又將方才新買的氈帽拿出來戴上。

換了衣衫，模樣貴氣了不少，氣質也變了，而帽簷又將郝光光的腦門遮去了一大半，還多了兩撇八字鬍，只要走路微微低著頭，那些個沒見過郝光光幾次面的家丁是不那麼容易認出她來的。

「這位小哥，請問你見過這個人嗎？」一名家丁拿著七分像的畫像問郝光光。

靜靜地看了畫像片刻後，郝光光放心了，摸著兩把小鬍子，微微一笑，搖頭低聲道：「沒見過。」

本尊就站在面前都沒認出來，郝光光突然覺得當時在白家一直窩在屋內鮮少出來見人也並非壞事，這下放心了，遇到白家人尋人她也無須躲避，只要不正面對上即可。

已經過了晌午，因還要等那一百封休書，沒法動身離開此地，是以郝光光尋了家客棧，訂了間上房。她只打算住一宿，明天一早就動身離開，得離白家遠點兒才行，免得鬧心。

太陽快落山時，郝光光拉著用二十兩銀子買的一匹通體雪白的高頭大馬來到書生的攤子前。

「寫好了嗎？」

「寫好了。」書生揉了揉痠疼的手腕，將厚厚一疊紙拿出來，指著休書上空出來的那個位置問：「這裡不寫上被休之……男子的名字嗎？」

「寫，誰說不寫？」郝光光笑咪咪的，指著空出來的那個位置道：「你現在寫吧，被休男人的名字叫白木清！」

「什麼？白家三少爺?!」書生驚叫出聲，眼睛瞪得圓鼓鼓的，好似青蛙。

「大喊大叫個什麼？想把白家的人引來揍你嗎？」郝光光白了眼膽小如鼠的書生，催促道：「快寫，不寫不給錢！」

「你！怪不得白天時你特地讓我空出來。」書生後悔貪圖那一兩賞錢了，早知道這休書是寫給白家三少爺的，這門生意打死他都不接！

「廢話，若是早早告訴了你，你會寫嗎？」郝光光為自己的小聰明感到得意，小小書生肯定是不敢得罪滿身銅臭的白家的，現在一百封休書已經寫好，若不想一整天的辛苦白費，那就是再不情願也得將名字填上。

書生氣得渾身直哆嗦，瞪著一臉得意的郝光光質問：「你與那郝光光有何仇怨，居然使這等下三濫手段坑害她？連在下都被你算計上了！」

「少囉嗦！」郝光光將椅子踹翻，來了個下馬威，瞇著眼拿扇子敲著書生的肩膀。「寫是不寫？你不寫自有人願意寫，到時錢可就不是你的了。」

「放下！」書生急急壓住辛苦寫了大半日的一百張休書，防止被郝光光拿走，氣急敗壞地閉上眼咬牙道：「我寫！」

收回手，郝光光摸著八字鬍笑了，從袖口裡摸出三張小紙片，上面分別寫著「白」、「木」、「清」三個字，得意洋洋地將它們往書生的眼皮底下晃了一圈。「你可別欺負我不識字，故意瞎寫，寫錯一個字就不給你錢。」

書生握筆的手立時頓住，臉僵得厲害，狠狠瞪了早有準備的郝光光一眼，暗罵自己倒了八輩子楣，惹上這麼一個土匪無賴。打消了亂寫人名的念頭，如被人拿刀子抵著脖子般，他不情不願地開始一張張寫上白木清的名字。

太陽下了山，眼見天就要黑下來時，書生終於寫完了。

「寫完了，你數數。」書生鐵青著臉，沒好氣地將一百封休書塞進郝光光手中。

「不用數了，瞧你怪可憐的，給你十兩銀子，誰知道那白小三會不會狗急跳牆，最後將火撒到你頭上，拿著錢有多遠就走多遠吧。」郝光光付了錢，拿著一百封休書，扭頭便走了。

老爹說過，不要為了一己私怨而坑害無辜之人，那書生是無辜的，照著筆跡很容易找到他那裡去，到時她是走了一了百了，但白小三氣沒處發，很可能找書生麻煩。十兩銀子省吃儉用的話，夠普通人家生活兩、三年沒問題了，她無須愧疚。

天黑了不宜處理休書，郝光光回客棧休息了。

第二日一大早，郝光光起床吃過早飯就牽著馬開始轉悠，買了一堆各式各樣的糖果和二十個包子，偷偷地將它們分給路邊十名小乞丐，一人塞給他們十張休書，小聲囑咐他們專門貼在人多的地方，辦得好的話她就再買幾十個包子賞給他們。

小乞丐們狼吞虎嚥地吃下分到手的兩個包子後，就興奮地拿著郝光光給的休書和漿糊跑去張貼休書了。

不到半個時辰的時間，郝光光前後共用五十個包子及四斤糖果，賄賂了十個小乞丐在行人密集的酒樓、花樓、集市甚至還有官府張貼消息的地方統統貼上了休書，一時間休書遍地，比那些尋人啟事和懸賞逃犯的告示更加引人注目。

她的這些休書沒有官府印章，只有落款處有她按的手印，嚴格來說是不具備法律效力的，不過她不管這些，郝光光旨在羞辱白小三出出悶氣，讓全省城的人知道她郝光光休了不成氣候的白小三。

男人好面子，被女人休棄還鬧得全城人都知道，就算不氣得半死不活的，估計也得十天半個月的沒臉出來見人了。

為了看好戲，她沒立刻走，又臨時決定在本地多逗留了幾日。

短短五、六日的時間，郝光光無論是在酒館用飯還是在馬路上瞎蹓躂，就連去茅廁都能聽到三姑六婆、七叔九伯的在談論白小三被休的事，都不用特意打聽就聽說了白小三為了這事都不敢出門了，還加多賞銀捉拿郝光光。

不僅白小三不敢出門，整個白家的人都沒臉在外面晃了。白老爺推了好幾場酒席，白夫人不出門與手帕交們逛戲班子了，白家的少爺、少奶奶們也是能不出門就不出門，白天大門緊閉，一家人全窩在家中當縮頭烏龜。

郝光光出名了，她的大名可謂是無人不知無人不曉，全省城的女人就數她最風光，一時間無數女子想結識她，無奈連白小三重金懸賞都找不到的人，她們自是無緣得見。

目的已達成，效果還出乎意料的好，郝光光不再停留，開心地騎著高頭大馬走了。

郝光光一路往北走，有時會投宿客棧，有時運氣不好就露宿林間，在樹底下湊合一晚，她漫無目的地一直走一直走，也不知道要走去哪裡。

從來沒聽老爹和娘提起過山下有什麼親戚朋友，除了白家好像就沒有與郝大郎夫婦有關係的人了。

銀子足夠，不愁會餓肚子，短時期內可以任她隨意揮霍，可總這樣也不是個事兒，天天騎著馬瞎逛著實無聊透頂，得找些事情做做才行。

打定主意後，郝光光開始專挑人多的地方走，見到飯館茶樓，不管累不累、渴不渴，都進去坐一坐，聽聽南來北往的人說各處八卦。

這兩日聽來的消息沒有感興趣的，郝光光很是氣餒，難道她還要繼續像無頭蒼蠅似的瞎逛不成？

郝光光多年來最大的願望便是出名，名氣越響越好，這個願望折磨了她好幾年，一直悶在心裡頭沒敢說出來，連她老爹都不曉得。她要憑著真本事出名，像因為休棄了白小三而鬧得街頭小巷都在談論郝光光的大名，那不算。

幾日晃下來她也有所收穫，比如非常洩氣地發現自己的身手非常之不咋地，就是三腳貓的功夫而已，對付無賴流氓什麼的輕而易舉，可是對上武林行家就只有俯首稱臣的分兒。這也不能怪她，實在是郝大郎就沒教過她幾招像樣的招式。

不過她輕身功夫不錯，打人不行，自保卻是沒問題的。郝大郎曾吹牛說他教出來的閨女真跑起來，能追得上她的人，天下間一隻手都數得過來，所以按她家老頭兒的話來說，她郝光光完全可以靠這身厲害的輕身功夫在山底下橫著走路。

事關她身家性命，老頭兒說的話絕對是靠譜的，是以郝光光此時可謂是天不怕地不怕，打不過怕什麼？跑唄！反正她跑起來又沒什麼人能追得上。但問題就出在這上面，擅長逃跑那不叫能耐！

郝光光想來想去，她超出一般人的本事除了逃跑那就是偷了，原來不覺得什麼，現在想想真是掬一把辛酸淚，兩樣本事都不怎麼光輝，她老爹怎麼就不多點光彩些的本事呢？

「公子？公子？別只顧著咬筷子啊，您要來點兒什麼？」小二哥站了好一會兒都不見郝光光開口，忍不住出聲提醒。

「啊？」郝光光思緒被拉回，發現筷子正牢牢地叼在自己嘴裡，眨了眨眼，趕緊將之自嘴裡拿出來，輕咳一聲道：「上兩個肉包子，一盤牛肉，一壺鐵觀音。」

中午吃飯的人多，小二張羅完郝光光便跑去招呼其他客人了。

小店很快就坐滿了人，以商人和江湖人士為主，至於有點身分的或是有錢的公子哥兒則去樓上包間，郝光光是為了聽八卦才擠在鬧哄哄的一樓用飯。

客已滿，再有人來只能併桌了。後來有兩個商人打扮的兄弟倆不得已與郝光光擠了一桌。

桌子是長方形的，在小店裡一排排地整齊擺放著，因要留出一條過道來，是以窄的兩方不能坐人，一張小長桌只能坐下四個人。

那兩個人坐郝光光對面，她身旁還空著一個座位。

「趕緊吃，吃完了我們還要趕路呢！」坐郝光光對面、年紀稍長點的男人催促道。

「知道了大哥。」被催促的那人也很急，端著熱騰騰的碗，不怕燙，唏哩呼嚕地吃著麵條。

年紀稍長的人先一步吃完了，皺著眉頭往坐滿了人的飯館掃視了一圈，咕噥著。「這些人怕是都奔著王員外的千金去的。」

「那還用說，王家千金可是省城第一美人，哪個男人不想娶了她？」嚥下最後一口麵條的人接話道，說完後看向眉清目秀的郝光光，問：「小兄弟，你也是奔王家千金去的嗎？」

「什麼？」正走神兒的郝光光抬眼望去，沒聽清對方的話。

年長之人打量了一眼郝光光，語氣微酸地道：「小兄弟長得俊，看衣著扮相應是個有錢的公子哥兒，閣下這等才貌，紅顏知己定是不少，就別與我們兩兄弟爭那王家千金了吧？」

郝光光這才明白他們說的是什麼，這兩天她聽的最多的便是省城第一美人要擇婿，王員外據說是腰纏萬貫，對唯一的女兒極盡寵愛，是以這消息一放出去，方圓百里還未娶親的男人們立刻躁動了，十之八九都像是從來沒見過女人似的，心急火燎地跑來了，若能娶王美人為妻那可是祖宗燒高香了。有個如花似玉的老婆真是面子裡子都有了，最讓人心癢癢的便是能因為有個富岳父而少奮鬥個幾十年啊！

因為郝光光本身就是雌的，於是那王小姐再美名在外也無法讓她衝動起來，是以對這個消息根本不上心，一臉無趣地對正敵視著她的兩人道：「什麼王小姐？沒興趣。」

「真的假的？那王小姐可是個國色天香的大美人哪！聽說就連那個壟斷北方大半經濟的葉韜都慕名而來了，你居然沒興趣？」兩兄弟的臉上都明晃晃地寫著「我不信」三個大字。

「葉韜？誰啊？沒聽說過。」郝光光剛下山沒多久，她現在基本上就跟個傻子一樣，誰都不認識，什麼都沒聽說過，啥都不知道。

「你沒聽說過葉韜的大名？」兩兄弟都驚了，像是看怪物似的看著郝光光。

郝光光奇了，放下茶杯，眉一挑，不可一世地說道：「怎麼？難道那葉韜還會上天遁地不成？他算老幾啊？憑什麼本少爺一定要聽說過他，而不是他聽說過本少爺？」

「小兄弟，你也太孤陋寡聞了吧？我跟你說啊，這葉韜——」年輕點的男人來了精神，想好好地給郝光光上一課，結果還沒等說完就被他大哥拉起來，推搡著走了。

留下莫名其妙的郝光光繼續吃著還剩下一半的肉包子，吃著吃著突然察覺後腦勺發麻，轉頭望去，不禁一愣。

只見一個五、六歲的小男孩兒正筆直地站在離她一手臂遠的地方，那雙烏黑璀璨得有如琉璃般耀眼的眸子正不悅地瞪著她，五官精緻、漂亮至極的小臉兒緊緊板著，紅潤潤的嘴唇抿成一條直線，整個人籠罩在一片怒火之中。

看到正怒氣奔放的美貌小男孩兒，郝光光腦中立刻閃過一個詞語：怒放的鮮花。

郝光光不知自己哪裡惹到了這個像是從畫裡走出來的漂亮小男孩，想來想去就只有一種可能──

猶豫了下，她將只剩一口的包子遞到漂亮的小男孩嘴前，微笑著輕哄道：「小傢伙莫不是想吃包子了？這有何不好意思的，直接跟哥哥說了就好，何須怕人取笑嘴饞而生自己氣？」

男孩兒聞言，一雙好看的眉毛立刻倒豎，鳳眸一瞪，臉色陰沈沈地後退一步，抬腳便將那一口嚴重羞辱了他尊嚴的包子踢飛，眼角微挑，冷颼颼地斜睨著郝光光，以著稚嫩好聽的童音喝道──

「放肆！哪裡來的鄉巴佬，竟敢調戲本小爺！」

第四章

筷子被踢飛出去一枝，郝光光笑咪咪的臉立刻拉了下來，被一個小娃娃踢掉筷子，對她來說簡直丟臉至極。

啪地一聲，將剩下的一枝筷子拍在桌子上，指著傲得二五八萬的小娃娃，學著他的口氣怒道：「混帳！哪裡來的野孩子，竟敢招惹本少爺！」

飯館內還有多半人沒走，不管是喝著酒的還是在說話的，都會或多或少地分出一部分注意力偷偷放在小男孩兒身上，不僅因為這孩子長得實在是俊，從衣著打扮上看起來應是好人家的小公子，最讓人奇怪的是，這麼小的孩子身邊居然沒大人跟著，也不怕被拐跑嗎？

被罵野孩子的小男孩兒臉一黑，拿眼角狠狠剮了郝光光好幾眼，咬牙切齒地道：「竟敢罵本小爺，等我爹爹來了讓他做了你！」

若這孩子罵的是別人，郝光光定會笑出來。一個剛斷奶沒兩年的小娃娃擺出高人一等的架勢，用他那脆生生的童音學大人威脅人的語氣說要「做掉誰」，氣勢是有，但聲音太嫩了，簡直不倫不類，滑稽透頂。

「好了好了，我怕你了行不？小娃娃趕緊找爹爹去，看你這模樣，用不了多久估計就被人販子拐跑了，到時可別說哥哥我沒提醒你喲！」郝光光雖氣，但還不會小器到跟個娃娃一般見識。這孩子身上昂貴精緻的衣衫沾著點點污跡，不知是淘氣獨自跑出來玩，還是與大人走散了？掃了眼飯館內的眾人，注意著小男孩兒的人不在少數，不知有沒有人在動歪心思？她有些同情這個娃娃了，對他不禮貌的行為也不再去計較。

小男孩兒聞言，滿腔的怒火瞬間消去不少，板得好比糞便的臭臉緩和了一些，瞪著轉回身取來乾淨筷子繼續吃牛肉的郝光光好一會兒，都不見她轉回身，忍受不了被忽視這麼久，於是擰起眉，背著小手，抬腳往地上跺了跺。

聲音雖輕，但他能確定郝光光聽得到，將眼睛睜得老大又用力盯了她好幾眼，還不見她轉過身，終於意識到對方根本就沒將自己當回事，於是洩氣地垂下肩膀，不甚情願地一小步一小步地往前挪，在郝光光身旁的座位處停下，略帶埋怨地瞄了眼終於望過來的郝光光，雙手往高至他腰際的椅上一撐，俐落地爬上去坐好。

小娃娃麵團兒一樣白淨粉嫩的臉上明顯寫著「小爺很不高興」這句話，郝光光眨眨眼張口想說什麼，最後又閉上嘴，搖搖頭，心想就快吃完了，還是別理這小娃娃了。

「你！」男孩兒下巴微揚，斜睨著郝光光，頤指氣使地道：「給小爺叫上飯菜來！」

「你沒長嘴巴，自己不會叫？」郝光光翻了個白眼。

「你買給我吃，當然要你來叫。」話說得極其理所當然。

「憑什麼讓我買？你又不是我兒子。」吃完飯的郝光光說完後站起身就要走。

男孩兒聞言，不悅地立刻將腰板兒挺得筆直，伸出兩根手指夾住郝光光的衣角，揚高聲音說道：「你惹本小爺生氣了，就得買飯給我吃。」

「什麼霸王理論！照你這樣說，你也惹我生氣了，莫不是這一頓就由你來請我？」郝光光放下飯錢想走，結果這漂亮得不像話又跩得天怒人怨的小娃娃死活不肯鬆手，她又不好當著全屋子人的面來硬的。

「……我、我沒錢。」語畢，一直囂張地拿鼻孔看人的小男孩兒稍稍低了下頭，翹而長的眼睫毛輕輕顫了下，掩住眸中的赧然，無意識地用細白的牙齒輕咬著下唇，好看的小臉看起來很是懊惱。

郝光光張了張嘴，突然不好意思再指責他什麼了。長得漂亮的娃娃天生就比別人多了一項優勢，那便是在人面前稍稍扮一下可憐，對方就算有再大的氣都捨不得對這麼一個粉雕玉琢的小奶娃發作。

望著那雙微微輕顫的睫毛，捕捉到他偷瞄過來又飛速移開的視線，忍不住一笑，郝光光難得地好心氾濫了，很豪氣地衝遠處的店小二吼了一嗓子——

「小二哥，將貴店的拿手好菜給我來三道，再上兩個驢肉包子、一碗餛飩麵，幫我好好招呼這位小公子。」

「好咧，客倌您稍等！」店小二應完便去廚房報備了。

「孺子可教也！」小男孩兒一掃先前的不自在，抬起頭，重新揚起下巴對郝光光施恩似地誇道。

「小屁孩兒，奶還沒斷乾淨呢，就學大人說話，不倫不類。」郝光光感到好笑，抬手在他微微汗濕的頭髮上胡亂揉了幾下，成功將原本很安分地貼在頭皮上的軟髮弄亂。

「你做什麼?!」小男孩兒身子猛地後仰，抬手捂住頭髮，氣得一腳踹過去，可惜腿太短，踹到了郝光光的椅子，但沒搆到人。

「哥哥還有事，沒功夫陪你玩，小傢伙與家裡人嘔氣獨自跑出來了吧？瞧你不像是傻孩子，應該識得回家的路，趕緊回家人身邊去吧。」郝光光還想揉他頭髮，可惜他那兩隻又白又嫩的小手將頭髮捂得極牢，伸出去的手停了下，最後在他光滑的小臉上捏了一把，過了下手癮。

「無恥之徒！不許對本小爺動手動腳！」男孩兒氣得用小短手使勁兒地擦臉，彷彿臉上沾了什麼不得了的髒東西般。

「給你叫了上好的飯菜，就當是哥哥調戲你的補償吧！小傢伙吃的比哥哥那頓要豐盛得多呢！」郝光光從錢袋裡掏出五錢銀子塞到男孩兒手中，囑咐道：「這些錢夠你三頓的了，吃完了就回去吧。」

把錢袋重新在腰間繫好，一抬頭，發現男孩兒正一眨不眨地盯著她的錢袋看，郝光光摸了摸錢袋，頗為懷念地笑道：「這是我娘給我繡的，是不是你也覺得這錢袋很好看？」

男孩兒鄙夷地瞄了眼一臉得意的郝光光，那用得都褪了色的錢袋跟好看扯不上半點關係，也就上面繡的荷花還行，但有年頭了，繡線也掉了顏色，舊不啦嘰的錢袋跟一身新衣服貼在一起，簡直拉低檔次，不屑地嘟囔了聲。「誰稀罕！」

「小娃娃慢慢吃，哥哥走了啊！」郝光光拿起行李就走，剛走出兩步，髮梢就被扯住了，頭皮泛疼，氣得轉過身剛要發火，就被突然撲過來抱住她的小娃娃嚇了一跳，受寵若驚地低頭看向正緊緊抱著她雙腿、眼中流露出戀戀不捨的漂亮奶娃。

「謝謝哥哥。」小男孩兒教養很好，雖然表情很彆扭，看起來有點不情願，但還是道謝了。

「呵呵，乖，咱們碰上了就算是有緣，請你這漂亮的小傢伙吃飯，哥哥很樂意的。」摸了摸小男孩兒的頭頂，哄他回座位後，再次轉身離去。

「我有名字的，我叫葉——」

郝光光轉身那瞬間聽到他很小聲地說了句什麼，沒聽清楚，想著以後不會再見了，於是沒去理會。

瞇眼望著郝光光離去的背影，小男孩兒捏了捏手中微鼓的物事，翹起好看的唇角，得意一笑，在飯館眾人的打量下，邁著矜貴的步子走了出去，出門口瞥了眼牽著馬漸漸走遠的郝光光，輕嗤了句「誰讓你亂說話，活該」後，往相反的方向離去。

因為王員外千金擇婿的事，街上人極多，郝光光不便騎馬，只能步行。自飯館出來也就剛過一刻鐘的時間，看到路邊有賣紅通通、顆粒飽滿的酸棗，酸水立刻從舌底蔓延開來。

「大娘，來兩斤酸棗！」郝光光拉著馬，走過去朗聲說道，看著誘人的酸棗，泛饞地吧唧了下嘴巴。

「小夥子先等一等啊！」大娘生意挺好，正忙著給先來的客人收錢。

「不急不急。」語畢，伸手摸向腰際，準備掏錢，結果卻摸了個空，郝光光心咚地一沈，驚呼：「錢袋呢？」

電光石火間，郝光光立刻想到錢袋是怎麼沒的了，咬牙暗罵了幾句後，牽著馬，不顧身後賣酸棗大娘的叫喊，快步往回返。

錢袋裡有二兩碎銀，是她未來半個月的食宿和零花，這還不是最要緊的，郝光光最惱火焦急的是——那錢袋是郝大娘生前給她做的最後一個錢袋，極具紀念意義；銀子沒了不打緊，錢袋沒了那可不行！

一路跑回去，衝進才用過飯的飯館往裡望，沒找到人，急忙拉住正擦桌子的店小二問：「小二哥，那個長得很好看的五、六歲小渾……傢伙哪兒去了，你可知道？」

「他早走了，故意給我們添亂！」店小二臉色不比郝光光好看多少。招牌菜端上來，結果客人不見了，若不是有其他桌也點了這些菜，他們可就白忙活了。

「知道他往哪個方向走了嗎？」

「不知道！你和那渾小子不會是合夥耍弄我們的吧？點完菜就先後都走了！」店小二衝著郝光光直飛眼刀子。

怕再問下去會惹出麻煩，郝光光趕緊賠完不是跑了出去，問了附近做買賣的幾位大叔大嬸，照著他們所指的方向追了上去。
郝光光的偷功基本上得了郝大郎的真傳，只要被她瞄上的東西沒有偷不到手的，可是今日她這向來以一流扒手自詡的人居然在一個奶娃娃身上栽了跟頭！別問她為何如此肯定，她就知道一定是他！
郝大郎曾說過，她自小在山上長大，山上的幾戶人家都很和善，彼此相處間沒有什麼彎彎繞繞，這次郝光光獨自下山，沒有經歷過人生百態，又是個直爽性子，雖偶爾會耍點小聰明，但實則有點缺心眼兒，在缺乏經驗之下很容易被人唬弄了。
就是因為郝光光覺得五、六歲的小孩子是安全的，而且當時那麼漂亮的一個小麵團那般依戀感激地抱住她，怕是鐵漢都能立刻化成繞指柔，何況是她了？「美色當前」，哪裡還會防範什麼？現在想來，那娃娃肯定就是在抱住她的那一刻動的手腳。
怪不得先前會盯著她的錢袋看，虧她還傻帽似地以為他在欣賞郝大娘的繡工，結果人家是對裡面的銀子感興趣。這也不怪她大意，誰會想到看起來比她有錢不知多少倍的人家的孩子，居然會偷她那一點銀子！
這次郝光光是跌在大意又缺乏經驗上，認為天下間的小孩兒都應像山上的小狗子、小石頭一樣可愛天真，哪裡想到才五、六歲的小娃娃居然會算計人，而且還卑鄙地向她這個對他有著「一飯之恩」的大好人下手。
自下山以來，郝光光總共被打劫過三次，不下二十次被扒手盯上，結果都被她輕易解決了，只有她偷別人，根本不可能被人偷！她一直是這般固執並且堅定地認為著的，結果事實證明，太過自信也不是好事，此時她那澎湃的自信心被一個小娃娃很無情地打擊到了。

「兔崽子，別讓老娘找到你，找到了非把你屁股打個稀巴爛不可！」郝光光邊找邊罵著。爹娘走後她在白家吃過虧，但最後她將休書貼得滿大街都是，也算是小小報復了一下白家，最重要的一點是，她根本就沒將被休出門當回事，所以確切來講，這小娃娃是郝光光下山以來第一個給了她顏色並且深深地打擊了她的人。

那孩子那麼精，偷了東西一定不會在人多的地方轉悠，郝光光找了一陣子沒見到人，氣急敗壞地將馬安置好後，獨自去人少的小街小巷碰運氣了。

大概是郝大娘在天上保佑，皇天不負有心人，郝光光尋了一個時辰之後終於發現了那小娃娃的蹤跡，他正從當鋪裡走出來。

見到了偷她錢袋的人，熊熊怒火立時燃燒起來，郝光光大踏步追了上去，見他往一個小巷子裡拐進去，剛要衝上去捉人，忽見一個儒雅俊逸的男人從對面的店鋪不緊不慢地也往那小巷行去。

見狀，郝光光強忍著怒氣，深吸幾口氣緩和了暴動的情緒後，放輕腳步悄悄地跟在那衣著高雅的男人身後，向巷內行去。

小巷裡有拐角，當一大一小拐過彎去時，郝光光尾隨至拐角處，聽到他們正在說話，聽起來他們不僅認識，關係還很好，反正也找到人了，不急於一時，於是她屏住呼吸，很不厚道地聽起壁腳來。

「可是玩夠了？玩夠了就跟左叔叔回去吧。」男人聲音中透著幾分寵溺與無奈。

「左叔叔怎麼親自來找子聰了？」葉子聽的聲音中含著一絲不易察覺的期待。

「無聊路過而已。」

「……左叔叔請回吧！」微冷的聲音裡透著幾分失望。

「你這一路不停地當東西，難道不是為了讓我們盡快找到你？左叔叔知道你因何而氣，唉，你爹爹忙，還要抽出時間來擔心你著實辛苦，別鬧了，跟我回去。」

「騙人！爹爹忙著娶美人，才不會管子聰！」葉子聽說得很委屈，聲音聽起來像是要哭了。

「你說說你，整日總吹噓自己有多聰明，實則笨得可以！」

「左叔叔胡說！子聰很聰明，一點都不笨！」委屈立刻被怒氣取代，葉子聽維護尊嚴的聲音很高。

「你若是聰明，在這種特殊時刻就更不該鬧脾氣離家出走，應時刻跟著你爹爹才對。如此就算你爹爹給你娶了後母，也不會忽略了你，而若你還像現在這般耍少爺脾氣，難保他不會因為生氣，被你後母鑽了空子，到時看你上哪兒哭去。」男人語帶憐憫，苛責地說道。

「那個美人一點都不好，我不喜歡！子聰不要她當後母！」

「在這裡說得歡有何用？你爹爹又沒閒功夫理會你，他正忙著娶美人。」

「子聰要回去看著爹爹！左叔叔，我們現在就走！」葉子聰的語氣很急切。

「想通了？」

「想通了！」

「可還會再為了引你爹爹注意而鬧脾氣離家出走？」

「不了！子聰要看著爹爹不要被那壞女人勾走！」

「乖，左叔叔這就帶子聰回去。」

在一大一小手拉手，笑著從小巷子裡出來時，郝光光一個跨步擋在兩人身前，雙臂環胸，居高臨下地望著臉色立變的葉子聰，冷笑道：「本少爺也要跟你們回去，一定要好好問問那個聽說正忙著娶美人的傢伙是如何當父親的，居然放兒子出去偷、東、西！」

第五章

望著不知偷聽了多久的郝光光，左沈舟俊雅的眉訝然地輕挑了下，表情雖沒有太大波動，但心中卻已然震驚至極。想他武功雖非一流，但能潛伏在他周身五丈之內好一會兒而不被他察覺的人並不多，若非眼前這個少年自己跳出來，他都不知附近有人。

壓下心頭波動，左沈舟垂頭，看到葉子聰臉上閃過不自在，不禁大為吃驚，質問道：「子聰真的偷東西了？偷了什麼趕緊還回去，被你爹爹知道了有你苦頭吃！」

聽左沈舟提起他爹，葉子聰哆嗦了下，記起爹爹最不喜他說謊，想否認的話在舌尖上打個旋兒立刻嚥了回去，抿了抿唇，不高興地抱怨道：「才少了幾兩銀子就死乞白賴地追過來，至於嗎？那點破銀子，給小爺踢著玩都不夠分量！」

「看不上眼你還偷？變態啊！」郝光光被葉子聰一副「我偷你東西是看得起你」的不可一世模樣氣到了，教訓道：「我看你這倒楣孩子就是吃飽了撐著沒事幹，實在閒得慌的話就啃石頭磨牙去，別出來亂禍害人！誰家的破孩子？真是太不可愛了！」

「這位公子，你這樣說未免過分了些吧？子聰還只是個孩子。」一般人都會護短的，左沈舟也不例外。

「如果被偷之人是你，我看你還這樣認為不！」郝光光瞪了眼左沈舟，剛開始只顧著盯葉子聰，沒注意這個男人，現在仔細一看，發覺這男人長得還挺人模人樣的，很溫文儒雅，白淨淨的臉讓人看著很舒服，眼神濕潤又不失精明，看得出應是很會賺錢的那種人，像奸商。

「錢袋是我偷的，不許凶左叔叔！」葉子聰的臉色更臭了，在身上胡亂找了一圈，掏出一張銀票、幾個碎銀子、還有一塊玉珮，蹬蹬蹬地跑到瞪他的郝光光身前，將一路上當掉的東西換來的錢物一股腦兒地全塞過去，沒好氣地道：「這些全給你夠了吧？比你那寒酸的錢袋強多了，哼！」

「子聰……」左沈舟痛心疾首地看著郝光光手中那些錢物。葉子聰身上每樣物事都價值連城，就算當掉換來的錢也不會低於百兩，偷人幾兩銀子，轉眼就還人家上百倍，敗家也不是這麼個敗法啊！

錢雖多，郝光光也心動，但卻不會隨便收下這些不屬於她的財物。把走出幾步的葉子聰揪回來，將手中幾樣東西又塞還回去，握住他的小胳膊，要求道：「看在你年幼的分上，我可以不與你計較，只要將我的錢袋和銀兩還回來便可。」

葉子聰無論怎麼用力，手都抽不出來，忿忿地別開小臉，哼道：「錢袋丟了！」

「什麼?!丟了？怎麼丟的？」郝光光大怒，手下意識地握緊，將葉子聰嫩生生的小胳膊握疼了都不自知。

「鬆手！」左沈舟見狀，一個箭步衝上前，抬指在郝光光腕上一彈，順利將葉子聰的胳膊解救出來，長臂一攬，將葉子聰護在身後，冷顏道：「子聰偷了閣下的錢袋是他不對，左某代他說聲對不起。錢袋丟了，我們叔侄二人很愧疚，可以賠給你，閣下想要多少只管開口。」

「靠！小偷做到像你們這樣猖狂的還真是少見！」郝光光「呸」地往地上啐了口唾沫，揉著被彈疼了的手腕，看到細白的腕上瞬間浮起的紅腫，不禁大為光火，張嘴就罵。「瞧你長得一副人樣，結果沒道德得連畜牲都不如！本少爺想要討回錢袋難道還錯了不成？咱出去找人來評評理，問問你們偷了東西還高高在上，不僅冷言冷語給盡臉色，還動起手來的行為是對還是不對！」

左沈舟太陽穴突突直跳，眼中迅速劃過一絲懊惱，深吸了口氣，隱忍著道：「這位公子誤會了，左某不曾有折辱閣下的想法，方才是過於擔心小侄，不得已出手重了些，對此左某感到抱歉，望閣下消氣。只是錢袋已丟，恐怕是找不到了，若覺得子聰給的補償不夠，左某這裡還有一些銀兩……」

郝光光揉著隱隱作痛的手腕，皺眉道：「難道你覺得我是想乘機獅子大開口勒索你們？哼，本少爺可是道德高尚之人！不狂不搶不嫖不賭，更不會在自己理虧時欺壓受害者，也不會仗著自己有點臭錢就自以為高人一等，不將別人當人看！」

諒左沈舟脾氣再好，聽到這意有所指的話，臉色也有點掛不住了，雙拳在袖子中攥得死緊，勉強壓下要將郝光光扔出去的念頭，問：「那閣下是想如何補償？只要在左某能力範圍內，定會儘量滿足。」

「滿足？」郝光光按摩到手腕不那麼疼後才鬆開手，撣了撣袖子，抬眼不帶任何情緒地望向左沈舟。「丟的銀子是不算什麼，可是那錢袋乃在下亡母所留的遺物，它丟了，你想要怎麼補償？」

左沈舟一愣，強忍著的怒火頓時被郝光光的一席話澆熄了。遺物沒了就是沒了，他們就算再有錢也賠不起。

站在左沈舟身後的葉子聰聞言，眼皮顫了顫，大眼睛骨碌碌地轉了轉，趁人不注意，一手悄悄伸入懷中，將空空的錢袋取出，攥緊後掩在袖口裡。

孰不知，他這自以為神不知鬼不覺的舉動，卻被一直拿眼角餘光注意著他的郝光光看在眼中。

「對不起。」這次左沈舟的道歉真誠了許多。

「算了，東西又不是你偷的，為了維護那麼一個勞神的小東西，紆尊降貴地對既沒錢又沒勢的本少爺一直道歉也怪可憐的。本人接受你的道歉，在下還有急事，懶得再與你們一般見識了。」

郝光光說完，視線下移，望向左沈舟身後的葉子聰，走過去伸出手道：「你賠我五兩銀子就夠了。」

葉子聰沒想到郝光光這麼輕易就放過他們，因怕今日之事被爹爹知曉，是以沒要小少爺脾氣，乖乖地取出一錠五兩的銀子遞過去。

郝光光接過銀子塞入袖內，蹲下身很好心地幫葉子聰將方才因拉扯而顯微縐的衣衫撫平，拉過他的胳膊輕輕揉了幾下，不顧他的排斥閃躲，揉完了胳膊又在他包裹在袖子中的兩隻小手上各捏了一下，道：「多好看的小手，細皮嫩肉的。小傢伙要曉得，這般漂亮的手適合摸女人，摸人家的錢袋可就糟蹋了。」

摸女人……一旁的左沈舟聽得眼角直抽。

葉子聰好不容易自郝光光的魔爪中掙脫了出來，退後一步，嫌棄地瞪著郝光光。「你又不是我娘，本小爺憑什麼聽你話？」

郝光光聞言雙眉倒豎，不悅地道：「本少爺是男人！怎可做你娘？應該叫爹才對！」

「我有爹爹了！」

懶得再跟一個孩子拌嘴，郝光光長臂一撈，將正張牙舞爪的葉子聰抱起來塞進左沈舟的懷中，收回手的瞬間，不經意在他袖口處滑過，退後對著一大一小擺手道：「看你道歉誠意足夠，本少爺大人有大量，就不跟你們一般見識了，且走吧。」

抱著偷瞪郝光光的葉子聰，解決了麻煩的左沈舟鬆了口氣，和顏悅色地說道：「那我們就此別過，後會有期。」

「後會有期。」

兩叔侄走遠後，郝光光也自小巷中走出，一路上嘴角輕揚，將五兩銀子塞入剛剛自葉子聽手中偷換回來的錢袋，摸著泛舊的、繡著栩栩如生的荷花的錢袋，一直提著的心終於踏實了。若非找回了這個錢袋，今日她是無論如何也不會輕易放過他們的。

郝光光心情大好，不僅拿回了錢袋，還多得了近三兩銀子，最主要的是……

從袖口中摸出兩張紅色的、巴掌大小的請帖，她不識字，不知上頭寫的是什麼，不過既然被那個男人收在袖中，想必是有點用處的。她郝光光從來就不是吃虧的主，那一大一小不僅偷了她的東西，還對她很不客氣，她沒道理大人不計小人過，真的放過他們，「禮尚往來」一下是應該的，偷了這兩張請帖，算是回敬那個彈疼了她手腕的傢伙。

走出小巷，葉子聰看不到郝光光後，下意識地鬆了口氣，在左沈舟懷中放鬆身體，伸出一直捏著錢袋的手，當鬆開手，看到手裡的東西時，正咧嘴偷笑的葉子聰臉色立刻僵住，甩掉手中不知打哪來的一小塊花布，扭過頭向來的方向瞪去，小臉陰雲密佈，銀牙緊咬，攬著左沈舟脖子的手下意識勒緊。

「怎麼了？」明顯察覺小傢伙情緒異動的左沈舟，停下腳步關心地問。

「沒、沒什麼。」葉子聰僵著聲音回道，他哪敢說是他本來想偷偷藏下那偷來的錢袋，結果不察，被那可惡的傢伙偷了回去。他只能獨自生悶氣，將委屈往肚子裡吞，漂亮的小臉兒板得恨不能夾死蒼蠅。

「別學你爹爹板臉了，難看。小小年紀就老闆臉，小心長大了一臉褶子。」左沈舟抬指撫平葉子聰皺著的眉輕笑。

「騙人！爹爹總板著臉，可是他臉上沒有褶子，爹爹比左叔叔好看多了。」葉子聽雖然與左沈舟親，但與他唯一的血親比起來就差得遠了。

「你這小沒良心的，左叔叔真是白疼你了。」左沈舟語氣頗酸，佯裝生氣地在葉子聽白淨的俏臉上揉了下。

「左叔叔，子聽回去後爹爹會生氣嗎？」越往回走，葉子聽心中越是忐忑。

「現在知道怕了？當初負氣跑出去時怎麼沒想想後果？」左沈舟睨著葉子聽打趣。

葉子聽委屈地癟著嘴，將臉埋入左沈舟頸側不說話。

「別擔心了，有左叔叔在，你爹爹不會將你怎麼樣的。」

「當真？」

「當真。」

一大一小走進一處面積頗大、很具威嚴的院落，左沈舟將葉子聽交給迎上來的婆子，囑咐她帶他下去梳洗，自己則向東邊的書房走去。

沒有敲門，對向他恭敬行禮的侍衛點了下頭後，直接掀簾走了進去。

書房內，一身黑衣，正坐在書案後翻看帳本的人見到左沈舟後，放下沒看完的帳本，身子慵懶不失貴氣地向椅背慢慢靠去，瞇眼看向坐在一旁的左沈舟，沈聲問道：「子聽可回來了？」

「回來了，由本護法出面，焉會空手而歸？」左沈舟對著與葉子聽幾乎是一個模子刻出來，但明顯大一號又冷許多的葉韜輕笑。葉韜雖是他的主子，但私底下兩人就像朋友，可以隨意說話，那些下屬在葉韜面前無不懼怕他的冷眼，連大聲說話都不敢，唯有他敢在葉韜面前開玩笑。

「回來了就好。」葉韜點點頭，沒再繼續問。

「喂，那可是你親生兒子，怎麼就不多關心關心？明明你才是親爹，結果卻是我更像子聽的父親。」左沈舟對葉韜不甚關心的反應感到不滿，沒見過對兒子這麼不上心的父親。

葉韜的俊眉微微一皺，像是想起了什麼，在左沈舟不滿的眼神注視下道：「若非被你寵壞了，子聽豈敢私自出走？如此不懂事，給人添亂，罰他禁足十日，每餐的五肉三素一湯改成兩肉一素一湯，每日書寫一百遍『子聽錯了』，寫不完不得睡覺。」

「你這懲罰未免太重了吧？他是孩子，正長身體，你居然減了菜色？還有，他才六歲，當他寫字和你一般麻利嗎？一百遍你讓他怎麼寫得完？」左沈舟很生氣，平時葉韜不怎麼關心獨生子就罷了，懲罰起來竟還不遺餘力。

葉韜抬了抬眼皮，黑眸不帶絲毫溫度地瞥向氣急敗壞的左沈舟，薄唇冰冷地吐出一句話——

「誰是子聽的爹？」

左沈舟聞言，立即洩氣。關於葉子聽的事，葉韜永遠比他有決定權。今日沒趕上好時候，葉韜大概是情緒不佳，等他心情好時再幫子聽求情吧。不想氣氛再冷淡下去，於是他轉移了話題，談起正事。「王員外有意與我們合作，我沒答應，只說會考慮。」

「嗯，王家資金上出了問題，急須拉人合夥，興許別人會被矇騙，我們可不上當。」葉韜骨節分明修長的手在書案上輕敲著，嘴角扯出一抹諷笑。

「王員外是沒了主意才用自己那據說貌若天仙的女兒當餌，還放出會給女婿一半王家財產當聘禮的話。真是可笑，王家都快成了空殼子，一半財產會有多少？對了，王員外命管家送來了選婿大會的請帖，你我都有份兒。」左沈舟說完，伸手向袖口中掏去，結果卻掏了個空，以為自己放錯了袖口，掏向另外一個袖口，依然什麼都沒找到。

「找什麼？」葉韜望著恨不能將自己兩個袖子都翻爛的左沈舟問。

「帖子沒了！」左沈舟捏著空空的袖子擰眉沈思，片刻後突然睜大眼睛大聲道：「是他！」

「丟了？」

「被偷了！」語畢，左沈舟迅速站起身，一臉急切地對葉韜道：「我這就出去尋那小子！」

「有人能從你身上偷東西？」葉韜一向沈穩平淡的聲音終於露出那麼一點點疑惑，頓了下又問：「他為何要偷你的東西？」

左沈舟怕葉子聰的下場更可憐，沒敢說實話，只說那人想參加選婿大會，無奈沒請帖，於是只能偷了。扯了句謊後，被葉韜那恍若能洞察人心的視線看得渾身不自在，立即落荒而逃。

想參加選婿大會，偷一張請帖就夠了，偷兩張做什麼？左沈舟這謊扯得未免差了些。左沈舟離去後，葉韜朗聲道：「來人。」

「主上。」立在門外的侍衛快步走進來，半跪在地。

「將狼星喚來。」狼星是一直暗中保護葉子聰的人，發生了什麼事，狼星肯定清楚。

「是。」侍衛離開後不一會兒，便將一身暗色服裝、看起來沒有絲毫存在感的狼星尋了來。

屋內只剩兩人時，葉韜注視著單膝跪地的人，吩咐道：「將子聰在外面發生的事敘述一遍。」

於是，隨著狼星的敘述，葉韜終於知道他的寶貝兒子在外面做了什麼，也猜到了左沈舟的帖子為何會被偷。

狼星報備完後，葉韜命令道：「你也出去幫左護法尋人。」

「是。」

葉韜把玩著左手拇指上的玉扳指，眯眼尋思。能神不知鬼不覺地偷了他手下第一把交椅——左護法的東西，如此有膽又會偷的人不來會一會就未免太可惜了。

遠處，某一家小飯館內，因怕左沈舟找上門而重新貼上小八字鬍、戴上棕色氈帽的郝光光不知怎的，吃著熱氣騰騰的炒麵時，突然感到一股寒意襲上身，沒忍住，張口便打了個極響的噴嚏……

第六章

郝光光用幾塊糖騙了個剛從私塾下學回家的孩子，給她唸請帖上的字。她特地長了個心眼，怕這帖子很重要，被人發現了她做的事不好，因此剛識得幾個字、在人情世故上又懂得不多的小孩子是最佳人選。

只是，小孩子所知是少，確實不會引起什麼麻煩，但帖子裡有幾個字卻不認識。郝光光無奈，只得偷偷摸摸地將那些個不知唸什麼的字用筆圈出來，讓小孩子將字照著謄寫出來，拿著這些字去問識字的大人，好一番折騰才知道這請帖寫的是什麼。

請帖是王員外邀人參加選婿大會的憑證，據聞但凡有資格參與大會之人均是未有家世的青年才俊，樣貌不能太醜，家境富裕是必須的，年齡又必須介於十九與三十之間，人品不求多高尚，但起碼要過得去。

因條件定得過高，各地趕來碰運氣的人達不到要求，一下子走了不少，少部分人沒立刻回去，而是留下來看熱鬧。

請帖都寫有名號，這兩張請帖分別是給葉韜和左沈舟的，是以就算郝光光拿著它們也無法參加那勞什子的選婿大會。

能將帖子送至來自五湖四海的各個青年才俊手中，對這些候選人王家上下必是下過一番功夫的，想投機取巧冒名頂替去碰運氣肯定行不通。

想通其中關鍵，郝光光覺得這帖子實在沒用得緊，拿著也是累贅，於是在路經某樹林時，趁落腳的功夫將兩個巴掌大小的帖子點火烤山雞吃了。

郝光光從來不在一處停留過久，這次也一樣，她騎著馬打算離開此地，一路上總感覺有一夥人在暗中尋找著什麼人，雖然那些人都做普通模樣打扮，行為很隱蔽，可她還是發現了。

不知他們要找誰，根本沒往是否找的人是她那可能性去想，郝光光大多時候還是相當有自知之明的，在她沒甩開膀子做點什麼之前，根本不可能有這麼大的「號召力」。

再說，偷兩張帖子算不上什麼事，她老爹年輕時可是很多大家族和門派的寶物都偷過，相比起來，她偷的這兩張破帖子不能吃也不能用，還沒有廁紙有用呢！

就因覺得太不值一提，是以郝光光在覺得自己「易容」得非常成功的情況下，大搖大擺地騎著馬出了熱鬧的小鎮，來到沒有多少人居住的小村莊上，剛下馬想找戶人家落腳討點水喝，就突然被不知從何處冒出來的男人給攔住。

「這位壯士有何貴幹？」郝光光莫名地看著一身暗色衣衫、模樣普通到扔在人堆裡就立刻找不著了的男人，仔細看了看，再三確定自己沒見過他，更沒得罪過他，泛疑之時突然想到一個可能，眨了眨眼，沒等對方開口，恍然道：「莫非閣下是想問路？真是不巧，在下沒去過幾個地方，委實幫不上忙。」

狼星表情未變，平靜且平凡的臉像是不懂情緒為何物般，沒有絲毫表情波動，看著郝光光淡聲道：「主上有請，煩勞公子隨鄙人走一趟。」

「誰要請我？你認錯人了吧？」郝光光聳了聳肩，搖頭說道：「我不認識什麼主上。」

「未認錯，閣下兩日前曾在巷中與敝教少主和左護法有過接觸。」狼星淡淡地提醒郝光光。

「少主？左護法？啊，是偷本少爺錢袋的那一大一小?!」郝光光驚呼出聲，下意識地抬手摸向八字鬍和並沒有戴歪的氈帽。

狼星垂眸，以沈默當作默認。

「你怎麼找來的？有那麼容易認出來嗎？」郝光光最疑惑的就是這一點，她不止一次照過銅鏡，黏上八字鬍和戴了頂恨不得將她半個頭都遮住的大氈帽後，模樣變了不只一點半點，何況以防萬一，她又換回了以前那身舊衣服，沒道理被認出來啊！

狼星沒有開口，大概是郝光光求知的眼神太過濃烈，狼星被盯得實在彆扭，遂抬手指了下郝光光身旁的白馬。

「是這馬洩漏的行蹤？」郝光光看了眼陪著她近一個月的愛馬，難以置信地道：「問題怎麼會出在馬身上？莫非當時你就在暗中跟著那混——小娃娃，所以看過我騎過這匹馬？」

狼星沒有回答，以著他萬年不變的平靜表情說道：「煩勞公子隨在下走一趟。」

「不去！」郝光光很生氣，沒想到她將自己從頭到尾鼓搗了一通，恨不得連親爹見了她都認不出來，結果卻因為馬露了餡兒，果真如老爹說的那樣——她就是有點缺心眼兒。

這話從小到大被郝大郎當笑話似的說過無數次，每次她都不樂意聽，總反駁說自己不僅不缺心眼兒，還聰明得呱呱叫，她可不是說著玩的，是真的這麼認為。

結果可好，此時的郝光光真有點懷疑自己其實真如郝大郎所說的那樣不聰明了，居然愚蠢地認為只要模樣變了就萬事大吉，根本沒想過馬的事。

真要怪就怪這馬長得有點特殊，一點都不大眾化，牠通身白毛，偏偏屁股處有一撮拳頭大小的黑毛，當時郝光光買馬時就是看中了牠的與眾不同，誰想就是因為這點，無論她將自己怎麼搗騰都沒用，何況模樣再怎麼改變，身形是不會變的，憑這兩點，有心人想尋她根本就是一尋一個準兒。

「鄙人不想動武。」

「誰管你！你家主上是哪棵蔥？想見老子怎麼不自己來？他兒子偷我錢袋的事還沒跟他計較呢，還好意思要我去見他？你回去告訴他，若想見我就八人大轎來抬！毫無誠意的傢伙，什麼人呢這是，我呸！」郝光光對那未曾謀面卻明顯在擺譜的「主上」直覺性的厭惡，兒子都那麼讓人抓狂了，生他、養他的老子能好到哪兒去？不見！

因察覺到自己可能、大概真有點缺心眼的郝光光，心情相當不好，說話的語氣自然就別想好聽了。

「這可由不得你了！」主子被污辱，狼星眼中閃過不悅，身形瞬間前移，帶著懲罰之意，鐵爪以迅雷不及掩耳之速抓上了郝光光的肩膀。

「哎喲！」沒能躲過的郝光光痛呼，疼得眼淚都流了出來，齜牙咧嘴地破口大罵。「不就偷了兩張請帖嗎？又沒挖你祖墳、沒強姦你老婆，至於下手這麼狠嗎？娘的，你家少主還偷了老子錢袋呢，老子是否也要這麼回敬他才公平?!」

「帶你回去見主上。」狼星稍稍放輕力道，另一隻手抓住郝光光另外一邊的肩膀，腳尖一點，兩人躥至空中，劃過一道優美的弧線，落在一旁的白馬上。

突然被從空中掉下來的兩人騎上，正悠閒地低頭吃草的馬嚇了一大跳，抗議地甩了甩馬身，打個大響鼻，強烈地表示不滿。

「鬆開，王八蛋！」雙臂被束縛住的郝光光破口大罵，掙扎幾下沒掙脫開，大急。雖然她很少將自己當女人看，卻不代表她能泰然自若地與男人有身體上的接觸。

郝光光情急之下自懷中摸出摺扇，將扇柄用力向身後之人腰間最柔軟的地方刺去。

狼星不便躲閃，只能空出一隻手去搶扇子，結果對方是虛招，扇柄方向立變，劃了一道圈向他另外一側腰際戳去，這次是實打實的，力道不小。

狼星重新用右手抓住郝光光的肩膀，換左手去迎擊，擋過一招後，手沒有收回，彈指快速向郝光光的手腕彈去。

郝光光的手腕被彈中，又疼又麻的感覺瞬間襲來，悶哼一聲後迅速收回手，使了個泥鰍功，自因鬆開一隻手而有所鬆懈的狼星手中滑出，掙脫了束縛後，片刻都不敢逗留，雙手在馬背上一撐，身體立時彈了出去，喊了句「你給我等著」後，頭也不回地跑了。

狼星眼中閃過一抹訝異，沒曾想郝光光身手不怎麼樣，輕功卻很好，一眨眼的功夫就跑得不見蹤影，回神後立刻自身上取出教中獨有的信號箭往空中一拋，而後跳下馬飛速追去。

聽到響聲的郝光光回頭往空中瞄了眼，咬牙罵道：「格老子的，居然敢通風報信，真是欺人太甚！」

郝光光逃得有點辛苦，沒想到那個男人看起來那麼不起眼，結果追蹤的本事倒是極好，讓她一直引以為傲的輕功在逃跑時居然占不到多少優勢，想停下來喘口氣都不行。

出了鎮子往行人多的集市逃去時，正飛奔著的郝光光陡然停住腳步，突然想起自己的包袱都還在馬身上掛著，此時她身上只有幾兩碎銀子，衣物鞋帽都在包袱裡。

郝光光跑不下去了，氣得將氈帽取下，狠狠扔在地上，抬腳就要踩上去發洩，眼看即將踩中時又頓住了，實在捨不得毀掉還沒戴幾次的帽子，不得已收回腳，在行人像看瘋子似的眼神中悶悶地撿起氈帽，拍掉上面的土，重新戴回頭上。

「郝光光啊郝光光，妳還能再倒楣點嗎？就偷了帖子而已，至於被人當犯人通緝嗎？」郝光光煩躁得團團轉，連前一刻口乾想喝水的事都給氣忘了，剛剛為了逃跑，情況緊急之下，哪裡還顧得上包袱？

想取回包袱和馬就得回去，可那人已經放了信號，那裡必定設有埋伏，回去根本就等於自投羅網。可若不回去，她那起碼值三十兩銀子的馬和包袱就全沒了！

對於她這個窮慣了的人來講，三十兩銀子可是相當龐大的財產，寧願挨餓受凍吃點苦頭，都不能將這麼多銀子棄了。

掙扎了好一會兒，金錢和面子，郝光光沒猶豫多久便毫無保留地選擇了前者。為了那過去足夠她和老頭子花用近十年的銀子，她苦著臉，很沒骨氣地折回。

一路上郝光光不斷地開解自己，只是兩張帖子罷了，這還是對方先偷她的錢袋，她才小小回敬了下而已，那不知做什麼的勞什子主上真要計較，也是他們理虧在先，怨不得別人。

回到那個人煙稀少的小鎮時，已經過了酉時，鎮上砍柴的和去遠處集市採買的人陸續回來了。她的馬還在，拴在樹幹上，正埋頭吃著地上的草，包袱也在牠的脖子下掛著。兩丈遠處站著個男人，看清正望過來衝著她挑眉的男人的臉後，郝光光就來火，此人正是那個被她偷了請帖之人！

「就這麼著回來了？左某還以為須得費好一番功夫才能『請』來閣下，結果卻……請問閣下是太過自信呢，還是天真過頭？」左沈舟拿眼角瞄了瞄被拴著的白馬，語氣透著令人無法忽略的嘲弄。

「呸！」郝光光一臉鄙夷地瞪了眼左沈舟，對他嘲諷的語氣極有意見。她有時是會犯傻，卻非一直都傻，這次她是為了「家當」，甘願自投羅網的。

白馬看到主人回來，立刻停下吃草，歡快地打了記響鼻，搖著肥美的大屁股、甩著尾巴湊上去，拿大腦袋用力拱著郝光光的腰，與她親熱。

「馬和行囊都在這裡，我等在這裡也只是碰碰運氣，並不抱太大希望，誰想你還真回來了。」左沈舟用手摸著下巴，用看「笨蛋」的眼光將郝光光從頭看到腳，雙眼又在她臉上仔細看了一會兒後，納悶地道：「據狼星所言，你是死活不願與他走，還逃得不見蹤影，現在卻自己回來了，莫不是想通了？既然如此，先前又何必逃得那麼拚命？簡直添亂。」

「老子願意逃就逃，願意回來就回來，你管得著嗎？真是鹹吃蘿蔔淡操心。」郝光光揉了揉愛馬的頭，親熱完後解開馬繩，跳上馬背，冷著臉催促道：「你家『豬』上不是要見本少爺嗎？還不滾到前面去帶路！」

左沈舟聞言，眼神驟然一冷，抬手阻止了隱在暗處蠢蠢欲動的暗衛，沒理會郝光光的挑釁，吹了聲響亮的口哨，一匹通體紅毛的高頭大馬立刻從遠處跑來，在左沈舟身前停下。

俐落地躍上馬背，左沈舟冷淡地看了郝光光一眼，道：「跟緊了，中途若不老實動歪心思，後果自負。」

暗中有人埋伏，這點郝光光很清楚，她沒想過要逃，為了一件錯不在己方的事像狗一樣狼狽地四處逃跑做什麼？這次她不但不逃跑，還要光明正大地上門去會會那個自大又討人厭的「豬上」！

一路上沒人再開口，對於丟失的請帖，兩人都心照不宣，抄近路騎快馬趕了大概一個時辰的時間，終於到達了目的地。

摒退一眾候著的下屬，左沈舟親自帶著郝光光去了議事廳。

葉韜聽到下人稟報後，便來到了正廳，坐在主座上，微側身在旁邊的茶几上姿態優雅嫻熟地泡著茶。左沈舟帶著人進來時，他彷彿不知道一樣，依然沈浸在泡茶的樂趣之中。

「人帶來了。」左沈舟交代完便去自己的專屬位子上坐下，座位在葉韜左下首的第一個位置。屋內只有三個人，閒雜人等都支了出去。

總共就三個人，兩個人都坐著，郝光光自是不會虧待自己傻站著，一點都不見外地走到左沈舟對面的那個位置，毫不客氣地坐了下來。

「你、你居然坐右護法的位置?!」左沈舟瞪著郝光光，被她沒臉沒皮的行為驚到了。見過不要臉的，可像郝光光這樣偷了東西不但不道歉，還一點都不知「見外」為何物的不要臉之人，他還真沒見過。

「怎麼，請我來作客，連個椅子都不給，還不准我自己找椅子坐了？」郝光光才不管這椅子是誰的，只知道屋內這兩人個個都視她為無物，實在是過分，她敢保證若不自己找地方坐下，這兩人是不會開口請她坐的。

「左某好像不曾說過帶你來是作客的吧？真會往臉上貼金！」左沈舟嗤道，雙手交叉，優雅地放在膝上，望著郝光光，命令道：「你，要嘛站起來，要嘛換個位子坐最下面去。」

郝光光揚高下巴哼了聲，直接忽視掉左沈舟的話，側頭望向主座上像是一直都沒發現他們進來的男人。

只見他一身黑衣，舉手投足間皆流露出上位者的高貴氣質，側臉看起來很賞心悅目。她沒唸過書，不知如何描述他的長相才恰當，只知此人俊美得能將人的魂兒勾了去。

饒是郝光光並非花癡之人，見了這般出彩的男人也不禁愣了神，只覺得他鼻子眼睛眉毛嘴巴都長得要多好看就有多好看。

郝光光兩眼滿是驚豔，嘴巴微張，連自己是幹什麼來的都忘了。

泡好了茶，葉韜轉過身靠在椅背上，瞟了眼正一眨也不眨地直盯著他看之人，指了下被氈帽遮住了額頭，就算貼著八字鬍，看起來也很稚嫩的郝光光，問左沈舟道：「這傻小子就是你說的那個偷兒？」

左沈舟摸了摸鼻子，很是沒面子地點頭。「正是他。」

被笑話為傻小子的郝光光立刻回神，因葉韜出眾的俊臉而起的好感瞬間大失，此時此刻她最不愛聽的一個字就是「傻」，誰說她傻她就跟誰急！

「喲，本少爺還以為『豬上』是聾啞人士呢，正對比花還美的『豬上』是個殘疾這點大感痛心呢，現在突然發現原來是一場誤會啊！『豬上』不聾也不啞，瞧，還會罵人呢，委實健康得很，真是可喜可賀、可喜可賀啊！哈哈哈哈……」郝光光對著葉韜直抱拳，笑得小八字鬍一顫一顫的。

三顫兩顫之下，小鬍子禁不住她這般樂呵，「吧唧」一下，掉下一邊來……

第七章

郝光光因看到葉韜和左沈舟沈下來的臉色而心情大好，糾纏了她大半日的怨氣突然不翼而飛。

就顧著笑話人了，哪裡曉得鬍子掉了，白皙的俏臉上掛著一道鬍子，另外一邊則光禿禿的，極不對稱，那道鬍子還顫巍巍地貼在郝光光的臉上，乍一看還以為是一隻黑毛蟲掛在上面呢！

看著模樣滑稽的郝光光，原本面泛怒色想要出口訓斥的葉韜和左沈舟二人頓時感到無語，對視了一眼，都從彼此的眼中看到了荒謬，荒謬這個少年怎的如此不著調。

葉韜揉了揉突突直跳的太陽穴，沒再看一個人樂呵得正歡的郝光光，端起茶杯淺淺啜了一口，覺得溫度偏高，將茶蓋挪開了一些，湊唇對著茶水慢慢地吹起來。人長得好看，做什麼動作都會令人覺得賞心悅目。

左沈舟低聲道了句「小人多作怪」後，拿起一旁放著的、顆粒飽滿的紫葡萄吃起來，沒一個人肯好心提醒一下郝光光，他鬍子掉了。

氣人這種活計只在對方生氣時才有成就感，若對方根本不搭理你的話，那最後被氣到的反倒是自己了。

郝光光見明明生氣著的兩人突然就不氣了，反差過大，一時間腦子有點轉不過來，不過笑了一小陣子後嗓子乾了，來回看了看一個喝茶、一個吃水果的兩個男人，忍不住吞了吞口水，潤了下泛乾的喉嚨，突然想起自己一整個下午都沒喝過水了，此時渴得有點難受。

因葉韜特地交代不用給「客人」準備什麼，因此下人只給葉韜和左沈舟備了茶點和水果等物，郝光光身旁的小几上什麼都沒有。

郝光光水袋裡的水早就喝完了，想喝水就得向人要，有求於人時她不好意思再囂張，不得已之下，抬手先將一直上揚著的唇角抹平了，假裝自己根本沒有笑過，而後對著葉韜好言好語地說道：「那什麼，豬……主上大人，可否給在下來杯茶喝喝？」

「笑啊，怎麼不笑了？」葉韜喝完了茶，將茶杯放回茶几上，眼神不帶絲毫溫度地掃向郝光光，低沈的話語給人帶來無形的壓迫感，這是久居上位者身上特有的氣息，一般人模仿不來的。

「笑完了。」郝光光一雙清澈靈動的大眼睛毫無懼意地回視著葉韜，朗聲回答。

「喔？方才不是還笑得挺歡嗎？怎的這麼快就笑完了？」

郝光光對這種被質問的感覺很不習慣，相當反感，就好像她是犯人被審問一樣。壓下惱火，強迫自己鎮定，深吸口氣後回視著葉韜，一臉莫名地回道：「你這人好生奇怪，笑完了就是笑完了，還需要什麼理由？」

葉韜聞言沒有發怒，斂眸把玩著拇指上的玉扳指，慢條斯理地說：「原來是葉某誤會了，還以為你是口乾了，正要喚人給你上茶，既然如此……」

「沒有誤會、沒有誤會！我是口乾，就是口太乾了，所以笑不下去了。」郝光光一聽葉韜如此說，立刻沒骨氣地大方承認了。能屈能伸才是好樣兒的，她偶爾示弱一次沒什麼，並不丟人。

左沈舟葡萄吃不下去了，不知該說郝光光什麼好。前一刻他還對這個敢嘲笑葉韜，不但不被他的冷臉嚇到，甚至還敢對其瞪眼的人感到佩服，結果下一刻他就為了一杯茶而點頭哈腰的。

不知這種人該說他是膽大包天還是膽小如鼠，又或者是他腦子裡缺根弦？總之行為很讓人無語，真不知他是怎麼養成這種讓人哭笑不得的性子的。

見沒人回答她的話，郝光光眼珠子轉了轉，最後又落回葉韜身上，嘿嘿一笑，指著他身旁剛泡好茶、正不斷往外冒出清香茶味的紫砂茶壺道：「這個……雖說來者是客，但本人一向不好意思打攪別人過多，主上您就不用喚人特地泡茶了，在下喝那茶壺裡的茶水便可。」

左沈舟對郝光光的「不要臉」更佩服了，那可是葉韜的專用茶具，連他和葉子聰都沒那榮幸能與其同喝一個茶壺裡的水，郝光光還真好意思開口！在葉韜皺起眉頭發脾氣之前，他立即開口道：「還沒請教閣下尊姓大名。」

「好說，在下行不改名，坐不改姓，姓郝名光光是也。」郝光光說完，舔了舔乾澀的嘴唇，兩眼飢渴地衝著裝有熱茶的紫砂壺冒狼光。

屋內兩名江湖上有名的美男子在郝光光眼中成了擺設，在此時的她眼中，沒有什麼比紫砂壺裡的茶水更為吸引人的。

「郝光光？這名字可真貼切，你一出手，別人立馬就被偷得『光光』。」左沈舟溫和地笑道，吐出的話刻薄得與他溫文儒雅的平和氣質完全不搭。

「多謝誇獎。」郝光光一點都不在意被人說，但稍微有點不耐煩地催促道：「二位還有什麼想問的立刻問了便是，只求問完後能行個方便，招待杯茶喝。」

郝光光察覺出了這兩人對她無半點好感，尤其她剛剛還對這「豬上」不敬，想喝杯茶解渴怕是奢望了。這裡是人家的地盤，外面不知有多少侍衛兼暗衛什麼的候著，她只有一個人，還是別輕易惹這兩個人生氣好了。識時務者為俊傑，她還是老實點為妙。

「那兩張請帖呢？」左沈舟問。

「啊？」郝光光一聽到這個問題，立刻收回緊盯茶壺的視線，尷尬地笑了笑，硬著頭皮回道：「在下不識字，不知上面寫了什麼，於是……於是就將它們丟了。那帖子不會很重要吧？」

「丟了？我葉氏山莊的東西是可以任你隨意丟的？」這次接話的人是葉韜，他原本靠著椅背的背脊立刻前傾，望向郝光光的一雙俊目佈滿了幾可凍死人的寒冰。

「葉、葉、葉氏山莊？」郝光光瞪大眼睛，結結巴巴地道，忐忑不安的視線轉向左沈舟的方向，臉上明顯地寫著「我不會這麼倒楣吧」這句話。

「怎麼，江湖上難道還有第二個葉氏山莊？」左沈舟氣悶，對郝光光的無知既是憐憫又是氣憤。想他們葉氏山莊號稱江湖第一大山莊，不僅在江湖上地位顯赫，還壟斷了北方大半的經濟，江湖上誰人不知、誰人不曉？連官府都不敢輕易招惹他們，結果這人來到這裡好一會兒了還不知道這裡是哪兒？

「真是北方那個天下第一大莊？不會吧？你們不在北方好好待著，怎麼跑南方來了？」郝光光驚嚇過度，完全失了鎮定，深深地為自己惹到了葉家兩大一小而感到後悔。怎麼會那麼巧，好死不死地撞上他們了呢？

在她及笄後，郝大郎便一次又一次地囑咐她，以後下山時，有兩種人不要招惹，其一便是這葉氏山莊。

郝光光真想狠拍自己的腦袋幾下，居然遲鈍地沒有將先前在飯館時兩兄弟說的「壟斷北方大半經濟的葉韜」與郝大郎交代的「葉氏山莊」連繫起來！當初只記得郝大郎說的葉氏山莊，至於莊主叫啥她根本就沒記過。

使勁想了下郝大郎的話，郝光光記得他說過葉氏山莊是個江湖門派，但生意遍佈五湖四海，莊內能人異士無數，門徒更是不知凡幾，其當家人的身分有些特殊，母親乃是刑部尚書的繼室，為何改嫁的，郝大郎倒是沒有說，郝光光對這個也不感興趣。總之種種原因使得葉氏山莊地位穩固如磐石，朝廷就算再忌憚它的財富和勢力，在毫無把握的情況下，亦不敢輕易妄動其分毫。

江湖中人均不敢招惹葉氏山莊的人，連官府的人遇上葉氏山莊的人都能躲則躲，是以郝大郎千叮嚀萬囑咐郝光光不要招惹上。

第二種人便是官府中人，這點郝大郎交代起來時更為嚴肅，說官家大多都是吃人不吐骨頭的，惹上他們跟惹上江湖中人都沒有好結果。

其中最不能惹的就是左相魏家的人，命令郝光光見到魏家人要立刻就躲，不能結交更不能得罪，至於為何如此，郝大郎支吾著回答說他年輕時偷了魏家的寶貝，得罪了魏家，若得知郝光光是他的女兒，魏家人定不會給郝光光好果子吃的。

郝大郎囑咐的話郝光光一直銘記在心，下山後心裡一直記著不能招惹葉氏山莊，不能招惹魏家，結果可好，她越是躲著什麼，什麼越是躲不掉，莫名其妙地就招惹了不該招惹的人。

老天爺對她定是青睞有加，不招惹還好，一招惹就直接招惹了身分最高的那幾個，郝光光簡直欲哭無淚。

郝光光害怕了，「蹭」地一下自座位上蹦下來，三步併作兩步地來到葉韜面前，苦著臉對著他彎腰作了個大揖道：「葉大莊主、葉大主上、葉大美男子，在下有眼不識泰山，眼睛絕對是被豬油糊住了，居然膽大包天地衝撞了您，實在是欠罵，欠罵得很啊！看在在下比豬聰明不了多少的分兒上，您就大人不計小人過，隨便罵個幾句出出氣，就別跟在下這等笨蛋一般見識了吧？」

馬屁拍到這分兒上了，葉韜的臉色還不見好轉，郝光光更急了，心中的不安更甚。她不知葉氏山莊究竟可不可怕、厲不厲害，但郝大郎特地囑咐過，想必是很可怕，得罪了這裡的人大概不會有好下場。

越想心中越沒底，不想自己惹了事令離開人世的老爹在地底下都不得安心，於是什麼面子裡子的通通不要了，厚著臉皮將自己所能想到的一切肉麻的話語統統都拿出來討好道：「在下還沒斷奶時就聽說了葉莊主您的大名了，當真是大名鼎鼎啊，如那個什麼的貫耳朵。多年來最大的願望便是目睹葉莊主的風采，可一直苦無機會，誰想老天憐見，居然製造了這麼一個機會將在下帶到了莊主面前。

「今日一見果真是風采過人，比想像中還要好得多，見過了葉莊主的風姿，與葉莊主說過了話，還坐過葉莊主屋內的椅子，在下這輩子算是無憾了！感謝老天爺製造的這個機會，感謝葉莊主百忙之中還抽空來召見在下這等不起眼的人。

「今日一見算是在下與莊主有緣，有句戲詞唱得好，叫做『有緣千里來相會』。瞧瞧，我們一個來自北方，一個來自南方，卻神奇地相會了，這不是有緣又是什麼？如此有緣的兩人適合當朋友，不適合當仇人啦！葉莊主，您覺得在下說得可對？」

第八章

「有緣千里來相會？」葉韜嘴角微抽，神色古怪地看著正拚命賣好的郝光光，嗤道：「你覺得這個詞用在我們身上合適？」

「合適！簡直再合適不過了！」郝光光重重點頭。

葉韜看向撫著額，正偷笑不止的左沈舟，感慨了句。「沒文化真可怕。」

左沈舟聞言，噗地一下笑出聲來，掃了眼正一臉納悶的郝光光，笑道：「確實如此，若不明內情之人聽到了此話，怕不得以為你有斷袖之嫌吧？」

「少胡說！」葉韜瞥了幸災樂禍的人一眼，警告道。

郝光光一臉莫名地來回看著表情不太對勁的兩個男人，顧不得害怕地問道：「怎麼了？可是在下哪兒說得不妥？」

「沒有問題，你繼續拍你的馬屁吧！」左沈舟忍笑回道。

雖然她的確是在拍馬屁，可是被人這麼直白地說出來，還讓她怎麼拍下去？郝光光一臉黑線地看了眼明擺著想看好戲的左沈舟，壓下胸中翻騰著的惱火，垂下頭轉往葉韜的方向，有氣無力地道：「小人是不識幾個字，說不出有水準的話，不管你們如何想，總之小人悔過之心是誠的，敬畏莊主的心亦是誠的。偷了帖子是小人之過，為彌補貴莊的損失，小人願潛入王員外家偷兩張帖子回來，不知莊主意下如何？」

現在郝光光已經不敢提葉子聰偷她錢袋在先的事情了，就算她覺得自己沒理虧也不能表現出來，總之不管誰對誰錯，她都要在葉韜面前使勁兒懊悔認錯。

「你覺得這是你偷回請帖就能解決的嗎？帖子上都寫有名號，丟了就是丟了。」葉韜毫不留情地打擊道。

「不怕，這事小人有辦法解決，請莊主給小人一個贖罪的機會。」郝光光彎著腰討好地懇求道。

「想贖罪也不是沒有辦法……」葉韜放慢語速，一雙俊眸意味不明地看著戰戰兢兢的郝光光。

「請莊主明言。」郝光光一聽，精神一振，作起揖來更帶勁兒了。

「這個等葉某想好了再說。」葉韜說完後打了個響指，喚來人，指著郝光光命令道：「將這位小哥帶去偏院，命人盡快收拾間屋子出來。」

「是。」下人領命帶著郝光光出去了。

兩人走後，左沈舟望向像是在算計著什麼的葉韜，輕笑淡諷地道：「只是一個名不見經傳的二愣子而已，就算偷功尚可，也不至於讓你親自召見吧？什麼時候外人想見一面都沒得見的莊主這麼閒了？」

「我只是想瞧瞧能從一向自詡機敏過人的左護法身上偷東西的人有何過人之處而已，如今一見……不過爾爾。」葉韜將了一軍回去。

「你！」被郝光光自身上偷去東西這件事是左沈舟的內傷，若對方真是有過人之處倒也罷了，偏偏是個還沒長大、不聰明又沒什麼原則的臭小子，這對一向自傲的他來講不可謂不是一記打擊。「你都能和他『有緣千里來相會』了，我只是被偷去帖子而已，有什麼大不了的？」左沈舟一想起這個就想笑，沒什麼比看葉韜吃癟更有趣的事了。

葉韜掃了眼門口的方向，似笑非笑地看向左沈舟。「王家小姐你也見過了，那般天人之貌配你也不算委屈了你，不如——」

「打住！」左沈舟嚇得立刻跳起來，神色略微慌張地對表情有幾分認真的葉韜說道：「千萬不要讓屬下去娶那個勞什子的王家小姐！主上您英明，不會罔顧屬下的意願強行婚配的。」

只有在這種時刻，左沈舟才會稱自己為屬下，不敢和葉韜沒大沒小。

「不願娶啊?唉，那可讓葉某為難了。」葉韜衝著左沈舟笑，笑得後者頭皮直發麻。

「屬下保證再也不提郝光光說的那句話！」左沈舟暗自懊悔不該得意忘形，總是忘了座上之人不僅僅是和他一起長大、情同手足的朋友，更是他的主子，玩笑開過頭了哪會有他好果子吃。

「那外面……」

「屬下不僅不會在主上面前提這事，更不會對其他人提半句！」為了不被強迫與毫無好感的女人成親，他寧願放棄這個難得可以笑話葉韜的機會。

「好吧，我對自己人向來是極寬容的，既然你不想娶，那就不娶吧。」葉韜大度地對左沈舟微笑，自稱又恢復成了「我」，說明他的氣已經消了。

好看得能令女人心醉神迷的微笑看在左沈舟眼中，就跟狐狸要偷雞吃一樣奸詐又可惡，只是就算心中極為鄙夷葉韜的卑鄙，表面上卻不得不做出感恩戴德的模樣，對其抱拳，說道：「主上英明！」

兩人「盡釋前嫌」後，坐在一起商量了會兒正事，天色漸晚時，左沈舟起身離去，在經過廳門時回頭問：「你打算如何處置那小子？」

「已經很久沒有人敢對我不敬了，我若不好好『招待』一下他也說不過去不是？」葉韜半瞇著眼，陰沈沈地說道。

見狀，左沈舟突然同情起郝光光來了。葉韜和葉子聰這對父子不僅長得像，容不得別人半點不敬的性子也極像，郝光光招惹誰不好，偏惹上了這麼一對和良善絕緣的父子，真是前輩子沒燒好香啊！

郝光光隨著下人去了偏院，一路上遇到的人無不用怪異的、要笑不笑的表情看她，把她搞得莫名其妙，就在不知第幾個人看著她捂嘴笑後，她終於忍不住了，問向前面帶路的隨從。「這位大哥，能否告知小弟，為何他們看到小弟後表情都那麼怪異？」

帶路之人不苟言笑，話極少，冷淡地回了句。「公子若想知道答案，自己照下鏡子便可。」

「照鏡子？」郝光光聞言，趕緊自包袱中取出巴掌大小的銅鏡來照，這一照可好，差點沒把她氣壞了，終於知道為何那麼多人衝著她笑了！

小八字鬍掉了一道，剩下的一道有一半黏在臉上，另一半隨著她走動還一顫一顫的，再加上她因來到陌生環境，眼睛正瞪得圓溜，忙著左顧右盼，於是給人的感覺就像是一名潛入敵軍內部的蝦兵蟹將，還是鬼鬼祟祟的、嘴角長了顆超大「媒婆痣」的那種。

可憐她前一刻精力都放在應付葉韜以求盡早且平安地離去，之後又因擔心自己會面臨何種待遇而無暇顧及其他，哪裡會察覺到臉上的不適。

悶聲不響地將剩下的一道鬍子摘下收起來，郝光光對葉韜和左沈舟看了她半晌笑話卻不提醒她的惡劣行為敢怒不敢言，身在屋簷下，不得不低頭啊！

怪不得剛才在議事廳時總覺得那兩人神色怪怪的，明明臉色陰沈得很難看，結果下一刻突然變得要笑不笑的，跟面皮抽搐似的，原來是在看笑話。也是，就剛剛自鏡中看到的那個戴著大氈帽、掉了一道鬍子的「媒婆」臉，對著這麼不倫不類的一張臉還真是很難生得起氣來，只會想笑。

偏院是下人隨從們居住的地方，院落房屋的構造和屋內擺設比起正院來雖然差很多，遠不及那麼富麗大氣，但在郝光光看來仍然很好了，能及得上普通客棧的中上等房。

葉氏山莊有錢，就算這裡並非「主窩」，只是暫住的，依然很講究，下人們居住的地方比其他地方的下人居所好了一倍不止。

郝光光被帶到一間比較寬敞，能住下三個人的屋子，該有的擺設全有，她能想得到葉韜讓她住在下人的院落是想羞辱一下她當作教訓，但他不知她從來就不是有錢人，荒郊野嶺都睡過。說句實話，這裡比她生活了十六年的家還要好些。

沒有任何不滿，郝光光老老實實地接受了這個安排，當有人將茶水和晚飯端上來時，她更是滿意了。茶雖然是極普通的沈茶，飯也只是兩道有點鹹的素菜，飯大概是剩飯，有點硬，但就算如此，對她這個早就又渴又餓得想跳腳的人來說根本不算什麼，比餓著渴著強。

郝光光就一個人在屋裡，只要不出這個院子，想做什麼都沒人管，院子裡的人都各做各的事，沒人理她，但只要她出門，那些個視她如無物的人便立刻過來「請」她回屋子。

睡前有丫鬟提著熱水進屋讓她洗澡，郝光光慶幸葉韜沒有將她當上賓對待，否則有人伺候她洗澡的話，她女人的身分就露餡了，那可不行。現在沒人搭理她，洗澡也無須遮遮掩掩的。

洗漱完畢，和衣躺床上時，郝光光覺得自己會擔心得睡不著，結果剛躺在新換的乾淨被褥上沒多久，折騰了一整天、身心俱疲的她就沈沈入睡了……

次日一早，郝光光是被下人叫醒的，睡得迷迷糊糊的她只來得及匆匆穿戴完畢又簡單梳洗了下，便被帶出了屋子，據說是少主要見她，聞言，還帶著幾分睏意的郝光光立刻清醒了，葉子聰要見她準沒好事！

葉子聰住在東院，與葉韜和左沈舟住在同一個院子，郝光光走進是下人們居住處兩倍大的院落，眼睛瞄了瞄，沒看到葉韜和左沈舟，心下為之一鬆。

葉子聰的房間是個大套間，臥室在裡。

剛走進外間，濃濃的食物香氣便撲鼻而來，確切地說，應該是糕點的香氣。那張方形紅木桌上擺放的早餐其實很簡單，就是一碟牛肉湯包、一碗粟米粥外加一小碗鹹菜，只是糕點卻有近十小碟，擺滿了整張桌子。

葉子聰正一身華衣，姿態優雅地一口包子、一口點心地獨自享用著滿桌子的餐點。看到郝光光進來，葉子聰擺了擺手，對屋內的下人說道：「你們先下去。」

「是。」佈菜的丫鬟和領郝光光進來的下人都出去了。

郝光光的雙眼在看到桌上香氣四溢的吃食後，很沒出息地挪不開了，對著滿桌子花花綠綠的糕點猛嚥口水，芙蓉糕、豆沙糕、椰子盞、鴛鴦卷、果醬金糕……還有幾個沒見過、叫不出名字來的。剛睡醒就被叫來，還沒吃過東西，本來不怎麼餓的，結果一見這陣仗，肚子裡的饞蟲立刻氾濫成災。

葉子聰的眼角餘光瞄到了郝光光的饞樣，唇角得逞地上揚，本來木然的俏臉兒立刻變得生機勃勃起來，拿起郝光光正眼冒狼光盯得最緊的金泥酥餅看了眼後，放在唇邊用舌頭舔了兩口，咂吧了下嘴。

「真是好吃啊！」葉子聰咬了一口嚐了嚐，隨後享受地眯起眼，發出一聲感嘆。

這段期間葉子聰是被禁足的，且三餐的伙食比起以往要寡淡許多，左沈舟怕十天下來小孩子受不了，於是便命人在瓜果點心上多下點心思，每日都要或做或買最少二十道上等點心給葉子聰吃，對此葉韜是默許的。

在一邊饞得口水直冒的郝光光聞言，氣立刻就上來了，明白過來這小傢伙是在饞她！她一個大人豈能被一個小不點兒饞了去？郝大郎會氣得從棺材裡跳出來掐死她的，她丟不起那人。

看著一邊陶醉地吃著糕點、一邊拿眼角瞄著她這邊的葉子聰，郝光光收起一臉饞樣，正了正表情，挺直腰板兒，居高臨下地睨著小金童似的葉子聰，鄙夷地撇嘴道：「幼稚！」

「什麼？你敢說本少主幼稚？」葉子聰小臉兒微惱，上挑的眼角斜瞪過來，哼道：「本來小爺心情好，想邀你一同品嚐美食的，既然你不稀罕那就算了，小爺自己吃！」

郝光光聞言立刻氣得手直哆嗦，真不愧是父子倆，說出的話都是一個調調，昨日葉韜也說過類似的話。

葉子聰慢條斯理地繼續吃起早點來，可憐越來越餓的郝光光卻只能站在一邊乾看著，看得到吃不著的感覺很痛苦。

想著小孩子都是需要哄的，葉子聰無非是想她求他，不愛聽人說他哪兒不好而已。

對方只是個小孩子，自己是大人了，何必跟他一般見識呢？既然他想聽好話，想要她順從，那她就假裝順從一下唄！小娃娃自小沒娘也怪可憐的，她就暫時先充當一下他娘哄哄他吧！

想通後，郝光光原本皺著的一張臉立時舒展開來，大大方方地在葉子聽身旁坐下，態度很溫和地哄著鬧脾氣的葉子聽。「子聽寶貝別氣了，你誤會了，我沒說你，我怎麼捨得說子聽寶貝壞話呢？」

葉子聽雞皮疙瘩瞬間冒出一片來，密密麻麻地佈滿全身，往後挪了挪，嫌棄地拿眼角瞟郝光光。「不是說小爺，那在說誰？我爹爹嗎？」

郝光光倒吸一口氣，嚇得連連擺手大聲道：「沒有沒有！子聽不要亂猜！」

「你好像很怕我爹爹啊？」葉子聽在鄙視郝光光膽小的同時，又隱隱有著幾分以父為榮的驕傲。

「怕，當然怕。」郝光光一點都不嫌丟人，誠實地直點頭。

「為何怕？」

「葉莊主能力超群，威鎮四方，我自然怕。」郝光光見小傢伙一臉得意的模樣，想著這下將他哄高興了，應該會變得好說話，摸了摸正瘋狂抗議著的肚子，故作清高地指指滿滿一桌子的餐點，婉轉地問：「這麼多，你一個人吃得完嗎？」快請我幫你吃點兒吧，免得浪費……

「你很想吃嗎？」葉子聰向著滿桌子的糕點揚了揚下巴。

「這個，倒不是都因為想吃，主要是怕子聰寶貝吃不完浪費掉。」郝光光為了挽回點臉面，故作深沈地糾正道。

「喔～～」葉子聰拉長了音，恍然大悟道：「原來是這樣啊！」

「呵呵，就是這樣。」郝光光一臉讚許地衝著葉子聰微笑。

「那真是太好了，這個我吃不下，你幫我吃掉吧，免得浪費掉！」葉子聰笑咪咪地將剛咬了兩口、因被舔過而沾著華麗麗口水的金泥酥餅塞入了郝光光手中。

「……」

第九章

大概是因第一天成功氣到了郝光光，且處在禁足期的葉子聰太過無聊，總之接下來的兩日，每頓飯他都會命人將郝光光喚來，然後用滿桌子的糕點瓜果饞她。

想吃？可以，吃他咬過吃過的吧，否則免談！

郝光光雖自幼在山上長大，生活得頗為儉樸，因沒過過嬌貴日子，是以很多事都沒那麼多計較，比如睡在簡陋的房屋、穿洗得褪了色的衣服等等都無妨，但唯獨受不了吃人口水，即便那些果子很誘人。

就算沒沾上口水也不吃，太髒了。她與他非親非故，這等事做不出來。親人或夫妻之間吃對方吃剩下的食物算是親密的行為，可若換成不熟悉甚至有過過節的人來講，那就成了赤裸裸的羞辱！

「這個蜜餞紅果很好吃的，你真不嚐一口？」葉子聰吃得眉開眼笑，不忘「讓」一下郝光光。

此時方桌旁只有一張凳子，就是他坐著的這把，原本有的凳子都撤了出去，為了防郝光光。現在這般他享受地吃著，而郝光光在一邊饞著、想坐又沒位子可坐、想發火又不敢的憋屈模樣多有趣。

在一邊站著的郝光光聽而不聞，拚命屏著呼吸以求不讓食物的香氣吸進鼻裡過多，眼睛看看這、看看那，唯獨不去看桌上的東西，因為一看她就移不開視線了。

這葉子聰絕對是個小惡魔！自從那次成功將她氣得渾身顫抖後，每次一到用飯時間，他就命人將她喚過來，還不准她事先用過飯再來，用各種美食饞餓著肚子的她，偏偏葉子聰吃飯極慢，慢得郝光光口水都快流成河了還沒吃完。

小小孩子明明沒有多少食量，每次吃得也不多，偏偏一頓飯吃下來就絕對要超過半個時辰。

「少主您慢用，小人身分低微，不敢妄圖與少主您同享食物。」郝光光咬著牙將話一個字一個字地往外迸。從小到大她還沒這麼憋氣過，這滿桌的好東西不讓她看到沒什麼，看到了也不打緊，偏就有人惡劣地在她餓著肚子時在她面前一個勁兒地誇這個好吃、那個好酥脆可口的，簡直找抽！

「本少主不強迫你，這滿桌子的食物就沒你想吃的，真不知你都喜歡吃什麼。」葉子聰小大人兒似地搖頭直嘆氣，一副「你太挑食」了的不認同模樣。

那副搖頭晃腦「數落小輩」的可惡模樣令郝光光氣得想抓狂，好在她已經被折騰得懶得給予他任何回應了。

人餓得久了往往會餓過頭，就算沒有，在目睹了葉子聰那般享受地吃這麼一桌子的美食後，回去面對差了無數檔次的殘羹冷炙還怎麼有胃口？

多次折磨下來，每次在「受刑」期間她不僅想遮住眼睛、掩住鼻子，還想塞住耳朵，因為葉子聰吃著美食的嘴巴還不老實，時不時地便會冒出一、兩句話來氣人。

半個時辰過去，葉子聰快吃完了，郝光光被饞得面泛菜色，想著終於快熬到頭時，葉韜突然掀簾而進。

由於事先未經由下人稟報，他的突然出現令屋內兩人均大感意外，連忙壓下驚訝，紛紛對之行禮問好。

「爹爹。」葉子聰滑下椅子，規規矩矩地行至葉韜面前低喚，小臉上滿是敬畏和孺慕之情，哪還有之前折騰郝光光時半點兒可惡欠揍的影子。

郝光光問完好後便在葉子聰身後垂首站立，恨不得自己根本不存在。連續幾日都沒見過葉韜，他的突然出現，令她稍稍得以緩解的提心弔膽立時湧了回來。

葉韜一身錦緞黑袍，衣襬及袖口處繡著藏青色雲紋，墨色長髮用一根上等碧綠簪高高綰在腦後，腳踏一雙鑲嵌了無數米珠的寶藍雲如意紋短靴，整個人散發著華貴氣質，單單往那兒一站就會給人一種上位者慣有的懾人風範。

與葉子聰極為相似卻略勝一籌的漂亮鳳眼往頭快縮到胸前的郝光光身上輕輕一掃，最後落在正仰著頭、眼含崇拜地望著他的葉子聰臉上，眉頭輕皺低斥道：「下人說你每日光用飯加起來就要花去近兩個時辰，如此還想寫得完一百遍悔過書？莫要以為這兩日我有事外出你就能偷懶了，這幾日你都未完成任務，日後統統補上，什麼時候寫夠一千遍，什麼時候才准出房門！」

葉子聰被訓斥得打了記哆嗦，立刻低下頭掩住眼中的黯然，悶聲道：「爹爹別生氣，子聰知道錯了。」

葉韜還想再訓斥幾句，但是看到兒子低著頭委屈恐懼的模樣，到嘴邊的話又忍不住嚥了回去，黑眸盯著葉子聰低垂的頭頂一會兒後，威脅道：「禁足期過了後會有新的教席先生來，若你再將先生氣跑，就不只是禁足、禁口腹慾那麼簡單了！」

葉韜最後瞥了眼睫毛微顫的葉子聰，沈著臉拋下兩個大氣都不敢喘一口的人，甩袖背手出了房間。

葉韜離開後，郝光光呼出一大口氣，拍了拍因緊張而狂跳的心口，暗自慶幸著對方視她如空氣，沒有搭理她。

葉子聰還維持著原先的動作，彷彿入定了般，低垂著頭，一動也不動。

「少、少主？」郝光光見站在前頭的小人兒一直不動彈，感覺怪異，不怕死地走上前，在他後背上用手指輕輕戳了下。

「你做什麼?!」葉子聰嚇了一跳，憤然轉身大吼，泛著水氣的通紅雙眼凝聚著風暴，瞪向郝光光。

郝光光嚇了一跳，訕笑著解釋道：「小人還以為少主你睡著了。」

「哪有人站著睡覺的？無知！」本來還在因父親教訓而委屈傷心的葉子聰立刻被轉移了

注意力，卯足勁，像個炮筒子似地衝著郝光光發脾氣。

「有，我老爹就會站著睡覺！」郝光光不服地反駁道。

葉子聽狠狠地剮了幾眼敢頂撞他的郝光光，翻騰的怒火在眼角餘光掃到郝光光腰間掛著的舊錢袋時忽地消失了，垂眸偷偷豔羨地瞄了曾被他偷走的錢袋一眼，不甚自在地問：

「你、你爹爹凶不凶？」

被人問起老爹的事，郝光光頓時兩眼放光，忘了自己階下囚的身分，對著「主子」口若懸河地誇起郝大郎的各種好來。

「我爹爹啊是個大好人，不僅對我和我娘好，對鄰居也很好。小時候我肚子餓了，若正趕上家裡沒銀子，老爹就會千方百計地給我弄來吃的，打不著獵他就去鄰居那兒討來吃的給我，而他便會幫人家砍一天的柴當作償還。雖然小時候家窮，但我卻過得很開心，爹爹雖然粗心，但很少讓我餓著凍著，連句重話都捨不得對我說一句，還經常在我喊無聊時抱著我下山去好玩的地方哄我……」

因為回憶，郝光光拋開了身上的枷鎖，當葉子聽只是普通的路人，所以她不再自稱「小人」，最初在葉子聽極力掩飾的羨慕眼神下，她是一臉驕傲且喜悅地談論著郝大郎，只是說著說著，笑容漸漸消失了，眼中不由得泛起水霧來。

爹爹剛過世兩個月，與他相依為命多年的郝光光自是難過不捨，可是知道爹死後就與娘相聚了，對他來說是好事。就為了這點，她才很少去想他已死的事，怕自己忍不住哭起來，令在天上團聚的爹娘擔心。

下山這一個月來，郝光光就沒與人談過心，每次都是深夜時偷偷地思念爹，現在對著葉子聽說起亡父，一直壓抑在心底的難過與思念立時決堤，眼淚不受控制，「嘩」地一下流了下來。

「你、你怎麼哭了？」葉子聽忘了自己之前還差點兒要哭的事，訝然地望著突然哭起來的郝光光。

「我想……想我老爹了。」一個人就算再獨立、再堅強，在親人死時都會痛苦萬分。郝光光不知道自己怎麼就失態地當著葉子聽的面掉淚了，連忙用手背擦眼淚，無奈眼淚像是斷了線的珠子似的，根本就擦不完。

「想他就回家看他啊！」葉子聽一臉莫名其妙地說道。

「他……不在了。」說完後面那極難出口的三個字後，郝光光再也忍不住，透過朦朧淚眼向葉子聽道句歉後，不顧他的反應便低頭跑了出去。

此時的郝光光只想大哭一場，哭過後她還是原來那個獨立且樂觀的郝光光。

葉子聽呆呆地望著奔出去的郝光光，出奇地沒有覺得自己被無視了而發脾氣，反而神奇地覺得這樣的郝光光好像不那麼可恨了……

不顧他人打量的目光，郝光光回房鎖上房門，趴在床上盡興地大哭了一場，哭得昏天暗地，最後導致雙目紅腫、嗓子乾啞，等終於將壓抑在胸中的悲痛與懷念發洩出去後，她的一張臉已經恐怖得見不得人了。

晚上用飯時，葉子聰反常地沒命人來喚郝光光，如此正合她意，頂著一雙比金魚好不了多少的、又腫又紅的眼，沒什麼胃口地扒了幾口味道一般的飯菜後就睡下了。

大哭過後的郝光光身心俱疲，睡得極沉。

眼睛因沒有及時用冰塊等物消腫，第二日清晨一起來郝光光便覺得眼睛極其酸澀，一照鏡子發現眼睛似乎更腫了，眼中泛有點點紅絲，昨日絕對是她有生以來哭得最厲害的一次，所以過了一宿眼睛都沒好。

「主上要你過去。」郝光光剛洗漱完，就被一名隨從帶去見葉韜。

葉韜起得較早，已經用過了飯，正拿著一封信件在看，郝光光進來時正好看完，信紙被修長大手攥成一團，一運功立時化為碎沫。

郝光光看得兩眼發直，按說這一手功夫不算多高深，但她不會，所以就覺得會的人真是了不起。

「你，回去換身衣裳，好好裝扮一番，巳時隨我出門。」葉韜望著眼睛能媲美金魚的郝光光，忍不住直皺眉。

「喔、喔。」郝光光愣愣地點頭應道，一時有點反應不過來。

「記著，我們去了王家後，你自稱是我遠房表弟，最近剛投奔過來的。」

「小人明白。」郝光光下意識地點頭哈腰道。

「嗯？」葉韜暗含威脅的雙目立時瞟了過去。

郝光光這時腦子突然靈光了，立刻會意，挺直腰板大聲道：「表弟明白！」

「嗯，還有一點你必須記住。」葉韜一臉嚴肅地沈聲說道。

「莊……表哥請說。」郝光光強迫自己集中精神聽命，唯恐自己到時哪兒出了差錯，令葉韜不悅。

「王家千金芳名遠播，正所謂好色誤事，你若有幸得見，切記不得出醜，聽到沒有？」

「聽到了。表哥放心，那王家千金就算美得有如天仙下凡，表弟也不會動心的！」這點郝光光說得半點猶豫都沒有，讓她對女人動心，比要葉韜跪在地上虔誠地舔她腳趾還不可能。

葉韜嗤笑，不以為然地道：「希望你能說到做到。」

「一定能做到！」郝光光再次挺直腰板兒，雙目綻光地直視著葉韜。對於去王家一事她是抱著期待的，想著自己這幾日表現良好，又被他兒子欺負得辛苦，說不定他大爺一高興，自王家回來後就放她走了呢！

葉韜看了眼郝光光紅腫的雙眼，微微皺眉，對一旁的下人道：「帶他下去梳洗，拿冰塊給他敷眼。」

「是。」帶郝光光來的那名隨從領命將她帶了出去。

郝光光回去的路上心情一直激動著，因自幼生活的環境所致，思想一向不複雜的她總覺得做錯了事，在對方處罰完、消了氣後就沒事了，是以她覺得葉韜帶她去王家辦完要辦的事後就會讓她走了。

正因馬上就會解脫而一臉喜悅的郝光光，若知道葉韜要她打扮得英俊瀟灑地去王家的目的為何，怕是不但不會笑，反而會立刻哭出來……

第十章

葉韜的到來令王家上下很重視，年過五旬、體型發福的王員外更是挺著吃得圓溜的大肚子，笑面佛似地親自出來迎接。

能讓向來自視甚高的王員外親自出門迎接的貴客並不多，財大勢大的葉韜自然是家中財政出了問題的王員外著重巴結討好的對象。

「葉莊主大駕光臨，真是令敝舍蓬蓽生輝啊！」王員外衝著步下馬車的葉韜抱拳說道。

葉韜雖非官家之人，但他生母乃現今刑部尚書之妻，改嫁後生的兒子又是葉韜同母異父的弟弟，就憑這與官家若有似無的關聯，再加上他本身在江湖及商業上的霸主地位，也完完全全夠資格稱為「大駕」。

王員外身後站著他的幾個兒子還有管家，紛紛與葉韜和他帶來的人問好，彼此客套了一番後，一起進門向待客的正廳行去。

路上很多人都在悄悄地打量著郝光光，對於這個突然冒出來、自稱是葉韜遠房表弟的俊秀男子感到好奇。

郝光光與葉韜同乘一輛馬車，緊隨其後下了馬車，她穿著一式合身的新衣，從裡到外都是綾羅綢緞，比她先前在成衣鋪裡買的衣服不知要好上多少倍。

邁著悠閒從容的步伐跟在葉韜身側，郝光光穿著一件雅致潔淨的白色衣袍，腰繫玉帶，頭上別著一支好看的上等羊脂玉髮簪，手持一把象牙摺扇，端的是一副富家公子哥兒的打扮，瀟灑俊雅，一雙杏眼含笑，目光純淨，秀眉微揚，唇紅齒白的模樣讓人看了就忍不住心生好感。

所謂人靠衣裳馬靠鞍，郝光光這身打扮站在身穿冰藍上好絲綢、五官深刻如雕刻出來般俊美的葉韜身旁並不遜色多少，根本不會成為被人忽視的陪襯。

一個俊得凌人，一個秀得雅致，一冷淡一溫和，兩人站在一起的畫面竟是出奇的和諧養眼。

「郝兄弟可是南方人士？」王員外的長子在巴結討好葉韜無果後，頂著身後弟弟們嗤笑的目光，暗惱地改與郝光光說話，企圖緩解一下尷尬。

「嗯，在下生在南方。」郝光光點頭應道，曉得對方的尷尬，她好心地將語氣放得很平和。

她的身高在女人中算是高眺的，比普通閨閣中的女子要高出半個頭，只是站在高大的葉韜身邊，身材便顯得矮小了許多，比他低了近一個頭。

身材比一般女子顯高令她穿起男裝得以以假亂真，生長在南方的男子比起北方男人來本就秀氣瘦小些，而且南方水土養人，很多男子的臉都很白淨，而郝光光在山上長大，自小隨興慣了，半點淑女氣質都無，穿男裝比穿女裝還要自在習慣得多。

聲音清脆，缺了幾分溫婉柔和，是以只要說話時稍稍壓低一下嗓音，聽起來就像是處於變聲期的少年一般，又因鮮少與人有過多接觸，是以郝光光自下山以來倒無人懷疑她的性別。

「郝兄弟不愧是葉莊主的表弟，今日一見但覺風采過人，羨煞吾等啊！」王大公子邊說邊拿眼角瞟葉韜，這句話明著是誇郝光光，實則在暗捧葉韜，拍馬屁的行為很明顯。

原本被誇得想謙虛幾句的郝光光辨過味兒來後，瞬間就什麼想法都沒了，自進門以來聽來的讚美都是看著葉韜的面子，若沒有葉韜是她「表哥」這層關係存在，估計都沒人願意多看她一眼。

「還有兩日便是小女的選夫大會，到時葉莊主和左護法一定要來捧場啊！」幾人入座客套了一番後，王員外看著葉韜提起了正事。

郝光光聞言不由得縮了縮脖子，偷偷瞄了葉韜一眼，帖子都沒了還怎麼參加呢？

葉韜拿眼角掃了某個心虛得不行的人一眼，唇角淡淡一揚道：「令嫒才貌無雙，慕名而來者不計其數，葉某亦不例外。王員外放心，葉某那日定來赴會。」

「如此甚好、甚好！」王員外聞言，滿意地直咧嘴，笑得肚子上的肥肉一顫一顫的，快瞇成一條縫的小眼迅速滑過一抹得意。他還有什麼好不放心的？不說家世如何，光憑女兒的容貌和身段就足以迷住世上任何一個男人，何況她手中還握有更有利的「東西」。

將王員外和他四個兒子掩飾得並不高明的得意盡收於眼底，葉韜借由喝茶的動作垂眸掩住眼中的譏諷。

「聽聞後日新科武狀元也會來？」喝了口味道不甚滿意的茶，葉韜輕輕皺了皺眉，放下茶杯問道。

被問及此事，王員外大為得意，毫不掩飾眼中因此而湧起的喜悅，好在他還沒被得意沖昏了頭腦，知道目前有求於葉韜，於是帶著奉承回答道：「葉莊主消息靈通，沒有事能瞞得過，王某佩服得緊啊！葉莊主所聞不假，魏狀元昨日命人遞來名帖，稱後日會抽空過來瞧瞧。」

「沒想到這次的選婿大會居然引來這麼多的青年才俊，怕到時王員外得選花了眼。」

「哪裡哪裡，其實論才智謀略，又有誰能及得過葉莊主之萬一？王某最屬意之人乃是葉莊主啊！」王員外一反先前的拘謹，以著丈人看女婿的眼光看著葉韜。

葉韜笑笑，望了眼坐得筆直，一點都不敢亂動的郝光光，對王員外道：「不知那日葉某可否將表弟一起帶來？」

「無妨，葉莊主的表弟又不是外人。」王員外答應得很痛快。「愛屋及烏」之下，望向郝光光的眼神也是和善的。

「還不快向王員外道謝。」葉韜對著正一臉狀況外的郝光光命令道。

雖然好奇，但葉韜說的話她不敢不聽，郝光光收回打量的視線，對著王員外感激地抱拳。「多謝王員外。」

該客套的話都說完了，有些事不宜當眾提，看了眼斂眸喝茶的葉韜，王員外連忙給長子使了記眼色。

王大公子會意，站起身頗為熱情地對郝光光說道：「在下前些時日新購了隻會說話的八哥，聰明得緊，郝兄弟要不要隨在下一起去看看？」

郝光光目帶詢問地看向葉韜，見他點頭應允後才站起身回道：「那就有勞王兄了。」

於是，郝光光被王家四位公子帶出去了，王員外與葉韜隨後則去了書房談事。

王家很大，院落多，郝光光隨著四兄弟七繞八繞的，涼亭假山經過好幾處，走了有一陣子終於來到一處種滿月季花的小花園裡，不遠處有個湖，這裡的景色不錯，王家四兄弟帶著郝光光去一旁的亭子歇腳，坐在亭內不僅可以賞花，還能賞湖。

「去將那隻八哥帶來。」眾人剛一落坐，王大哥便命下人去提八哥。

「郝兄弟與葉家有何淵源？」老二沈不住氣，見郝光光年紀小、看起來又不像是有心眼兒的，於是也不怕唐突，直接將疑問問出。

這點另外三人也想知道，趁葉韜不在，正好可以好好詢問一番。

「郝家與葉家是遠房親戚，先祖母與在下表哥的祖父是表兄妹，兩家因離得過遠，鮮少有聯繫，在下不幸家道中落，走投無路之下便來投奔表哥。」郝光光將來時葉韜教給她的說辭重述了一遍。

「喔，原來如此。」聞言，四兄弟失望地互看了一眼，原來郝光光是個無家可歸的窮光蛋，如此也沒什麼可再問的了。

知道郝光光沒靠山，四兄弟便歇了要結交的心思，將精力放在套話上，詢問的話題全圍繞在葉韜身上打轉，結果郝光光愣頭愣腦的，一問三不知，知道的事居然比他們還要少。

最後很神奇地角色逆轉，成了郝光光不停地追問起他們關於葉韜的事，氣得幾人直跳腳。

王家兄弟算是明白了，這郝光光一點用處都無，四人笑得都有些勉強。家世不好便不需結交，關於葉韜的事，他這個剛來投奔沒幾日的人什麼都不知道，這不行、那也不行，傳個話總行了吧？

於是四兄弟改變了策略，為了借由郝光光之口傳遞他們妹妹的各種好，開始你一言、我一語地誇起妹妹來，將她誇得天上有地上無，美若天仙、多才多藝、性子又好，總之就是好得半點缺點都沒有，全天下沒有能比得過他們妹妹的女人！

郝光光最愛聽人吹牛了，因為郝大郎在世時一高興就常拉著她吹牛，看著面前「口水與沙塵齊飛」，吹得天花亂墜、風雲為之變色的四人，就彷彿郝大郎活了過來在對她吹當年他的英雄事蹟一般。

郝光光眼睛睜得溜圓，聆聽的興致甚濃，眼中的喜悅像是要溢出來，真真是個能令吹牛者虛榮心得到極大滿足的最佳聽眾。

王家四兄弟見聽眾這般捧場，心中怨念稍減，吹起牛來更加帶勁兒了。

不知過了多久，話說得過多，四人都口乾舌燥起來，停下來捧著茶水猛喝。

提上來有一會兒的八哥見主人們不說了，終於輪到牠表現了，於是抖動了幾下黑亮的羽毛，仰頭口齒不甚清楚地嚷嚷道：「妹妹美、妹妹美！」

八哥很聰明，簡單的一句話聽的次數多了，自然而然就學會了，方才牠聽得最多的一句話就是「妹妹美」，於是便會了。

郝光光被口齒不清、語調怪異的八哥逗得前仰後合，輕輕戳鳥籠子，逗弄了幾下八哥後，漫不經心地開口道：「在下不明白，令妹就算再美，但那些青年才俊難道就沒見過美人了？怎的四面八方的男人都巴巴地跑來參加選婿大會呢？」

「這你就不知道了吧？舍妹才貌與家世均為上乘，這自是不用說的，那些位高權重之人見過的美人雖然不少，但她們手中可沒有練武之人夢寐以求的『甲子草』，再美又有何用？那武狀元大概便是聽說了舍妹手中有甲子草這個消息才——」吹牛吹得都快忘了自己是誰的王家老四得意洋洋地將「內幕」曝了出來。

「老四！」老大鐵青著臉瞪過去，將剛一說完就後悔了的老四嚇得一激靈。

雖說前來要參加選婿大會的人並非全是衝著他們妹妹的家世和美貌而來，主要是為了什麼大家都心知肚明，但這般被自家人當笑話似地抖落出來也未免太丟人了些。

「甲子草是什麼？」郝光光奇怪地問。

「沒什麼。」老大明顯不想談，為防郝光光再問，他立刻轉移了話題，說起武狀元的事。

連本年度最具盛名的新科武狀元都要來，不管他是出於何種原因，都令王家上下感到榮耀啊！

四兄弟提起武狀元又來勁兒了，拿出剛剛誇他們妹妹的勁頭誇起他來，彷彿武狀元已經是他們王家人了一樣與有榮焉。

郝光光對武狀元是誰並無太大興趣，一邊聽著一邊逗八哥玩兒，他們說什麼她沒太注意聽，只是耳朵很敏感地抓住了幾個字眼──「魏」和「左相」。

「你們說的武狀元姓什麼？」郝光光猛地抬頭開口問道。

「姓魏。」老大像看怪物似地看著郝光光，忍不住抱怨道：「你怎的什麼都不知道？葉莊主的事不清楚，新科武狀元的事也不知道，你究竟都知道些什麼？」

郝光光不理會對方話中的鄙視，提著心，緊張地追問道：「武狀元與左相一家是何關係？」

不僅老大，另外三個也紛紛對郝光光鄙視起來了，老三搖頭道：「若非你長得細皮嫩肉的，又衣著光鮮，我們都要以為你是哪個犄角旮旯裡長大的土包子了。」

她本來就是山上來的，被看成是土包子又如何？郝光光根本不在意，執意要得到答案，但對方很不合作，一個個都懶得回答這麼「無知」的問題。

問不出答案，郝光光洩氣了，想著一會兒問別人去，心底逐漸湧出不安來，應該沒那麼巧吧？揣著心事，雙手無意識地捧起茶杯喝起茶來。

誰想就在這時，老大突然開口了，嘆道——

「真難以想像你這樣的人居然會與葉莊主是表兄弟，你……算了，就告訴你，讓你明白一回吧，新科武狀元就是左相左大人的嫡長孫。」

姓魏……左相嫡長孫……

郝光光像是見鬼了一樣，眼睛瞪得溜圓，郝大郎生前千叮嚀萬囑咐的話還很清晰地記在心頭。

忽地，腦中閃過在正廳裡葉韜說的那句後日要帶她一起來的話。

「噗」地一下，含在嘴裡沒來得及下嚥的茶水全噴了出去，正好噴在她面前與她大眼瞪小眼的八哥身上。

被澆了一身茶的八哥傻住了，呆了呆，隨後猛烈地撲騰著濕淋淋的翅膀，將羽毛上的茶珠子抖落得四處亂飛，亭內五人無一倖免。

沒察覺到自己惹了禍的八哥抖完了羽毛後，俐落地轉過身，面向正黑著臉拿袖子擦臉上茶珠子的王家老大站立，委屈地張開嘴，嘰嘰喳喳地用鳥語告起狀來。

第十一章

從王家出來時，郝光光手裡提著個鳥籠子，籠子裡有隻蔫頭搭腦，被主人拋棄了的八哥。

郝光光的心情沒比八哥好到哪裡去，來時神清氣爽，回去時萎靡不振，直到上了馬車，眉頭都沒舒展開，苦著一張臉，一副想說什麼又不敢說的受氣小媳婦似的可憐模樣。

馬車很寬敞，兩人一人一邊都能離得很遠，郝光光前後情緒反差過大，葉韜想忽視都難，打量了幾眼臉皺得快成花卷的郝光光，又瞟了眼無力地趴在鳥籠裡用翅膀蓋住腦袋的八哥，一人一鳥同樣無精打采，感覺就跟親哥兒倆一樣。

「做什麼跟要死了一樣？」葉韜不悅地問道。

郝光光抬起頭，垮著臉要哭不哭地看向葉韜，咬了咬牙後壯起膽子問：「表哥是想要我做什麼？什麼時候能放我離開？」

葉韜聞言眼一冷。「你這是在與誰說話？」

郝光光不由得瑟縮了一下，臉重新皺起來，覺得自己實在是倒楣透頂，只是偷個帖子而已，結果害得她跟個下人似的唯命是從不說，還不得有異議，這種龜孫子似的生活何時是個頭啊？

越想越怒，尤其一想到後日有可能會遇到姓魏的就更怒，以她最近有如衰神附體的倒楣程度，她完全不懷疑會「成功」惹上第二個難纏人物。

前有狼、後有虎，一個就夠她受的了，若再惹上一個她就別活了！

馬車穩穩地向前行駛，郝光光暗自惱火了一路，最後實在憋到不行，望向正合著眼小憩的男人，舔了舔因緊張而顯乾澀的嘴唇，小心翼翼地以商量的語氣問：「表、表哥，能否求您一件事？」

「講。」

「後日我不去王家成嗎？」聲音有點小，是怕激怒了某人。

葉韜這次倒是沒生氣，沒點頭也沒搖頭，淡淡地道：「理由。」

「我、我怕遇到某些人。」郝光光支支吾吾地道。

「喔？那日會有你認識的人？」不能怪葉韜看不起人，實在是郝光光這樣的……純真之人，不像有這等本事能與大人物有所牽扯。這麼想時，他倒是忽略了不是「小人物」的自己。

「有。」郝光光不想具體說出來，低下頭看向還沒從被主人拋棄的打擊中緩過神來的八哥。

「有不想見的，到時躲著便是，有你『表哥』在，誰敢尋你不痛快？」葉韜如此說，等於承諾那日會當郝光光的靠山，暗示他完全不用擔心。

「我還是……」

「嗯？」葉韜皺起俊挺的眉，不悅地望向敢「輕視」他威信的人。居然有人無知到不信有他在時，根本沒人敢輕易動由他「罩」著的人。

長時間被壓迫的人總會有點反抗情緒的，尤其被狼盯上時，眼看又碰到會吃人的老虎，危險加重，後果更嚴重，如此倒不如先將狼激怒，說不定就碰不到虎了，是死是活好歹給個痛快。

如此一想，郝光光的勇氣頓時恢復了大半，挺直腰板兒不懼地望向重新閉上眼，明顯不想多談的葉韜，不怕死地大聲抗議道：「我不去！就偷了你兩張帖子，又沒殺人放火的，憑什麼將我當奴隸使喚？」

馬車外的隨從與侍衛聞言，無不為郝光光捏把冷汗。上個敢這麼對主上說話的人，屍體都不知進了哪隻飛禽野獸的嘴裡了。

葉韜倏地睜開眼，濃黑如墨的雙眼宛如冰刀般，冷冷地射向在強裝鎮定，實則害怕得心直顫的郝光光。「你覺得自己有資格與葉某談條件？」

「我、我是人，不是奴隸！」郝光光被葉韜的眼神嚇到，下意識地別開眼，隨後又強迫自己鼓起勇氣咬牙與他對視，掩在袖口中的雙手因緊張而攥得死緊。

葉韜微微詫異地挑了挑眉，在被郝光光惹怒的同時，又因她超人的勇氣而感到些微欣賞，想到還有事要「拜託」他，於是壓下被忤逆的怒火，淡聲道：「你偷了我的東西，自然要還我一樣東西當補償才是，只要你能做到，我自會放你離開。」

「還什麼東西？」郝光光一聽離開有戲，眉頭鬆開了稍許。

「這個回去再談。」葉韜說完閉起眼，拒絕再談的意思甚為明顯。

郝光光不滿地白了葉韜一眼，在心中將他罵了個狗血淋頭。她不知自己要「還」什麼才行，總之直覺告訴她，這個要還的東西沒那麼輕易弄到手。

這時，一直抱頭裝死的八哥終於從打擊中掙脫了出來，牠的對面正好是葉韜，仰起頭張嘴便嚷嚷道：「壞人、壞人！」

郝光光嚇得立刻將鳥籠拎到自己另一側，用腿遮住八哥的視線，拍鳥籠威脅道：「不許亂叫，否則拔光你的毛！」

八哥估計知道郝光光將會是牠的新主人，不能輕易得罪，於是閉起了嘴不亂叫了。

「將這隻八哥帶回去給子聰。」葉韜閉著眼說道。

郝光光憤怒地抬眼，抿著嘴小聲抗議。「這是王大公子送給我的見面禮！」

「若你不是葉某的『表弟』，他會送你東西？」

郝光光啞然，葉韜說的是事實，王大公子是為了討好葉韜才將八哥送給她的。

「那也是你要我幫你做事，你有求我在先！」郝光光不知哪根筋出了毛病，脫口便將不滿說了出去，一說就後悔了，立刻縮起脖子，學著剛剛八哥的動作，當自己不存在。

葉韜眼裡逐漸湧起風暴，沈聲喝道：「停車！」

「主上。」馬車立刻停住，車外的人嚴陣以待。

「將『表少爺』扔下去。」

「是。」

「不要，我自己滾下去。」郝光光躲開隨從伸過來的粗厚大掌，提著鳥籠跳下馬車。

「八哥留下，你自己走回去。」

話音一落，鳥籠立刻便被搶下放進了馬車內，郝光光氣得瞪向搶她手中八哥的隨從。

葉韜無視渾身怒氣的郝光光，衝著馬車外暗衛在的方向說了句——

「狼星、狼月跟著，『表少爺』若敢有異動，直接打昏拖回去。」

「是。」

眾人看不到的方向傳來兩個人應答的聲音。

郝光光心中剛湧起的竊喜立刻被一桶冷水澆滅，這下什麼想法都沒了。她是逃跑功夫很好，但不代表能在兩個善於隱身的高手面前得逞，一個狼星當時就追得她狼狽萬分了，再加一個據說葉韜身邊輕功最好並且心狠手辣的狼月，她是更別想動歪心思了。

「走。」葉韜放下轎簾。

沒多久，馬車便迅速駛離了視線。

這裡離別莊還有一段很長的距離，郝光光欲哭無淚，暗怪自己怎麼就沈不住氣，瞎頂什麼嘴？這下好了，放著舒服寬敞的馬車不坐，要徒步走回去。

「王八蛋、黑心鬼、死變態、臭屎溝……」郝光光一邊走一邊忿忿地咒罵著，路上的行人見狀，以為遇到了瘋子，紛紛躲著她走。

罵得正歡時，左邊屁股突然被一顆小石子擊中，疼得郝光光立刻跳了起來，回過頭破口大罵。「哪個瞎眼睛的混蛋，敢偷襲小爺?!」

雙眼在四周均莫名其妙地看著她的行人間搜尋了一圈，最後郝光光確定打她的人是聽不得她罵葉韜的狼星、狼月兩人之一，忍不住抬手揉了揉被打得麻痛的屁股，齜牙咧嘴地直呼。

大街上揉屁股的舉動太下作，路人紛紛露出鄙夷的神情。

郝光光感覺到了來自四面八方的注目，不情願地放下手，暗罵那小子暗中下手真狠，那裡疼得她走路都難受。

忍著繼續揉屁股的舉動，郝光光一腳深、一腳淺地慢慢往前走，走得稍微快點，屁股處就尖銳地疼。

「他個祖奶奶的！主子欺負人，奴才也欺負人，躲在暗處下黑手的王八蛋、狗奴才，小心偷襲手上長濃皰！」郝光光不敢當著葉韜的面罵他什麼，但不代表她也不敢罵欺負她的其他人。

「啪」的一下，郝光光另外一邊屁股也被石子擊中。

「哎喲！」郝光光趔趄了一下，這次偷襲之人是下了狠力，她疼得眼淚都冒出來了。死死咬住牙，忍住再度破口大罵的衝動，人在暗處她在明，功夫不到家只有被打的分，再逞口舌之快只會讓她受皮肉之苦。

虎落平陽被犬欺！想她郝光光在山上時可是眾星捧月的寶貝疙瘩，來到這裡就成了誰想罵便罵、誰想打便打的可憐蟲。

娘的！死狗崽子們等著瞧，別讓我有翻身之日，否則定會打斷你們的狗蹄子！

一瘸一拐的，郝光光走得比兩歲孩童還慢，等她終於回到別莊時天已經黑了。

本來以為這一路就夠憋屈的了，誰想這還不是最過分的，回房後沒扒拉幾口飯，腫痛的屁股還沒來得及上藥便被葉韜叫了去。

聽到葉韜交代她後日要做的事後，她氣得差點沒暈過去，瞪著悠閒自在、毫無愧疚之意的葉韜，理智頓失，不怕死的勇氣又回來了，憤怒地嚷道——

「要我娶王家小姐拿甲子草?!滾回被窩作你的春秋大夢去吧！你就算跪下來磕十個響頭、叫一百遍祖爺爺，我都不娶！」

第十二章

從來沒有人敢在葉韜面前這麼無禮過，郝光光放肆的話語對受人敬重慣了的葉韜來說是難以容忍的。

威嚴被踐踏，尤其還是當著剛辦事歸來的左沈舟面前，無疑於火上澆油，涵養再好的人都會發怒，更何況是脾氣稱不上好的葉韜了。

葉韜原本平靜的俊臉頓時罩了一層寒霜，黑眸微瞇，用比寒冬臘月還要冷上三分的聲音極其緩慢地說道：「你說什麼？」

讓那雙如被激怒的老虎般危險的眼睛一掃，郝光光只覺一股寒氣陡地從腳底板躥至腦瓜頂，雙腿不自覺地發起抖來，但怕歸怕，怒卻更甚，讓她因恐懼而示弱根本不可能！

「要我娶王家小姐拿甲子草?!滾回被窩作你的春秋大夢去吧！你就算跪下來磕十個響頭、叫一百遍祖爺爺，我都不娶！」郝光光強壓下害怕，一字不差地重複了一遍，用比葉韜更為惱怒的眼神與其對視，雙拳悄悄背至身後攥緊，雙腿緊貼在一起以防顫抖得太明顯而洩了底兒。

「很好，很好。」葉韜唇角一扯，突然笑了。

郝光光頭皮直發麻，他這個時候笑比發火還恐怖，直覺這次她別想有好果子吃了。

「來人，將『表少爺』押去地牢，沒我的允許不許給飯給水！」葉韜冷冷地望著驚懼交加的郝光光，對外命令道。

語畢，立刻便有兩名侍衛自外面走進，二話不說，一邊一個扯住郝光光的肩膀就往外拉。

「放手！」郝光光不願意被男人碰觸到身體，使了個泥鰍功，自沒防備的兩人手中掙脫開來，退開幾步怒視因她的反抗而皺起眉來的葉韜，大聲道：「我不能娶妻！我是女——」

「帶下去！」葉韜打斷了郝光光的話，不悅地對兩名遲疑的侍衛喝令。

兩名侍衛這下不敢再鬆懈，很有默契地從兩個方向衝上前將郝光光制住，一個用力地抓住郝光光的雙手手腕，一個掏出手銬「喀嚓」一聲將兩隻手銬在了一起，這下除非是會那只存在於傳說中的縮骨功，否則別想逃脫了。

「你們這是做什麼？我又不是犯人！」郝光光用力晃著文風不動地鎖在她手腕上的東西，此時光用惱火一詞已經不足以形容她暴烈狂怒的心情，抬腳便向銬住她雙手的侍衛胯下踹去。

侍衛俐落地側身躲過攻擊，退後一步道：「到了地牢自會給你打開。」

「姓葉的，我根本就無法娶妻，因為我本身就是個——」郝光光不想平白去地牢受罪，瞪向葉韜便要將自己是女人的事實說出來，結果還沒說完便被侍衛用充滿了汗臭味的手帕塞住嘴，拖了出去。

手銬是鐵的，侍衛因怕郝光光再說出不敬的話氣到葉韜，是以拉扯的力道極大。郝光光的一雙手腕被磨破了皮，屁股上的疼還沒消去，腕上又添新傷。郝光光怎麼說也是自小被郝大郎捧在手心裡長大的，短短時間內接連「受傷」，細皮嫩肉的她疼得眼淚都冒出來了。

「嗚嗚嗚……」郝光光控訴地瞪著拖著她的兩人，嘴巴裡那臭烘烘的帕子讓她噁心得要吐了。

兩個侍衛也沒好臉色，方才差點兒被郝光光害到，因此沈著臉快步押人去地牢。

汗臭味佈滿了整個口腔，被硬拉著快走的郝光光胃部翻騰得厲害，最後忍不住低頭吐起來，剛吃下去沒多久的菜飯吐出來了一部分，正好穢物將臭帕子頂了出來。

「你！」手帕的主人見帕子上面沾滿了白白黃黃的黏稠物，頓時黑了臉，鬆開手退離一步，斥道：「多事！」

吐完了，舒服了許多，郝光光把嘴裡殘留的酸臭物啐掉後，瞪向兩名侍衛，將在葉韜面前一直沒機會說的話說了出來。「我是女人，沒法子娶妻！」

居然連自己「不是男人」這種荒謬離譜的話都敢說？兩人紛紛搖頭，一臉鄙夷地看著認真到不行的郝光光。為達目的連臉都不要了，有夠無恥！再下去是不是該說自己連人都不是了？

「真當自己是塊寶啊？你說說，你就除了模樣還能湊和著看以外，有哪點能配得上人家王家千金？要財沒財、要勢沒勢的臭小子，哪家好姑娘願意跟你？主上開恩幫你娶富家千金，那是你祖上積德！別一副自己受了多大污辱的模樣，扮清高給誰看?!」手帕被「毀」的侍衛刻薄地說道。郝光光對著主上大吼大叫時，守在門外的他們聽了個一清二楚。天大的餡餅落到頭上，不僅不感恩戴德，居然還敢對主上不敬？不識抬舉的傢伙！

「我是女人你們不信？」郝光光瞪大眼睛，看看這個又看看那個，神情頗受打擊。

「鬼才信你！」兩人不耐煩地瞪了還想繼續騙人的郝光光一眼，不再廢話，扯著手銬一端，繼續向地牢走去。

「喂，我真的是女人！不信的話，你喊個丫頭過來給我驗明正身！」郝光光氣得直咬牙，手腕被拖得快疼死了。

郝光光眼中極正常也最具效用的方法聽在別人耳中立刻就變了味兒，侍衛臉色更臭了，回頭怒道：「有『需要』就去花樓找小姐，少污辱葉氏山莊的姑娘們！」

「你、你、你這隻蠢驢！」郝光光氣得話都說不俐落了，她看起來像是發情的人嗎？

這次兩名侍衛都抿緊了嘴，誰都沒再理會郝光光，加快腳步將咒罵不休的郝光光一路帶去了位於宅院最後面的地牢。

頭頂上的方磚重新蓋上後，地牢裡立即漆黑一片。

郝光光站在潮濕且泛著陣陣惡臭的地牢裡，翻騰的怒火久久不休。

「為了一根草逼迫人娶妻就是『施恩』，不接受就是『不識抬舉』，什麼世道啊！我一個女人娶什麼妻？有本事姓葉的你去嫁個男人試試！」郝光光抬頭衝著上面吼道，一腳將爬到腳背上、又肥又大的老鼠踢飛了出去，這一踢，屁股立刻如針扎似的疼起來。剛才一路上只顧著與兩個侍衛理論，沒注意這事，現在被分散的精力一回來，頓覺屁股上還有手腕都疼得厲害。

趕緊自懷中摸出一小瓶藥酒，打開瓶蓋兒給臀部和手腕抹起藥來。

上完藥，眼睛逐漸適應了黑暗，隱隱看到角落處有一堆泛潮的草，上面有件不知被哪個倒楣鬼丟下的、沾了血的髒外衫。

郝光光四處打量了下，這一看可好，還沒消去的怒火騰地又躥高了好幾丈。

不下十隻的肥大老鼠正在各處「蹓躂」，突然間驚住，然後撒丫子就跑！只見一條茶杯口粗大的黑蛇驀地出現，吐著信子蜿蜒著向它眼中肥美的食物快速爬去……

「逼郝光光去娶王家千金是否有點說不過去？」一日過去，葉韜的臉色不那麼陰沈時，左沈舟過來尋他提起此事。

「怎麼，難道你想娶？」葉韜抬眼看向左沈舟。

「你就別嚇我了。」左沈舟苦笑，因為葉韜、他和整日陰著張臉的右護法都不想娶妻，所以葉韜才將腦筋動到長得俊俏、稍一打扮就像是好人家出身的郝光光身上。

匆匆幾次碰面，左沈舟覺得郝光光是個有點矛盾的人，說他沒文化吧，但卻並不顯粗俗愚鄙，偶然的一個表情轉變或舉手投足間居然還會流露出一星半點的貴氣。敢一而再地頂撞、惹怒葉韜，如此作為明明是膽大的表現，但偏偏一恐嚇他，便立刻窩囊得渾身直顫。

大概便是郝光光不同於尋常野夫的乾淨氣質令葉韜將主意打到了他身上，不得不說葉韜還真是將人壓榨得徹底，連人家的終身大事都算計上了。

「收起你的同情心。」葉韜沈聲警告道，對一次又一次挑釁他權威的郝光光沒半點愧疚之心。

左沈舟自然不會傻到為了一個無關緊要的人與葉韜起爭執，於是收起那股子愧疚之意，換了個問題問：「聽下人說，他在地牢裡滴水未進，既然要帶他參加明日的大會，那就早點將他放出來吧，你也不想明日帶著個臉色泛青的『鬼』去嚇王家人吧？」

葉韜聞言，看了眼外面還未完全落山的太陽，冷哼道：「不急，總得讓他長點記性。」

「那郝光光唯一還能拿得出手的就只有那張還算不難看的臉，若是不小心睡著了被老鼠咬得破了相，又或是被蛇咬傷了，那可如何是——」說得正歡的左沈舟被葉韜瞪得摸了摸鼻子，不敢再說下去了。

「破了相也要娶！那王員外要的只是足夠周轉家族危機的銀子，最後女兒嫁誰還得他這個當老子的說了算。論財力誰又及得上葉氏山莊？總之那甲子草我們勢在必得，子聰的未來可就在這根草上了！」葉韜望著左沈舟，一臉嚴肅地說道。

左沈舟聞言點頭，為了葉子聰，那一點點的愧疚又算得了什麼？

甲子草百年難得一見，乃練武之人夢寐以求的寶物，可以增加一甲子的內力，葉韜這麼迫切地想得到它，無非是為了頭腦很聰明但卻非練武之才的葉子聰。

葉子聰練功進展極慢，普通人練一日就會的招式他要練上三、四日都未必能學會，並非他笨，而是筋骨欠佳的問題。若有了甲子草，就算不能立刻擁有一甲子的內力，但起碼能改善一下他的練功體質。

兩人又談了會兒關於生日上的事後，太陽已經落山，兩人紛紛回房用飯了。

用完了飯又看了會兒帳本，天色大黑之時，葉韜才不緊不慢地命人去帶郝光光。

已超過十二個時辰沒吃過一口飯、未喝過一口水的郝光光被帶出來時，走路是打飄的，臉發青、眼發直，一身新衣已經縐得不成樣子，頭髮也亂了，跟鬼一樣嚇人。

那條黑蛇已被她弄死，但老鼠太多她殺不完，怕睡著了被老鼠咬，根本不敢閉眼，防了一夜的老鼠，現在又餓又渴還睏，別說罵人了，大口喘氣她都嫌累得慌。

回房後聞到香噴噴的飯菜味道，郝光光發直的雙眼立刻靈活了起來，撲到桌子旁開始大口吃喝起來。這一餐居然不是粗茶淡飯，兩肉兩素還有新蒸出來的白米飯都好吃得令她好幾次都噎到了。

知道因為明日自己有「任務」，所以葉韜才格外開恩地「賞」了餓了一天一夜的她一頓好飯。

吃飽喝足後又洗了個舒舒服服的澡，累極的郝光光睏得眼睛再也睜不開，倒在床上就睡，將尋葉韜說自己是女人的事給忘了……

天亮時，郝光光被叫醒，送衣服來的是個嬌俏的丫鬟。

拿過衣服，郝光光拉住要離開的丫鬟道：「妳別走，我說我是女人都沒人信，妳來幫忙證明本人所言非虛。」

「你、你……啊～～流氓啊！」看到郝光光抬手去解衣服，小丫鬟嚇得大叫著跑了出去。

郝光光停下動作，一臉黑線。她看起來真的那麼像是處在發情期的人嗎？怎麼一個個地都往歪了想？

「主上已經在催了，你還有心情調戲丫鬟？」那日將郝光光拖去地牢的侍衛大步走進來，鐵青著臉訓斥道。

郝光光懶得理人，立刻背過身抓起新衣服走去屏風後，忿忿地將衣服穿上。

人真是倒楣起來做什麼都不順，她又不是長得五大三粗的，怎麼就沒人相信她是女人呢？難道是平日裡她表現得太男人了？根本不可能，她頂多就像個比較文雅瘦弱的少年而已，能有多少男人味？

被帶到正門門口時，葉韜已經等在馬車上了，郝光光悶著一張臉，在隨行之人的注目下上了馬車。

「到了王家一直跟著我，要聽我指令，不得亂跑。」葉韜像是沒發現郝光光難看的臉色，淡聲交代著。

「我是女人，你要我怎麼娶妻？」郝光光刻意挺了挺胸，今早她特地將束胸解開，此時正處秋季，穿的衣服不算多，這樣一挺胸，那一對微微的隆起便映入了葉韜的眼簾。

葉韜眉頭微皺，盯了會兒郝光光胸前鼓起的位置，伸手向前質問。「你這裡塞了什麼東西？」

「啊～～流氓啊！」郝光光尖叫著，雙臂環住胸，側身躲開葉韜想要探查的手，驚恐地看著認為她在耍花樣的葉韜，用極其認真的語氣說道：「我真的是女人！我有胸，雖然不大，但它是存在的！對了，還有一點可以證明，我沒有喉結！」

郝光光靈光一閃，突然想起驗證性別最快速的方法並非脫光了衣服，喉結就能說明一切了啊！怎麼先前就沒想到呢？害她白吃了一天一夜的地牢之苦。

看著郝光光拉下來的衣領下平平的、沒有喉結存在的纖細脖頸，葉韜的臉立刻僵住。

以為葉韜還是不相信，郝光光抬手將束髮取下，一頭烏黑長髮立刻散落開來，抬起瞬間顯得柔美了許多的俏臉，焦急地望過去問道：「這下你總該信了吧？」

第十三章

王家門前擠滿了人，整條街不是人就是馬車，稍微寬敞點的馬車想通過還要先疏散人群。

持了帖子，被邀請的人便可直接進門，馬車有王家專門的下人負責帶去空敞的地方看管，隨行的下人們都被請去喝茶聽曲了。因人多，為防出事故，是以各個參選者的隨從侍衛都不得入內，有事只須告知一下王家的管家，到時自會有下人幫忙辦妥。

至於堵在門外久久不散的人都是沒被邀請的，由於今日會來上百個來自各地的青年才俊，眾人有的是想一睹眾參賽者的風采，若有幸能結識一、兩個人也算不枉來此一趟，至於本地的平凡百姓們大多都是來湊熱鬧的。

葉韜和左沈舟的帖子沒了，到王家時在正門門口耽擱了一陣子，因為沒帖子不讓進門，後來老管家聞訊趕來，親自帶領他們入內，才解了紛爭。

因王員外兩日前便已開了金口，是以郝光光也跟著進門了。

葉韜三人被管家帶去眾參選者暫時歇腳的花廳，郝光光不敢與葉韜並排而行，只得走在他與左沈舟後面。

一路上都抿著唇走得不情不願，不僅僅是葉韜，左沈舟和隨行的侍衛都已知曉她是女人的事實。

不知葉韜是怎麼想的，知道她是女人後，讓她回房重新將自己打扮成男子模樣，然後依然不改初衷，要她隨行，只是不再與她同車，趕她去乘左沈舟的馬車，至於左沈舟則被葉韜叫了去，大概是一起商量突然出了「意外」該怎麼辦吧？

「葉莊主、左護法、郝公子，請坐下稍候片刻，我家老爺馬上便到。」管家將葉韜三人帶到新建好的、能容下幾百人的花廳內，待他們選了張空的八仙桌坐下後，喚來丫鬟伺候著，又對葉韜客套了幾句，便匆匆離開忙活去了。

裡面已經來了五、六十人，都三三兩兩的圍在一張八仙桌旁說著話，很少一部分人是獨自坐著。

郝光光掃了一眼，這些人年齡都大概二十多歲的樣子，穿著打扮均非富即貴，因本身不是有錢便是有勢，是以每個人臉上或多或少都帶了幾分傲氣，模樣倒是都還不錯，有幾個甚至還挺帥氣的，但與她面前的兩個男人相比還是差了點。

「葉莊主、左護法。」三人剛落坐沒多會兒，便有人熱情地上前打招呼了。

葉韜一直斂眸品茶，沒理會前來之人，左沈舟性格溫和也較善談好熱鬧些，於是站起身跟漸漸圍過來的各個人客套起來。

眾人見葉韜沒有說話的意願，只得歇了要討好的意思，暗道葉韜果然如傳言所說的那樣自視甚高、不喜與人打交道。

郝光光看著被圍在眾人中間談笑風生的左沈舟，不禁感慨怪不得葉韜讓他負責生意上的事，這種人天生就適合做這個，而那個聽聞性子陰沈冷酷的右護法，則負責幫派間的事，兩護法各司一職，地位同等，因無利益糾紛，兩人倒是沒起過衝突。

葉韜身上就像罩了層寒霜，郝光光根本不敢與他說話，感覺得到他此時心情欠佳與她有莫大關係。

明明她才是受害者，是最無辜的那個，結果卻好像她做了天大的惡事一樣，變態之人的想法果然不是她這等正常人能領會得了的，可嘆啊可嘆。

郝光光故作老成地感嘆時，又有人來了，當那個身穿白衣、手執摺扇、風流倜儻的男子出現時，毫無心理準備之下，手中的茶杯「哐噹」一聲掉在了桌子上，郝光光瞪大眼睛，像是見了鬼似地看著悠然走進的男人，居然是……

「白兄弟也來了，真是人生何處不相逢啊！自上次一別，我們已有兩、三年沒見了。」其中一人見到來者，笑著出聲招呼道。

「原來是李兄，別來無恙啊！」白木清走上前抱拳道，看到好幾個人都圍在一張桌旁說笑著，好奇地望過去，笑問：「談什麼呢，這般熱鬧？」

郝光光猛地一個激靈，迅速低下頭打開摺扇遮住臉。

發覺到郝光光的不同尋常，葉韜掃了眼躲在扇子後心虛不敢露臉的人，隨後若有所思地望向剛剛進來的白木清。

做生意的人沒有不認識左沈舟的，作為壟斷北方大半生意的第一山莊的左護法，南來北往的大小生意均由他掌管，因此各地做大買賣的人都見過他，白家作為近幾年新起的暴發戶，自然也與葉氏山莊的人有過幾次接觸。

白木清見到左沈舟，眼睛一亮，抱拳行禮道：「左兄也在。多日不見，左兄越發精神了。」

「哪裡哪裡，白兄弟才是日益風采逼人了。」左沈舟淡笑著回禮道。

白木清察覺到有人在打量他，轉眼正好與一個身穿黑衣、神情冷淡的男人對上視線，不由得一愣，只覺如此隱含著霸氣、喜穿黑衣又俊得出奇的人物，與傳聞中的某人極為相似。看了眼站在一旁與他人說著話的左沈舟，愈加肯定自己的猜測，於是試探地道：「莫非這位便是大名鼎鼎的葉莊主？」

眼角餘光見郝光光頭埋得更低了，葉韜眸中掠過一絲疑惑，對本不想理會的白木清淡淡點了下頭，然後別開視線表示不想再談。

葉韜排斥的表現甚為明顯，但白木清才不在意，激動地道：「白某今日有幸得見葉莊主，真是不虛此行！葉莊主本人比白某想像的還要威嚴貴氣啊！」

躲在扇子後的郝光光聽到白木清拍馬屁的話忍不住撇嘴，鄙夷地直翻白眼。

沒被葉韜的無視影響，白木清依然友善討好地笑著，突然注意到葉韜身旁還有一個人，因對方拿扇子擋住臉，他感到疑惑，不由得開口問道：「這位小哥可是與葉莊主一道而來的？請問如何稱呼？」

對於郝光光的身分，沒離去的那幾個人亦同樣好奇，紛紛停下交談，望過去，等答案。

左沈舟見眾人都好奇，只得望向不知因何不肯露出臉來的郝光光，無奈地介紹道：「這位是葉莊主的遠房表弟，姓郝名——」

「啊！」郝光光蹭地一下站起身，露出臉來對著眾人僵笑道：「在下姓郝名……英俊。」

「好英俊？真是好、好……好名字。」幾個人看在葉韜的面子上，昧著良心地誇讚道。

對於郝光光突然改了名字的奇怪行為，葉韜和左沈舟均保持沈默。

看到郝英俊，白木清的表情立時僵住，牢牢盯住他不太自在的臉道：「郝兄弟看起來好面善。」

「是、是嗎？有人說在下長了一張大眾臉，無論誰看到都會覺得眼熟。」郝光光摸了摸下巴，呵呵笑道。

「郝兄弟說笑了，這般出色的模樣若被稱為大眾臉，那天下間還有美男美女的存在嗎？」白木清雙眼緊盯著郝英俊的臉，不放過任何一個表情。

「哪裡哪裡，白兄真會說笑。」郝光光深吸口氣，挺起胸，目光毫不閃躲地望向一副探究模樣的白木清，任他打量，強迫自己臉上不要露出心虛膽怯來。

她現在是「郝英俊」，是葉韜的「表弟」，而非沒有表哥的「郝光光」，她此時一身錦衣玉帶，比以前要好看並且精神多了，何況天下間長得相像之人不在少數，總共就沒見過她幾次面的白小三就算懷疑又能怎麼樣？

就在白木清還想追問什麼之時，管家的聲音自花廳門口的方向傳來——

「各位公子請上座，我家老爺和小姐馬上便到。」

白木清又仔細打量了郝英俊幾眼，隨後不得已，懷著疑惑與身旁的幾人一同回了自己的座位。

郝光光心情一鬆，呼了口氣坐回位子上，這一放鬆頓時感覺到背後的衣衫汗濕了一片。奇怪，見到白小三有什麼好心虛的？郝光光不禁懊惱。就算被認出來也沒什麼大不了，頂多是為了怕麻煩，所以離得遠遠的。她剛剛的舉動純屬自然反應，不是理智能控制得了的。

「妳認識他？」葉韜對郝光光說出自從得知她是女人後的第一句話。

「不認識！」郝光光腦子還沒反應過來呢，嘴巴已經先選好了答案。

否定得太快，明顯是心虛的表現。葉韜本就稱不上好的臉色因郝光光的不誠實，頓時變得陰沈，不悅地攏起眉。「妳騙人都已成了習性。」

深覺人格被污辱了的郝光光不高興地抿起嘴，低聲抗議道：「我從來沒說過自己是男人，是你們見我一副男裝打扮就自動將我視為男人，這可怪不得誰！」

左沈舟聽不過去了，提醒道：「妳一直自稱『在下』、『本少爺』、『小爺』，試問哪個女子會這麼說？」
郝光光聞言自覺理虧，眼神有點閃躲地耍起無賴。「那是你們笨，怪得了誰？光憑衣著和自稱就斷定一個人的性別，不覺太膚淺嗎？難道左護法你某日突然心血來潮打扮成女人的模樣並且自稱『小女子』，就真是女人了？可笑至極！」
左沈舟被說得臉上青一陣、紅一陣的，反駁不上來，氣得瞪向毫無反思之意的郝光光，冷哼道：「唯女子與小人難養也，古人誠不欺我！」
「你也很難『養』，我們彼此彼此！」郝光光無懼地將「養」字拉長了音，這樣便成了她是「女子」，而左沈舟則是那個與她「平起平坐」的「小人」。
郝光光不怕左沈舟，敢與他頂嘴，若換成葉韜，她也只敢在怒極的情況下放肆。
葉韜冷冷掃了眼正小人得志的郝光光，薄唇輕扯。「是妳自己招認還是由我命人查出來，任妳選，不過妳要曉得選擇後者的後果。」
「你！」郝光光怒極，不怕死地瞪過去，恨恨地磨牙道：「我已經沒有利用價值了，帖子沒了並未影響到你們什麼，就算這點令莊主您心情不快，那我這幾日在貴府所經受的種種也算『贖罪』了吧？為何還扣著我不放？」
葉韜不習慣被人質問，眉心隱忍地跳動著，眼中冷光一閃。「妳隱瞞真相誤了大事，還當自己能安然離開？」
聞言，郝光光那時不時會罷工的勇氣突地不知自哪個角落裡躥了出來，抬手「啪」地用力拍向桌子，大聲道：「葉韜，我要去衙門告你囚禁！」

「嘩」的一下，差不多來齊了的參選者齊刷刷地望過來，眼中佈滿驚愕。

葉韜下顎緊繃，俊臉頓時呈現山雨欲來風滿樓之勢，寒冰似的眸冷冷望向有如吃了熊心豹子膽的郝光光。若非此時在王員外家，需以大局為重，他絕對會給她點顏色看看，讓她明白什麼叫害怕。

花廳內的氣氛變得有點異常，眾人紛紛停下交談，關注著葉韜那一桌，全都很好奇那句「囚禁」所指為何。

左沈舟剛與郝光光拌過嘴，是以任由葉韜去嚇唬臉色開始發白的郝光光，沒有要說情的意思。

葉韜的表情太過嚇人，郝光光那來得快、去得更快的勇氣不知又跑回哪個角落睡大覺了，逞完口舌之快後，很沒種地縮起脖子，不敢看葉韜。她一點都不懷疑若此時情況允許的話，葉韜絕對會掐死她！

「囚禁？這法子好，這可是妳提醒的。」葉韜眯起眼，吐出極冷的一句話，因惱怒而更具威嚴的俊臉無人敢正視。

「大哥、大爺、大神仙，您就當小人是被狗咬了，得了瘋病吧！千萬別跟小人一般見識，您肚子大，能乘下各種船，多乘個被瘋狗咬了的小人不妨事吧？」郝光光哆嗦著雙手，抓住葉韜的衣袖，討好地望著表情陰冷的葉韜。比起被葉韜帶回去「囚禁」，她寧願自己真的被狗咬。

葉韜皺眉，垂眸不悅地望向被郝光光攥住的袖口，冷聲道：「拿開！」

郝光光嚇得立刻鬆開手，訕笑著解釋道：「小人一時心急沒注意，保證以後不再拿髒手碰莊主您的衣服。」

就在這時，門外突然傳來王員外激動喜悅的聲音——

「魏狀元大駕光臨，小民有失遠迎，失敬失敬！」

「哪裡哪裡，王員外不必客氣。」一道爽朗的聲音接著響起。

「魏狀元您先請。」王員外語帶恭敬地請魏狀元進了花廳，自己緊隨其後。

花廳內，眾人均聽說過魏狀元的大名，有幸見過的人卻不多，是以聞名遐邇的武狀元一走進，眾人的視線立刻從葉韜的身上移開，轉而望向來人，均想第一時間目睹武狀元卓越的風采。

不同於睜大眼睛巴巴地看向來人的眾參選者，郝光光一聽到王員外說「魏狀元」三個字，被葉韜嚇得縮了一半的脖子頓時全縮起來，故技重施地慌忙舉起扇子，再次將臉遮住。

人有時會有種想當然的怪異思想，比如想避開某些人時總覺得將自己的臉遮住就不會被看到了，孰不知越是遮得嚴實，便越是告訴對方：我心中有鬼。

郝光光很想聽從郝大郎的交代，見到魏家人能躲多遠便躲多遠，但此時有葉韜在，她哪兒都躲不了，頓時慌作一團，將臉貼在扇子後不停地唸道：「看不見我、看不見我……」

滿廳的人都在注意著門口的方向，偏偏有個人像是「見不得人」似的舉著把扇子，牢牢擋住了臉，如此怪異之舉使得魏哲剛一進門便在眾多青年才俊之中一眼注意到了郝光光。

第十四章

參賽者有幾名官家子弟，但家世和官位都不是很高，是以魏哲的到來令眾人很驚訝。先不說魏哲乃左相長孫這一高貴身分，就單他以武狀元身分被皇帝欽點為御前侍衛這一點，便已令許多人大為豔羨了。

魏哲下個月正式成為御前侍衛，這段時間很忙，能抽空趕來此處足見他對此次大會的重視。

因左相已過花甲之齡，有告老還鄉之意，幾個兒子不是早亡便是紈袴子弟，難成大器，好在病故的長子死前生了個自幼便聰明絕頂的魏哲。

長孫雖然出色但喜武不喜文，令重文輕武的左相極不認同，無奈魏哲自小便有自己的想法，強加管束只會引起反效果，為此左相不知急白了多少華髮。隨著魏哲年齡的增長，固執程度亦隨之增加，左相更是長吁短嘆，上了年紀的人為了能多活幾年，只得放寬心妥協了。

魏哲被安排在最前面那一排位子坐下，離葉韜比較近。

郝光光偷偷拿眼角瞄坐她斜前方隔著一張桌子的魏哲，他身著一身青衣，身材筆直，肩膀寬厚有力，從她的角度只能看到他的側臉，是健康的小麥色膚色，鼻梁高而挺。

雖只是一個側身加側臉，但僅僅是這些便很明顯地給人感覺器宇軒昂，是成大事的料。

正打量間，忽地魏哲轉過頭，一雙眼與郝光光正偷偷打量的視線對上。

劍眉斜飛，目光清朗，高鼻方唇，下頜方正，整個人看起來十分俊朗有神，配上他高大的身材及出眾的氣質，使其無論走到哪裡都是人們目光關注的焦點。

郝光光臉色忽青忽白，僵硬地別開眼，放下摺扇，感覺到投注在她身上打量的目光，頓時如坐針氈。就在她緊張得不知如何是好時，那道銳利含疑的視線轉移往王員外身上投去。

鬆了口氣，郝光光抬起輕顫的手擦起冷汗來。

王員外站在前面大聲說了幾句客套話，然後便是介紹這次大會的相關規則等事。

規則並不複雜，只是最開始由王家千金出場彈首曲子算是感謝大家百忙之中來參加這次大會，其後便是參選者與王小姐的單獨會面時間，因選夫是一生的大事，是以王員外讓女兒自己來挑選比較心儀的人。

因參賽者眾多，時間有限，每人只有一盞茶的時間，若能在這段時間內給王小姐留下好印象，就會被請去湖邊涼亭處準備下一輪的比試，反之則不能再繼續參賽，留下看熱鬧或是立刻離開都憑自願。

「妳認識他？」左沈舟疑惑地問著因魏哲在附近坐下而更顯緊張的郝光光。若與白木清那樣的人認識還沒什麼奇怪，可魏哲是天之驕子，不是一般凡夫俗子能結識得了的。

「不認識。」郝光光這下回答得毫無壓力，這次她是真沒說謊。

「那妳剛剛那是什麼反應？」左沈舟質問道。

葉韜冷淡的雙眼同樣存疑地掃向明明天不熱卻頻頻擦汗的郝光光。

「他是兵，我是賊，見到他下意識地害怕有何奇怪？不信你們去問他。」郝光光翻了個白眼，冷嗤道。

看了眼臉色仍未好轉的葉韜，左沈舟幸災樂禍地警告道：「最好妳沒有說謊，否則有妳好受的！」

經歷過心驚膽戰還接二連三被威脅的郝光光發脾氣了，狠狠瞪了眼左沈舟，冷哼道：「隨便，誰怕你！」

身後突然傳來熱烈的鼓掌聲，嚇了郝光光一跳，往前一看，只見一名身段婀娜，頭罩白紗的妙齡女子款款走到臺前，身後跟著個抱著古琴的丫鬟。

原來是美人來了，怪不得身後那一眾人會這般激動，這才像是發情呢，真該讓曾經懷疑她發情的那個侍衛和丫鬟來見識見識！郝光光腹誹著，兩眼卻放光地盯著一舉一動無不美麗動人的王小姐。

美啊！怪不得名氣那麼大，雖說看不到罩在面紗後的容顏，但光這個嬌柔的身姿、溫婉的氣質，便足已讓人移不開視線。

左右掃了下，發現葉韜、左沈舟還有剛進來的魏哲都在定定地看著臺上。

一群好色之徒！郝光光心中暗罵，心裡微微不快。

「小女子這廂獻醜了。」柔柔軟軟的嗓音像是一隻手在撓著人的心窩似的，又麻又癢。

語畢，婉轉連綿的琴音響起，廳內眾人因她而起的讚嘆驚訝聲頓時消失，均安靜地聽起悠揚悅耳的琴聲來。

從眾人臉上陶醉的神情便能看出王小姐的琴藝出眾，站在一旁正觀察著眾青年才俊反應的王員外為此大為得意，對著沈浸在琴聲中的女兒投去滿意的一瞥。

琴聲如訴，有如清澈的小溪在緩緩流淌，又像溫婉女子在輕柔低訴，期待中透著點點膽怯，喜悅中又帶了絲憂愁，時快時慢，時而低婉、時而輕快的琴音很好地將一名閨閣女子渴望遇到良人又恐不被命運垂青的小女兒複雜心思表達出來。

王小姐琴藝出眾，又因一身白衣襯托得整個人清新脫俗，此等涵義的琴聲若被一般女子彈起興許會被人指責孟浪、不知羞恥，但在此時特殊場景之下，被清新如百合的王家千金彈來則只會令聞者心生憐惜。

「彈得不及我娘親好。」兩個男人的神思被高超的琴藝及美妙的琴音吸引之時，突然被郝光光一句話給拉回了神智。

葉韜和左沈舟均不悅地瞄了眼明顯不懂琴技的郝光光，隨後又聽起曲子來。

「我是說真的，我娘親彈得比她好多了！」郝光光咬牙再次強調，她可以接受自己被人鄙視，但卻不能接受美好出色的娘親也因為她的平庸而被人忽視。

「閉嘴！」葉韜冷眼低斥，成功令還想強調的郝光光閉了嘴。

一曲琴音結束，如癡如醉的一眾聽客好一會兒才回過神，紛紛鼓起掌來，或真或假的讚嘆聲此起彼伏，恨不能將王小姐的身姿和才藝都誇到天上去。

王小姐姿態優雅地站起身，對著讚不絕口的眾人彎了彎腰表示感謝。得意地直笑的王員外眼睛不著痕跡地在他看重的幾人臉上掃過，最後定在愣怔神思不知飛到何處的魏哲臉上，不解地眨了眨一對小眼睛，挺著發福的身材走近，輕彎下腰有禮地問：「魏狀元可是覺得小女所彈的曲子不入耳？」

魏哲回過神來，因回憶而顯柔和的雙眼立刻變得清冷起來，開口道：「王員外謙虛了，令嬡琴藝卓絕，是魏某十幾年來所遇之人中琴藝最為出色的一位。」

聞言，王員外放心了，鬆了口氣道：「大人過獎了，小女琴藝雖說不差，但大人您身分不凡，名門閨秀所見自不在少數，比起那些自幼便被名師教導的官家小姐，小女又如何能比。」

「王員外才是謙虛了，魏某所言非虛，一個人的琴藝如何，師傅的造詣高低尚在其次，自身的悟性與才能方為首要。魏某所識之人中，唯一能比得過令嬡的，便是病故多年的姑母了。」魏哲提起姑母，眼中再次流露出懷念。

「原來方才大人想起令姑母才……恕小民愚昧，誤解了大人。」王員外道歉。

「無妨。」魏哲擺了擺手，表示不想再談。

王員外會意，轉身走回臺前道：「小女一會兒便在隔壁亭子內恭候各位，按座位排序，從第一排開始，由東向西這個順序來。由於人數眾多，王某一時想不出好法子，位子靠後的貴客們請勿急躁。等待期間，各位若嫌無聊，可隨意轉轉，快輪到時再回來便是。」

眾人都是抱著各自的目的來參加這次選婿大會的，是以就算不滿也不會表露出來，紛紛開口讓王員外放心，他們會耐心等待的。

王小姐下臺要往外走時出了個小意外，被抱琴的丫鬟不小心撞到，踉蹌了下，驚呼一聲勉強穩定住身體不致摔倒，剛鬆口氣慶幸沒有當眾出醜，結果頭上的面紗卻掉落下來，頓時一張精緻的芙蓉面曝露在眾人面前。

郝光光當初聽王家四兄弟吹噓他們的妹妹多美多美時，雖然聽得帶勁兒，但內心其實是抱著「肯定誇張了」這個想法的，誰想現在突然見到王美人的臉，才發覺原來那四兄弟沒有亂說話，他們的妹妹確實是美得不像話，怪不得名聲那麼響，這麼多青年才俊不遠萬里來到這裡。興許為了甲子草和王家一半財產的人很多，但僅僅是奔著這張美臉來的亦不會在少數。

白皙的鵝蛋臉，小巧精緻的五官，因驚嚇而顯慌亂的一雙眼眸亮如星辰，整個人都美得像是從畫中走出來的一樣，場中的男子們大多都被迷得忘了呼吸，傻傻地睜著一雙狼眼猛瞧。

王小姐匆匆將面紗重新罩回臉上，顧不得保持禮儀，低頭快步走了出去。

做錯事嚇得臉色發白的丫鬟瞄了眼瞪視過來的王員外，不敢耽擱，抱著琴緊跟在自家主子的身後跑了出去。

「小丫頭粗手粗腳，讓諸位笑話了。」王員外臉色微赧地向眾人抱拳。

一干被美人迷去心魂的男人自是回禮說盡好話，什麼「令嫒美名名副其實」、什麼「名不虛傳」、什麼「此美只應天上有」之類讓人聽了就起雞皮疙瘩的話語都出籠了。

「是很漂亮，但比起我娘親來還差那麼一點點。」郝光光望著王小姐離開的方向，撫著下巴感嘆道。

左沈舟看了眼一直提起娘親的郝光光，很不給面子地低聲諷刺道：「妳娘既然才貌均在王家美人之上，應該名氣更響才對，怎的十幾年來不曾聽說哪名才貌雙全的女人有個女兒叫郝光光？母親這麼出色，當女兒的自不會差才對，為何妳不會彈琴，還連字都不認識？」

左沈舟明顯沒將郝光光的話當真，一旁的葉韜沒說什麼，但表情一看便知想法與左沈舟無異。

「是我娘親去世得早，沒有來得及教導我彈琴識字而已。」郝光光不滿地白了左沈舟一眼，繼續道：「還有，我長得更像老爹些，老爹常遺憾我只遺傳了娘親三分之一的美貌，否則我定會是遠近聞名的大美人。」

僅三分之一的美貌就已經樣貌不俗，若郝光光未說謊，那比她美貌三倍的女子得美成什麼樣？怕是比芳名遠揚的王小姐還要美得多，稱其為天下第一美女都不過分。

葉韜與左沈舟因被郝光光騙過，是以對她的話都是抱著懷疑的，沒人當真。

「還有，並非所有人都喜歡張揚，我娘不喜麻煩，平時只彈琴給我與老爹聽，雖然那時我年紀小，聽不出好壞來，但娘親一彈琴總會有鳥兒落下來在院子裡繞著她飛，等彈完才會飛走。你們說，能吸引得鳥兒與琴音一起起舞的琴技，是否非一般人可比？」郝光光因為不悅，聲音稍稍大了點，引得耳力甚好、快走到門口的魏哲猛地轉頭望過來。

探究的視線令本還想侃侃而談的郝光光立刻閉住嘴，驚得抓起摺扇再次擋在臉前。

「做什麼？你『又』作賊了？」左沈舟恥笑著心虛地躲避魏哲視線的郝光光。

落在她身上的視線移開，壓力消失後，郝光光才放下摺扇，見魏哲已經離開，後怕地拍了拍胸口。方才魏哲瞪過來的視線太恐怖，一次就夠了，可別再來一次，她那脆弱的心肝禁不起一而再的驚嚇。

因坐在前排，沒多久葉韜和左沈舟便先後被請去隔壁亭子，郝光光剛想起身出去走走，誰想也被下人帶去見王小姐了。

會面很簡單，王小姐戴著面紗打量來人，問幾個有關家世人品的問題，最後給了張紙和筆讓對方寫上自己的名字。

郝光光的樣貌較令王小姐滿意，只是家世方面不行，尤其在郝光光「抓」著毛筆在紙上胡亂畫了個圈，稱自己不會寫字時，王小姐面上的失望更濃了，想要立刻讓其出局，但礙於他是葉韜的表弟，不看僧面看佛面，便強忍著不滿，將畫著三個圓圈的紙張放到了「已過」那疊紙上。

郝光光臨走時，回頭對著垂眸、臉色不佳的王小姐咧嘴笑，真心讚道：「王小姐人美琴藝又好，在下佩服。」

不帶目的性的單純讚美令王小姐臉色回暖幾分，對郝光光點了下頭，淡聲道：「多謝郝公子誇獎。」

郝光光被下人引去湖邊的涼亭處，見到魏哲和葉韜等人時，才後知後覺自己居然「過關」了！

遲疑著慢下腳步不想過去，因為那裡有她避之唯恐不及的魏家人，而且她是女人，在她表現那麼差的情況下都過關了，萬一最後所有關都過了，被命令娶人，可怎麼辦？

越想越是擔心，郝光光乾脆停下腳步，轉過身抬腳就要離開。忽地，一人自頭頂掠過，落至身前，牢牢擋住去路，此人正是魏哲。

魏哲站在郝光光面前，雙眼緊緊盯著兩眼四處亂瞄，企圖逃跑的人，若有所思的目光一直徘徊在郝光光臉上。

郝光光不明白這個人怎麼這樣看她，難道真讓她說中了，他看出她是個小偷，於是想拿下她？如此一想，郝光光的頭皮立時發麻，縮起脖子低下頭，苦惱地求道：「魏大人，小民不曾做過傷天害理之事，您千萬別將小民送去衙門問審啊！」

一邊說一邊思索著如何脫身的郝光光，下巴冷不防被一隻有力的手捏住提了起來，來不及閃躲的視線立刻對著魏哲目露精光的雙眼，搖晃了下頭沒有甩開，只感覺那隻大手像鐵鉗一樣牢牢地固定在她的下巴上，怎麼都掙脫不開。

郝光光的勇氣又不知跑到哪裡去偷懶了，兩腿很沒出息地打起顫來。

在郝光光害怕得張開口想呼救之時，魏哲疑惑不解的聲音突然在耳旁響起——

「怎麼覺得閣下有點眼熟，我們見過嗎？」

第十五章

「魏大人，請問您可以放開敝莊表少爺嗎？」左沈舟略帶不悅的聲音自魏哲身後傳來。

魏哲眉頭微微皺了皺，朝臉發白、睫毛顫個不停的郝光光看了片刻，最後不情願地鬆開手，轉過身對迎面走來的左沈舟抱拳道：「抱歉，魏某唐突了。」

郝光光一得自由，兩步躥至左沈舟身後，貓著腰不敢看魏哲。她的腿還在顫著，心跳得厲害。老爹最不願她與魏家人接觸，恨不能揪著她的耳朵命令她見到魏家人就躲，別說是說話了，眼神都不要接觸最好。結果今日這情況，不但眼神接觸了好幾回，她與魏哲還說話了，老爹知道了不知會不會氣得跳腳？

「這位兄台是葉莊主的表弟？怎的沒聽說過葉莊主還有表弟？」魏哲兩眼含疑地望著整個人都縮在左沈舟身後的郝光光。他記憶力頗佳，若是見過之人不可能一點印象都無，這個葉韜的表弟他確定自己沒有見過，只是那股子熟悉感又從何而來？

「表少爺是不久前才投奔而來，所知之人不多，魏大人未有耳聞亦不足為奇。」左沈舟語氣客套且疏離地解釋道。

「原來如此，是魏某魯莽，驚擾到了貴莊表少爺，魏某在此致歉，望勿怪。」魏哲家教良好，雖家世顯赫自身又前途無量，但卻不會仗勢欺人，口碑極好。

「魏大人言重了。」左沈舟淡笑有禮地說完後，轉身扯著鴕鳥一樣的人向亭中走去。

郝光光沒有掙扎，乖乖地跟著走，眼下避開魏哲最要緊。

亭子很大，過關人數不多，處在其中一點都不顯擁擠，因有著共同目標，就算偶爾湊在一起說話，彼此間熱情也不大，最後都自覺無趣，三三兩兩地各自尋了地方坐下，一邊喝茶一邊耐心等待。

郝光光不敢再亂跑，安靜地坐在葉韜和左沈舟身邊，雖時時能感覺到不遠處魏哲打量過來的目光，但因方才他已經表達了歉意，諒也不會再做出嚇人的行為，而且此時有「靠山」在，所以她沒有再做出拿扇子遮臉這等愚蠢無用的舉動。

臨近晌午之時，有下人來報信，說初試馬上就結束了，請眾人稍候片刻，王員外很快便會過來招待眾過關者去用午飯。

過關者甚少，此時亭內一共就不到十個人，參選者有一百出頭，也就是說，平均十個人中才有一個比較合王小姐的意。初試便刷下去那麼多人，接下來的考驗不知是否會更殘酷？

下人剛走，便又有一位新的過關者走了過來，此人不是別人，正是白小三。

因魏哲的存在而一直提著心弔著膽的郝光光立時變得更苦惱了，尤其白小三走過來時，那打量含疑的眼光一點都不比魏哲含蓄多少，若非有個冷面葉韜在，她一點都不懷疑白小三會立刻衝上來揪著她的衣領，質問她到底是不是那個被休了的郝光光。

「喲，白三少爺也過關了，真令肖某吃驚呢！」亭內一名等得有點不耐煩的風流男子站起身，懷有惡意地笑道。

看清是誰後，白木清的臉色變得冷淡起來，冷諷道：「連肖大少爺都過了關，白某又豈有不過之理？」

亭內眾人聽這兩人言語間一來一回的，便知他們之間有過節，因來自不同的地方，是以都不清楚這兩人到底有何過節，只知他們是同鄉。

「這話說得可真自大呢！也對，白三少爺確實有令肖某自嘆不如之處，前些日子被剛過門一日不到的妻子『休棄』，鬧得滿城皆知，如此還被王員外看中，不得不說白三少爺好手段啊！」

「你！」白木清的臉立時黑了，怒目反諷道：「你少污辱人，誰不知你因得不到醉花樓花魁的芳心而記恨於我，一有機會便一而再地挑釁誣衊！」

原來是桃色糾紛。亭內眾人不由得輕笑，紛紛搖頭。就算再有矛盾，想削對方臉面也得先看看場合才對。

「我可沒誣衊你，你被休的事真是傳遍了大街小巷的！不巧，為了留個紀念，肖某還特意保存了一張休書，今日正好帶了來。」說完，便從懷中拿出一張摺疊整齊的紙。

白木清的表情立時僵住，瞪著對方手中那封休書，眼中直冒火，衝上前就要搶。

肖大正防著呢，一閃身躲過，揚了揚休書，得意地道：「怎麼，惱羞成怒了？就算你毀了它又如何？當時看過休書的人不計其數，有本事你將所有看過休書的人都滅掉。」

「你、你別欺人太甚！」

郝光光瞪著那張被肖大晃來晃去的休書，眼角直抽，更加坐立難安起來。若沒記錯，休書上可是寫著她的大名的……

「妳動來動去的做什麼？」左沈舟看著像是屁股長瘡的郝光光直皺眉頭，短短半日內頻頻出狀況。

「沒、沒、沒什麼。」郝光光兩眼緊緊盯著肖大手上的休書，搖著頭回道。

「白木清，為人不忠不孝不仁不義……」就在肖大高舉休書大聲唸起來時，白小三大吼一聲，像是瘋了般撲過去搶休書。

兩個男人一搶一躲，很快便打成一團，那張本來保存得很好的休書立時被扯成兩半。

「銷毀了證據就當這事不存在了嗎？」肖大氣紅了眼，將手中還剩一半的休書揉成一團，用力扔了出去，紙團撞在柱子上彈了出去，不巧正好彈至葉韜的腳前。

「啊！」郝光光見狀，迅速俯身撿起紙團，作賊似的左右瞄了幾眼。此時她與白小三目的一致，便是想立時銷毀證據。看著不遠處的湖，她眼睛一亮，站起身想裝作若無其事地走過去時，一時不防，手中的紙團突然被葉韜搶走。

「你做什麼？」郝光光大驚，顧不得害怕，抓住葉韜的手腕就去搶。

葉韜見郝光光緊張的程度絲毫不亞於白木清，疑惑心起，揮臂格開郝光光的兩手後，快速將揉成團的紙張舒展開。這是後半部分，紙一攤開，落款處上明晃晃的三個字登時映入眼簾，只見那按有手印的地方清清楚楚地寫著一個人的名字：郝光光。

他猜到其中沒那麼單純，卻沒想到居然是這個！葉韜沈靜的臉頓時錯愕起來，狐疑的目光轉向正忐忑不安地看著他的郝光光。「郝……光光？」

「誰、誰是郝光光？」感覺到不遠處白小三突然投射過來的目光，郝光光下意識地夾緊雙腿，挺胸抬頭地回視葉韜裝傻充愣。

看著正心虛得眼珠子左右直飄的郝光光，又掃了眼緊盯著郝光光看的白木清，葉韜向來聰明的頭腦瞬間清明起來。

為何郝光光看到白木清就想躲？為何她想毀去休書？而此時她明明便是休書上落款處按了手印的郝光光，但卻偏不想在白木清面前承認，一切種種都有了解釋——沒想到他們曾經是夫妻！

但既然是夫妻，怎麼白木清認不出郝光光來？葉韜疑惑不解。

白木清一臉羞恥地大步走過來，對葉韜道：「葉莊主可否將這半截紙送予在下？這都是郝光光那惡婦人不滿被休，請人整在下的，讓諸位見笑了。」

被稱為「惡婦」的郝光光大怒，霍地一下瞪過去，伸出手毫不客氣地將他推開，鄙夷道：「就你這副瘋子似的模樣，也敢站在我表哥面前丟人現眼？滾一邊去！」

差點兒被推了一跟頭的白木清，在幾道嘲笑的目光中狼狽地整理起儀容來。葉韜的表弟也不是他能得罪的，只得忍著氣，和和氣氣地對郝光光道：「郝兄弟說的是。」

「郝光光？你是說休了你——呃……被你休了的女人名叫郝光光？」左沈舟驚訝的目光來回在白木清和郝光光臉上徘徊。

「正是。」知道自己休妻的事被人所不齒，白木清臉上熱辣辣的，低著頭禮貌地回道：「話說起來，那個粗俗無禮、屢次羞辱下人又不知尊敬長輩的惡婦人，與貴莊表少爺還很像呢，若非知道那郝光光已無親人在世，在下還要認錯人呢。」

聞言，葉韜和左沈舟眼中均有異光閃過，意味深長地掃了眼氣得眼皮子直抽的郝光光。

「白家可真夠義氣，知道那可憐的女子已無親人了還那般對人家，剛娶過門一日不到便休了，這不是明擺著將人往絕路上逼嗎？」肖大將歪了的髮簪扶正後，冷笑著走過來道。

「白家的家務事還輪不到你一個外人來管！」白木清怒道。

「我是沒權利管白家的家務事，但卻有權利可憐一下那個被白三少爺你耍弄了的女子！」

兩人吵鬧，旁人因不熟，都不來勸架，只當熱鬧看。眼看場面又要失控時，王員外匆匆趕來，身旁跟著最後一名過了初試的男子。

「抱歉，讓諸位久等了。時候已不早，想必大家都餓了，請隨王某去用飯吧。」王員外眉開眼笑地帶著十名「富家子弟」去用飯了。

離開時，葉韜細細打量了下郝光光，如此稚嫩稍顯青澀的人，怎麼看都不像是已婚婦人。

休夫。這種事也只有她這等想一齣是一齣的人做得出來。

「回去後給我從實招來。」經過郝光光身邊時，葉韜壓低聲音警告道。

郝光光氣悶地抿起唇，不情不願地跟在他們身後。

今天絕對是不宜出行的一天，瞧這接二連三發生的破事，真是有夠倒楣的。葉韜絕對是個掃把星，自從遇見他起，就沒遇到過什麼好事，壞事卻是接二連三地發生。

見郝光光正往葉韜後背射眼刀子，左沈舟輕笑一聲，幸災樂禍地低聲說道：「本來妳只是弄丟了兩張帖子，根本不算什麼大事，可偏偏妳隱瞞的事太多，尤其這次因為妳的欺騙誤了主上的大事，這下妳想安然走怕是更不可能了。」

不等郝光光反駁，左沈舟說完便立刻快走幾步，跟上葉韜的步伐。

「無恥！」郝光光低咒，做著鬼臉，嘀嘀咕咕地罵著葉韜時，眼角餘光突然掃到魏哲在看她，猛地一個激靈，立刻閉上嘴，慌慌張張地小跑著跟上隊伍，打定主意不離葉韜左右了，免得一不小心又被魏哲逮到。

被刷下的九十多名男子亦被留下來一同用飯，因人數眾多，飯廳擠不下，是以所有人都在寬敞的亭子裡用飯。

食物很豐盛，王員外的四個兒子一直在各桌敬酒，場面好不熱鬧。

除郝光光外，被選出的九個人有個共同的特點，便是家境富有，且對家裡的財政大權有一定的掌控力，一般普通的官家子弟，不是家底不豐，就是沒法子一下子自家中拿走大筆的錢，是以這些人都沒能過關。

王員外對魏哲和葉韜格外的熱情，在場眾人都心知肚明這兩人競爭力最大，自己雖條件不錯，但比起他們還是所差甚遠，因此都抱著肯定沒戲了的心態，興致缺缺地吃飯。

誰想峰迴路轉，最後這兩名競爭力最大的人居然同時間棄權，退出了比賽。

王員外富態的圓臉震驚得都快扭曲了，難以接受地看著魏哲問道：「為何突然棄權？」

魏哲淡淡地回道：「魏某的婚事沒有自主權，抱歉。」

這點王員外懂，急忙說道：「魏大人身分高貴，小民不敢有高攀之心，以小女的身分自不配成為正室，但成為妾氏還是可以的，魏大人您看看……」

魏哲歉意地搖了搖頭，稱自己只是來看看熱鬧的，並沒有爭美的打算。

那你還來參加初試！王員外腹誹著，僵著臉不敢再勉強。為了女兒的名節且不使其掉價，有些話適可而止就好。

這個勸不通，又去勸另外一個，結果葉韜臉色太冷，王員外被凍得不敢多說，無奈之下便去說服脾氣溫和許多的左沈舟，只是很遺憾，將甲子草都搬了出來都沒用。王員外委實想不通，葉韜怎麼會突然改變主意？明明事先他對甲子草是勢在必得的。

郝光光也沒想到葉韜和左沈舟就這樣放棄了這次大會，能立刻就走令她心情稍稍好轉，這樣就不用發愁會娶個女人回去，也不用提防著魏哲和白小三了。

左沈舟與王員外還有眾參賽者客套了幾番後，便與葉韜和郝光光一同離開了王家。他們沒有留下來看熱鬧，因有事要問郝光光，是以葉韜允她與他們二人同乘一輛馬車。

馬車載著三人漸漸駛離，離開王家有兩里地後，左沈舟問著坐在對面的葉韜。「已經決定了？」

「嗯，除此沒別的法子了。」語畢，葉韜冷冷瞟了眼正一臉無辜狀的郝光光。

左沈舟掃了眼不明所以的郝光光，再次嘆氣。以他們葉氏山莊的名氣，本不想使強盜手段落人話柄，只是現在沒辦法了。

「沒想到魏狀元也退出了，本來他的勝算最大，以王老頭對他的奉承樣，怕是將獨生女送去做妾都甘願。納個妾就能得到甲子草，只賺不虧，再說這個妾還很美。」左沈舟手指點著下巴，不解地說道。

「怕是他抱著與我們一樣的想法呢。」葉韜冷笑。

「也只有這樣了，只是若他也如此，那我們的阻力可不小。」

「無妨，很久沒遇到對手了，到時正好會他一會。」葉韜露出勢在必得的淺笑。

「連武狀元都如此打算，我們還怕什麼？子聰的未來比我們的名聲重要。」左沈舟想到葉子聰，心中那股子猶豫立即消失。

郝光光瞪著眼睛看看這個又望望那個，不確定地問：「你們根本不是放棄了那棵破草，是想去偷去搶對不對？」

葉韜難得地對郝光光投去讚賞的一瞥。

「看來妳也沒蠢到無可救藥。既然妳娶不了王家千金，我們只能出此下策。甲子草藏在哪裡只有王小姐一人知曉，連王員外都不清楚，唯一能問出下落並且得到它的只有她的新婚夫婿。現在我們沒法子又不好對個女流之輩下手，只得等甲子草換了主人後再想辦法。」左沈舟難得好心地對受了一天驚嚇的郝光光詳細解釋了番，倒也不怕她洩漏什麼，確切地說，應該是不認為她有那能耐或膽子敢惹他們不快。

「嘖嘖……」郝光光拿眼角斜著葉韜和左沈舟，臉上的鄙夷越來越濃，終於逮到把柄，小人得志地大肆嘲諷起來。「居然想去偷、東、西！自己都這德行了，還對我偷了你們帖子一事死揪著不放？見過霸道無恥的，卻沒見過像你們這般無恥得理直氣壯的，真是可悲！可嘆！今日本少……本姑奶奶可算見識到了什麼叫做厚顏無恥！」

左沈舟無語撫額，暗嘆這郝光光腦子根本就是缺根弦，怎麼就不知道長記性呢？怕是要到被葉韜掐死那日才會真正覺悟吧？

片刻後，郝光光再一次倒楣地被扔在大街上，欲哭無淚地望著豪華舒適的馬車在視線中漸行漸遠。

這次葉韜留下三名輕功身手均一流的暗衛看著她，就算她逃跑功夫再厲害也甭想逃脫。

「天黑前給我自己走回去，否則便將妳的那匹白馬宰殺了烤熟餵狗！」

想到葉韜剛剛留下的這句威脅的話，郝光光忿忿地從路邊撿了幾片落葉，然後像是跟地面有仇似的用力跺著腳，將「葉」踩得稀巴爛後，方稍稍解氣地大步往回走……

第十六章

郝光光緊趕慢趕的，好不容易在天黑前回去了，她那匹性命受到威脅的小白馬總算保住了小命。

因經過這次選婿大會，「郝英俊」是葉韜表弟的事便傳了出去，為了不讓葉韜的名聲變得太過無情吝嗇，左沈舟自作主張讓下人收拾出個好一點的屋子來給郝光光住，對此葉韜懶得管。

內部消息傳得很快，郝光光是女人這件事這裡的人都知道了，只是嘴巴嚴，沒有向外透露而已。

沒有「囚禁」，反而待遇變好了，菜色也變好了許多，郝光光受寵若驚。

不怪她沒出息，換誰被壓迫欺負了好幾日，本以為這種「虐待」還要連本帶利繼續下去之時，突然陽光燦爛了，那種興奮的心情是難以言喻的。

好比突然給人一點甜頭，對方不覺得如何，但換成在對方吃了許多悶氣苦頭時突然給點甜頭，那效果可就完全不一樣了。

郝光光某些時候是比較容易知足的人，這點與郝大郎大剌剌的性子很像，被欺負時會很憤怒，不管對方是什麼人都敢叫一下板，過後也不會跟自己過不去，整日記恨著誰誰誰，總之她的氣是來得快消得也快。

「妳家主子怎的突然轉性了？莫非是良心發現，不好意思再欺壓弱小了？」郝光光茶足飯飽之後，摸著鼓溜溜的肚子滿足長嘆，一雙好看杏眼半眯成月牙狀，唇角微翹，整個人慵懶滿足得就像隻曬著太陽剛午睡醒來的貓，先前走得兩腿泛痠、腳底板磨得生疼的事早忘一邊去了。

一旁收拾碗筷的小丫鬟哪裡敢道葉韜的不是，悶不吭聲地低著頭加快手上的動作，唯恐郝光光再說些什麼出來，端著盤子碗筷，匆匆走了出去。

「嘖嘖，膽子真小，瞧這嚇得臉都白了。也是，世上像我這般勇敢的女子畢竟不多。」郝光光吃飽喝足高興了，也學起郝大郎來自我吹噓一番樂呵樂呵，完全想不起她曾幾次三番地在葉韜和魏哲面前嚇得腿直發顫的丟人事。

因吃得太撐想出去溜溜食，一走起來腳底板又開始微微泛疼，都是她跺腳踩「葉」踩得太投入、太過用力，結果害得兩腳吃了苦頭。

正猶豫著要不要返回去歇著時，一名丫鬟走了過來，說少主要她過去。

白天剛被大的折騰完，此時天剛黑就要換成小的來折騰了。郝光光萬分不情願，卻沒有抗拒的權利，只得一邊走一邊祈禱著，跟在丫鬟身後往葉子聰的房間走去。

這對父子什麼時候才能放過她？在他們的屋簷下何時才能有出頭之日呢？有句話說惹不起我躲得起還不行嗎？可是就郝光光此時的情況來說，分明是連躲都躲不起的。

一走進屋，郝光光聞到了濃濃的藥味，感到納悶，看到臉通紅地倚靠在床頭、精神不是很好的葉子聰時，方明白是他生病了。這病來得可真突然，早上出去時他還好好的。

「都下去吧。」葉子聰揮了揮手，讓屋內伺候著的下人都出去。

郝光光站在床前看著一副病態的葉子聰，感覺很不習慣，很難想像那麼盛氣凌人得只知道饞她、不讓她好過的娃娃，也有虛弱無力的時候。

葉子聰用狐疑的目光上下打量起郝光光來，最後難以接受地問：「妳真的是女人？」

「當然是女人。」郝光光挺了挺她那未發育完全的「小饅頭」，企圖讓葉子聰看到她是有弧線的，無奈效果不佳，本來就不大又因綁著束胸，就更不明顯了。

葉子聰精緻的小臉立時皺在一起，眼中迸發出不悅，不講理地質問道：「誰讓妳是女人的?!」

郝光光一聽怒了，前一刻的好心情立時跑光光，瞪著眼反問：「誰讓你是男娃娃的?!」

被頂撞的葉子聰氣悶，猛地咳嗽起來，小臉兒脹得更紅了。

郝光光見狀忘了生氣，趕緊上前給他拍背順氣，等他咳嗽稍止時又倒了一杯溫開水餵給他喝下去。

這些舉動做起來極為自然，怎麼說他也是個不大點兒的孩子，跟他一般見識未免顯得自己太膚淺了。若非要再找一個理由的話，那就是這葉子聰長得太好看，見這麼漂亮的小娃娃咳嗽得厲害，她無法做到無動於衷。

見郝光光眼中流露出的擔憂不似作假，給他順氣的手柔軟又溫熱，不同於左沈舟大手的剛硬沈穩，亦不同於同樣柔軟但卻帶著驚慌討好的丫頭、婆子，這種感覺是微妙的。葉子聰愣怔地看著一會兒摸他額頭試濕、一會兒給他掖被子的那隻纖細的手。

「怎麼了？不會病傻了吧？」郝光光試探地拍了拍突然發起呆來的葉子聰的臉蛋，手上傳來的異於常人的溫度告知她，這個孩子是染了風寒，不僅咳嗽還渾身發熱。

「妳才傻了！誰准妳對小爺動手動腳的？滾開！」葉子聰惱羞成怒地拍掉在他臉上作怪的手，剛剛微微泛著依賴享受的眼神立時清明起來。

「你這死孩子，不識好人心，咳死你得了！」郝光光哼了聲，退開幾步，暗暗警告自己，眼前這個娃娃跟別的娃娃不一樣，絕對不能同情、不能心軟，否則就是令自己下不了臺，下次她絕對不能再管他的死活。

每次吃癟後她都這般警告自己，但一出狀況她立刻就忘乾淨了，就像是吃過虧後還一次又一次地激怒葉韜一樣，根本不長記性。

「要妳管！妳先回答我，妳既然是女人，是否也存有不良心思？」葉子聰眼帶敵意地死死盯著郝光光。

「什麼意思？為何是女人就有不良心思了？」郝光光眨眨眼，懷疑葉子聰有點燒糊塗了。

葉子聰抿抿因剛喝過藥而異常紅潤的小嘴，顯然沒料到郝光光這麼不上道，居然有聽沒有懂。閉了閉眼，為防郝光光太笨再聽不懂，不得已之下只得將話問得極其直白。「妳是否也像其他女人那樣，想當我繼母？」

聞言，郝光光兩眼瞬間瞪得有如銅鈴大，像見鬼了似地指著自己。「我？當你繼……母？」

看她的反應就知自己問了個相當白癡的問題，懊惱地皺了皺兩道酷似葉韜的眉，郝光光的表情實在是太打擊人，因此葉子聰哼了一聲，將頭扭向床內側，眼不見為淨。

「哈哈哈哈……太、太可笑了！」郝光光很不給面子地放聲大笑，笑得前俯後仰，眼淚都流出來了。

突然感覺到房內的氣氛產生了微妙的變化，葉子聰心有所感地轉頭望去，小臉上的表情微變。

「當你繼母？你那個爹可是個變態，大變態！扣著我不放還反覆虐待我，現在我兩隻腳都磨出水泡來了。若非我是女人，恐怕就要被逼著拜堂成親了！你說，他這人跟土匪頭子有什麼兩樣？小娃娃你放心，你那爹不管有多少女子愛慕，我郝光光反正是不屑一顧的，除非嫌日子過得太滋潤了，想找個變態刺激一下，否則只要有機會就一定躲得遠遠的。再說，你若是可愛點、聽話點就罷了，偏偏一點都不乖，當你繼母不是平白找罪受嗎？我看啊，以後誰當你繼母誰倒楣，那個女人絕對是楣星附體，衝撞了哪路神仙，否則還不如掉河裡直接淹死來得爽快！」

郝光光也不想這麼激動，實在是容不得被人誣衊。簡直是匪夷所思、荒謬至極，誣賴她殺人放火都不及這個來得污辱人。在她眼中，葉韜與白小三可謂是不相伯仲，哪個性格品性都不好，前者也就外在條件稍勝一籌而已，本質沒什麼不同。

「妳、妳……」葉子聰臉發白地望著郝光光的身後。

正處於「亢奮」之中的郝光光未察覺到異常，雙臂環胸，無畏地看著臉色難看至極的葉子聰，以一副「士可殺不可辱」的神情高傲地道：「你什麼？居然懷疑我對你那變態爹有非分之想，簡直太——」

「太什麼？」一道略微壓抑的低沈聲音接道。

「當然是太污……不對，是太、太抬舉小女子了。小女子無才無貌無家世，簡直平凡到不能再平凡了，連對莊主有非分之想都是污辱高貴的您了。」郝光光僵著臉，縮著脖子，慢吞吞地轉過身，討好地對筆直站在她身後不知多久了的葉韜諂媚地笑。

「是嗎？」葉韜挑了挑眉。

「是！怎麼不是！」

「方才葉某聽到的好像不是這樣……」

郝光光聞言，正笑著的嘴角突然顫抖了下，被葉韜冰冷的視線凍得有如置身冰窖之中，使勁兒眨了眨眼，用不需要裝就已經顯得很傻的眼神巴巴地回視著。「您老應該是聽錯了。」

「爹爹。」不甘心被冷落的葉子聽突然低聲喚道。

葉韜終於將視線自心虛的郝光光臉上移開，抬腳向葉子聽走去，在郝光光剛鬆口氣時突然道：「去門外等著。」

郝光光恨恨地衝著葉韜的後背猛射了兩記眼刀子，惱火地轉身出去，自我安慰道她正好不想跟葉韜在一處待著呢，出去正合她意。

背著手站在門口假裝賞月的郝光光，隱約聽到屋內葉韜語氣嚴肅地說什麼再敢耍脾氣將自己弄病了就狠狠地罰，然後便是葉子聽又怕又委屈地說著以後不敢了之類的話。

靜默片刻，又聽到葉韜說什麼這次沒想過娶妻，若是真想娶的話，就算葉子聽使苦肉計令自己病得再厲害都無用，警告他不許為達目的使小性子或是玩心眼，將自己弄得病懨懨的，對不起他死去的娘云云。

郝光光恍然大悟，原來葉子聽突然生病是因為不想葉韜成親，故意將自己弄病啊！搖了搖頭，暗自感嘆葉子聽太過任性胡鬧，為了抗議或阻止他所不喜的事，居然做出這等行為。無論何時何地，都不該拿自己的身體健康當兒戲。

過沒多久，葉韜出來了，拿眼角掃了眼正百無聊賴的郝光光，示意她跟上。

來到書房，葉韜走至書案後，在椅上坐下，看著敢怒不敢言的郝光光道：「能自左護法身上偷走帖子，想必偷功了得。」

無法自語氣中聽出這句話到底是誇讚還是嘲諷，郝光光不知如何回應好，只得訕笑道：

「運氣使然。」

「不必謙虛。」葉韜意味深長地看著正隱隱提防著的郝光光，想到剛剛在葉子聽房內聽到的話，眼神驟然一冷，眯起眼道：「妳既然這麼會偷，到時甲子草便由妳去偷如何？」

郝光光皺眉，反感地拒絕道：「人家又沒招我惹我，做何去偷人家東西？抱歉，做不到。」

「妳偷走了屬於葉氏山莊的東西，去偷個東西回來就當是扯平了。若成功，我便不再為難於妳，直接放妳離開。」葉韜語氣平淡，好像說的是無關緊要的話。

「放我離開？」郝光光眼珠子轉了轉，渴望自由的心開始蠢蠢欲動。

一直不著痕跡地觀察著郝光光表情的葉韜唇角微揚，頷了下首。「對，只要甲子草到手便立刻放妳離開，不僅如此還會奉上五千兩銀子當作酬勞。」

猶豫頓減，郝光光目光炯炯地問：「此話當真？」

「當真。」

「若不偷會如何？」

「那就坐實妳白天說的話，將妳囚禁。」

「……」有夠無恥！

「考慮得如何？這筆買賣我們各取所需，那個娶到王小姐的男人不懂武，甲子草對他來說毫無用處。」看出郝光光正被可笑的良善牽制著，葉韜適時地「開解」了下。

最後一抹猶豫完全消失，郝光光大義凜然地挺起胸道：「成交！」

葉韜的臉色緩和了一點，伸手拿過一本帳本翻看起來，抬了抬眼皮道：「好了，現在妳可以說說與魏哲和白家三少爺的事了。」

「憑什麼跟你說？」郝光光看不慣葉韜高高在上的命令嘴臉，狠狠地斜了他一眼。

「來人啊，將『表少爺』押去地牢……」

「別、別！我說還不行嗎?!」

「嗯，那就快點，我時間不多。」

時、間、不、多？快嗝屁了的人才愛說「時間不多」這四個字呢！郝光光氣得嘴唇發白，腹誹著葉韜什麼時候兩腿一蹬見閻王去？大概也「時間不多」了吧！

第十七章

甲子草這種寶貝何以被王小姐得到眾說紛紜，有人說是從她過世的娘手裡得到的，有人說是從江湖郎中手中騙來的，甚至還有人說是王小姐福澤深厚，出外上香時無意中撿來的……

興許是為了吊足眾人胃口，又或是想大肆渲染甲子草的神秘之處，總之其具體來處因知情人嘴巴甚嚴，目前尚無一個確切的答案。

不過這甲子草是怎麼來的眾人倒不甚關心，他們關心的是如何將其據為己有。

之所以無人懷疑這則消息的可靠性，是因為傳出消息之人正是德高望重且有起死回生之能的神醫百里晨。

百里晨是在給王員外的老母治頑疾時無意中發現了甲子草，這種稀奇之物他在古書中見過。

很多人都被百里晨救治過，對其很是尊重，據說就連當年本已無生還希望的葉韜生母——現刑部尚書之妻雲氏都是在他手中起死回生的。

百里晨憑其出神入化的醫術在官家、江湖和百姓間都極具威望，是以當甲子草出現的消息一經傳出，五湖四海的青年才俊便全部慕名而來。

「小八哥啊，你說說，是不是德行不好的人都很好命呢？」郝光光坐在屋內逗弄著正在鳥籠裡吃食的小八哥。

八哥埋頭苦吃，沒理會一臉困擾相的郝光光。

「你說，像白小三那樣什麼都不好的人究竟是走了什麼狗屎運，居然能娶到樣樣都好的王家千金？」郝光光托著下巴，眉毛都快皺成八字形了，依然想不通為何在肖大將白小三的「底兒」都掀開後，還能成為王員外的乘龍快婿。

小八哥大概是受不了一直聒噪的郝光光，稍稍抬起一下頭，說了句「不好、不好」，然後埋頭繼續吃起來。

「你也想不通是吧？白小三成過親，應該算是『二手貨』了，根本配不上人家王美人啊！」郝光光自從早晨聽說了最後中選之人是白小三後，就一直處在百思不得其解之中。白小三在名譽上不僅已是「二手」，還有很多紅粉知己和通房，此等「牛糞」就算被神仙點成黃金也是臭的，哪裡配得上「一手」的、沒有與任何男子傳過曖昧的王美人呢？

小八哥哪裡聽得懂郝光光在說什麼，只是一直不給予回應就會被竹籤戳頭，是以郝光光每說一、兩句，牠就或是撲騰下翅膀、或是抬下頭學一、兩句話來逃避皮肉苦。

「喂，妳一個人在絮絮叨叨什麼？」終於解了禁足令的葉子聰心情頗好，大搖大擺地走進郝光光的房中。

郝光光強忍著不耐煩的語氣，平和地回道：「沒什麼，在逗鳥玩。」

「我聽妳在說什麼白小三！」被敷衍了的葉子聽不悅地嘟起嘴，跳上郝光光身邊的椅子上坐下。

小八哥見到葉子聽，渾身毛立刻豎起來，三蹦兩跳地逃到最角落，緊貼著鳥籠，提防地看著葉子聽。

「臭鳥！」葉子聽頑皮地抄起鳥籠，用力搖晃起來，被搖得暈頭轉向的小八哥摔得東倒西歪、慘叫連連。

「別搖了。」郝光光迅速將鳥籠搶過，舉高不讓葉子聽碰到。

八哥趴在底板上犯著暈，搖搖晃晃地爬起身，一個不穩又直直摔倒。

「哈哈，看牠這呆樣兒多好玩！」葉子聽剛要生氣就被像是喝醉了酒似的狼狽八哥給逗得眉開眼笑，「啪啪」地鼓起掌來。

「沒愛心的傢伙！你爹讓我將八哥『割愛』給你不是讓你折磨牠的！」郝光光不滿地瞪著一臉惡作劇的葉子聽，因馬上就能離開這裡，「奴性」頓消，面對葉韜和葉子聽時不再戰戰兢兢了。

「妳怎知爹爹不是要我折磨牠？」葉子聽以一副「你有我懂爹爹嗎」的不屑表情反問。

郝光光啞口無言，哼了一聲。「既然你不喜歡這隻八哥，也同意將牠還給我了，那沒我這個主人的允許，你不得欺負牠！」

「小氣！」葉子聽嘟囔了一句，打消了繼續嚇唬一見到他就發抖的八哥的念頭，眼珠子在屋內轉了一圈，狀似無意地問：「左叔叔說妳很快就要離開了？」

郝光光兩眼頓時放光，愉快地點頭。「對啊！」

葉子聰眼尾上翹，質疑道：「離開讓妳這麼開心？」

「當然！不用在這裡被你們欺負利用，我為何不開心？」郝光光重新將鳥籠子放回桌上，安撫起受了驚嚇的八哥來。

「不識好歹！多少人想進來還沒機會呢！」葉子聰對有人如此嫌棄葉氏山莊這一點感到不高興。

「誰愛來誰來，都不關本少爺的事。」郝光光哄了會兒，見八哥還在害怕，抱怨地瞪了眼葉子聰。

「妳是女人。」

「小小娃娃管我是男是女做什麼？真操心。」郝光光捏了捏葉子聰的臉蛋。

葉子聰拍掉狼爪，瞄了幾眼郝光光，又看了幾眼鳥籠子，在小八哥又要發起抖來時，抿了抿小嘴，彆彆扭扭地說道：「要不妳隨我們回莊裡去做我的書僮吧？」

郝光光聞言噗地一聲笑了，拍了拍葉子聰的肩膀，搖頭輕笑。「你應該找與你差不多大的孩子當書僮才對。」

葉子聰懊惱，小臉微皺，商量似地問：「那就當我房裡的大丫鬟？讓妳管著幾個丫鬟如何？」

「這麼不想讓我走啊？莫非是捨不得我？」郝光光湊近葉子聽，瞇起一雙杏眼兒，如偷腥的貓似的，得意非常，再次伸出狼爪摸向滑溜溜的小臉蛋兒逗弄著。「瞧你這彆扭的，直接說不想我走就成了，非要拐彎抹角，小小年紀怎的就不能直白點呢？」

「妳少噁心了！」葉子聽騰地自椅上跳下，小臉不知是羞的還是氣的，通紅一片，用力搓起胳膊上的雞皮疙瘩來。

「瞧你這臉紅的，被我說中，不好意思了吧？哈哈！」郝光光很不給面子地大笑起來。

「妳趕緊走吧，我受不了妳了！」葉子聽氣得大吼一聲，狠狠白了郝光光幾眼後，轉身跑出房門。

「真是讓人又氣又憐的小娃娃啊！」郝光光止住笑意感嘆著，她感覺到葉子聽對她的態度變了，雖然每次見面依然針鋒相對，但那股子敵意與排斥淡了很多。

又過了幾日，王家與白家聯姻的日子近了，葉韜說在白家接親的路上，他們找準時機下手，王小姐出閣定會將甲子草帶上。

因曉得想得到甲子草的人不只他們一方，葉韜對此很重視，到時他與左沈舟都會過去，他們負責將人引開，郝光光則去接近王家千金偷甲子草，不出意外的話，這等重要的東西應該是隨身帶著，這也是為何葉韜會將主意打到是女人的郝光光身上。

入夜，郝光光穿好為她量身訂做的夜行衣，與葉韜、左沈舟三人施展輕功向王家白天剛離開的送嫁隊伍追去。

有暗衛專門監視著送親隊伍，隨時向葉韜通風報信，為防夜長夢多，葉韜他們的打算是先下手為強，爭取今晚便將東西弄到手。

送親隊伍中途馬匹出了點狀況，天黑前沒能趕至前面城鎮的客棧，是以眾人便尋了個相對安靜的樹林裡，打算湊合一晚。

由於帶著甲子草和幾馬車豐厚的嫁妝，安全性令人擔憂，於是隨行的人都打了十二萬分的精神，夜裡幾十個人分成兩部分輪流守護著幾輛馬車。

葉韜三人趕至時，時間剛過子時，正是人身體最疲累睏乏的時刻。三人白天特意補過眠，是以此時正精神，非那些趕了一天路的送親大漢們可比。

隱在暗處的暗衛出現，低聲稟報說王小姐和丫鬟去了樹林深處小解，時間已經過了一刻鐘還沒見回來。

郝光光望過去，只見有些人已經著急了，稱要去尋樹林裡的主僕，另外一部分人則反對，說人家大姑娘臉皮薄，哪能讓他們這些粗人去找？猜著可能是吃烤野雞吃壞了肚子，一會兒就回來了。

王小姐不在他們不便現身，三人隱在暗處靜待時機。

又過了半刻鐘還不見人回來，這下子眾人急了，帶頭之人道：「阿二、阿三，隨我進去找找！」

三個大漢舉著火把去樹林深處尋人了，因為騷動，正睡著的另一半人也起身擔憂起來。

「有人來了。」葉韜突然出聲輕道，黑眸銳利地望向東南面的樹林處。

左沈舟望過去，細聽了片刻，神情也變得謹慎起來，與葉韜對視一眼，交換了相同的訊息：有高手來了！

郝光光耳力不及兩人好，聽不出什麼來，但也跟著屏住呼吸不敢出聲。

這時其中一個大漢匆匆趕了回來，焦急地大喊。「大事不妙！裡面不知是哪個殺千刀的擺了陣法，小姐肯定是困在裡面出不來了！」

「什麼？這可怎麼辦？」眾人騷動起來，你一句、我一句地開始爭執起怎麼辦來。

趁著混亂，葉韜向左沈舟使了記眼色，然後悄悄向隱在東南角的那名「高手」靠近。

左沈舟輕拉了下郝光光的袖口，示意她跟在他身後，兩人一前一後地向王小姐消失的地方行去。

場中有人提議說多過去幾個人看看，但因為怕馬車被搶，多數人不敢離開，於是便推選了三個人前去查看。

左沈舟帶著郝光光跳上樹，在三名大漢走過來時跳至他們身後，三記手刀劈昏了他們。

見解決完了人，郝光光跳下樹，落地時沒有發出任何聲響，贏來左沈舟讚嘆的一瞥。

「什麼人?!」遠處傳來打鬥聲，送親的大漢們紛紛抄起傢伙圍住馬車，嚴陣以待。

左沈舟沒理會，帶著郝光光繼續向著前方亮光行去，如法炮製地將守在陣法入口處的兩人劈昏後，舉著火把研究起用高大的樹木圍起來的陣法，這些樹個個粗壯，由此可見這陣法設立得有些年頭了。

「怎麼不走了？」郝光光站在左沈舟身邊疑惑地問。

「這是陣法，沒摸清門路時進去不是找死嗎？」左沈舟瞪了郝光光一眼，覺得這女人簡直笨得無可救藥。

「怎麼會找死？這陣法很簡單啊！」郝光光仔細打量了幾眼陣法，莫名其妙地回道。

「簡單？此時不是吹牛的時候！」若非還有用得到郝光光的地方，他真想將她也劈昏了。

眼前的陣法會令人昏頭，會讓人覺得這些樹會動，沒多久方位便會變幻，一旦陷入陣中，除非懂得破解之法，否則在這來回變幻的方位中別想脫身。

「我沒吹牛，這陣法我見過。我進去找王小姐，你不敢進來就在這兒守著吧。」郝光光說完，抬腳便進了陣中，一走進，陣法立變，整個人像是憑空消失了一樣，令想拉她回來的左沈舟都尋不著人。

左進二、右進三、後退一，左轉進三退四……郝光光默唸著小時候郝大郎教給她的口訣，熟練地穿梭在不停變幻方位的陣法中，眼神清明，絲毫不被眼前的景象所惑。

大概半盞茶的時間，郝光光聽到有女子的聲音在喊救命，停在原地仔細辨認了下方位，確認後小心地順著口訣一點點地尋找著。

「王小姐？」很快地郝光光便尋到了人，穿著大紅嫁衣的王小姐正狼狽地坐在地上抹淚。

「你是何人？」見到一身黑衣打扮的郝光光，本就嚇著了的王美人更緊張了。

「別管我是誰，我是來救妳的。」郝光光走過去，伸出手要拉她起來，結果被避開了。

「男女授受不親。」王小姐避開郝光光的手，自己站起來，目光清冷地問：「公子可是能走出這裡？」

「我能走進來自然也能走出去，聽說妳丫鬟也進來了，她在哪裡？」郝光光問。

「失散了。」

「隨我去找她。」郝光光好心地提議道。

聽到郝光光說能走出去，王小姐一直提著的心終於放下了，跟在郝光光身後去尋人。

「不行，幻象太厲害，這麼走妳肯定會跟丟，拉著我的手。」郝光光再次伸出手去，見對方寧願跟丟也不想失了名節，於是嘆了口氣，放柔聲音道：「我是女人，為方便行事扮了男裝而已，不信妳看看我的脖子，沒有喉結的。」

見郝光光真的沒有喉結，身形比起正常男人來又顯得瘦小許多，王美人終於放鬆了戒備，伸出手握住郝光光的手道：「有勞這位……姑娘了。」

沒多久便找到了哭得嗓子都啞了的丫鬟，郝光光一手一個，帶著兩人出陣。

因為輕易便找到了走失的丫鬟，王美人信了郝光光的能耐，感激地道：「多謝姑娘救命之恩，如此大恩大德不知何以為報？」

郝光光一點都沒客氣，直接將目的挑明。「要答謝並不難，將甲子草送給我便可。」

「小姐，不要！」丫鬟聞言大聲叫道。

「幹什麼？我救了妳們兩條命，拿棵草換很過分嗎？」郝光光怒目質問道。

王美人低著頭沒立刻回答，攥著手好一會兒才鬆開，點點頭道：「好，只要妳將我們帶出陣，甲子草便給妳。」

「小姐……」

「一言為定！」郝光光咧嘴笑了，沒想到得來這般容易，高興地拉著兩人往外走。

出了陣時，並沒有見到左沈舟，郝光光有點納悶，但卻沒功夫管這個，伸手至王美人面前道：「甲子草拿來吧。」

王美人慢吞吞的，有點不情願地伸手入懷，取出用乾淨手帕包裹著的甲子草。

「小姐，這是說好給姑爺的！」丫鬟哭喪著臉，急得直跺腳。

「姑爺又不會武，給他有何用？」王美人冷聲回道，深吸一口氣，很寶貝地將手中的東西放入郝光光手中。「這便是甲子草，當作酬謝姑娘的救命之恩。」

郝光光接過，想打開手帕看一下人人都想搶的東西究竟是何模樣，一雙纖柔美麗的手突然伸過來握住她的手阻止了。

「香兒先回去，我有關於甲子草的話要對這位姑娘說。」王美人命令道。

「喔。」香兒不情不願地離開了。

香兒走遠後，王美人突然綻出一抹奇異的笑，美麗勾人的水眸對上郝光光疑惑的雙眼，用柔得可以稱之為詭異的聲音道：「今日算恩人妳倒楣，抱歉了。」

一股冷意突然竄至全身，郝光光直覺不妙，用力甩開王美人的柔荑，拔腿就跑，高喊道：「來人啊！」

第十八章

一道勁風自身後襲來，郝光光仗著靈活的輕功躲開了大半掌風，但右肩不幸被掌風掃到，身體平衡受了影響，趔趄了下，只這片刻的耽擱，身後的人便追上，這次對方毫不留情，凌厲掌風再次劈來，重重擊上了郝光光的後背。

一口鮮血噴出，鑽心的疼痛自背後衝來，郝光光沒站住，重重地摔倒在地，暈眩感漸濃。

誰想到這麼柔柔美美的王家千金會功夫呢？誰又想到她竟狠毒到置救命恩人於死地呢？

「為、為什麼……」郝光光嘴角流著血，虛弱地問道。

「不為什麼，說了是妳倒楣。正愁想逃走尋不到好時機呢，妳就傻乎乎地送上門來了。待會兒將妳扔進陣法中用火燒死，我穿上妳的衣服逃走，過不了多久，王西月被燒死的消息就會傳出去，這樣我就不用被家人利用擺佈，嫁給那個白家敗類了。」王西月邊說邊迅速扯下郝光光的衣服穿上，隨後將自己的外衣脫下，給不停翻白眼要昏過去的郝光光套上。

興許是愧疚感作祟，想讓郝光光死了能當個明白鬼，王西月開口道：「不捨得我的丫鬟當替死鬼，路上又見不到身形相似的女人，就只好委屈妳了，誰讓妳不安好心，要打甲子草的主意呢！順便告訴妳一個秘密，其實甲子草不適合女人服用，妳拿了也是白拿。」換好了彼此的衣服後，王西月俯視著氣若游絲的郝光光，溫柔地笑道：「看在妳救過我一命的分兒上，我便好心地讓妳在死前見識一下甲子草的真正模樣吧！」

扔掉被手帕裹著的「甲子草」，王西月自身上拿出真正的甲子草，在郝光光眼前晃了晃道：「這個才是，看清楚了吧？這下妳可以瞑目了。」

將巴掌大小、嫩黃色的甲子草收回去，王西月扯起郝光光的胳膊，向幾步遠的陣法處走去，剛邁出一步，身後突然傳來一道男人的聲音——

「郝光光？」

王西月嬌軀一震，鬆開手就要逃，結果郝光光好巧不巧地突然在這時昏倒，一不小心被她扣住腰，壓倒在地。

「滾開！」聽著走近的腳步聲，王西月大急，花容失色地用力推開重重趴在她胸前的郝光光，一縱身消失在黑夜中。

葉韜與左沈舟趕至，見到滿臉血昏倒在地的郝光光時臉色大變，奔過去驚問：「發生什麼事了？」

郝光光無力地睜開雙眼，目無焦距地「看著」兩人，聽出了他們的聲音，知道自己不用死了，心下頓鬆，費盡力氣抬起手，將袖口中剛剛「昏倒」時自王西月身上扒來的甲子草露了出來，用堪比蚊子的聲音虛弱地道：「偷……了……走……」

她是想說：甲子草已偷到，我可以走了。

昏昏沈沈的，五臟六腑都跟要移位了一樣，連喘一口氣都難受得快要窒息。那王西月掌法狠厲，下手極重，若功力再強些，郝光光肯定一掌便斃命了。

郝光光置身在暖融融的屋內，身上蓋了三層厚實柔軟的錦被，但依然冷得渾身直打顫。又疼又冷的連番折騰，令本就傷得極重的身體更加難過起來，臉色蒼白、嘴唇發紫。自回來被施過針後，她便時醒時昏迷，就算醒著眼睛也無力睜開，只能隱約感覺到屋內有人在低聲說話，具體說了什麼她無暇顧及。

「沒想到居然傷得這般重。」坐在外間的左沈舟在聽完莊內大夫的回報後大為詫異，若有所思地道：「背後留有青紫色掌印，傷者又渾身發冷，這應該是玄陰掌。此等陰寒的掌法只有極陽的內力能克制住它，慶幸那人功力還沒練到家，否則我們帶回來的恐怕就是一具凍僵的屍體了。」

「那個人的身形明顯是女子，剛剛又有傳聞說王小姐失蹤了，難道傷了郝光光的就是王小姐？」葉韜的手指在桌上輕叩著，語氣中帶了絲難以置信及不確定。

「那個丫鬟稱她家小姐失蹤前與一個身穿黑衣、打甲子草主意的女子在一起，指的就是郝光光。我們的人一直跟蹤著送親隊伍，路上沒有其他可疑女子出現過，由此可見傷人者是王小姐的可能性極大。」左沈舟一點點地分析著，對於不僅會武還想殺人滅口的歹毒女子很可能是王小姐的這個事實，同樣感到難以置信。

「事實究竟如何也只得等她醒後才能知道了。」葉韜抬手輕輕在左肩處揉了揉，此處被蒙面之人打了一掌，他有內力護體雖無大礙，但短時間內左臂是別想再運功了。

「郝光光現在性命雖然無憂，但苦頭怕是……她身子骨不及你我，那個脾氣古怪但醫術還不錯的賀老頭又不在這裡，不知她能不能熬得過這幾日的折磨啊！」左沈舟拿眼角掃著葉韜，一臉誇張地嘆息著。

「你想說什麼？」葉韜俊目中閃過不耐。賀大夫是葉氏山莊的專任大夫，因醫術好難免有些傲氣，被惹到過幾次的左沈舟一直以「賀老頭」稱之，從來不肯規矩地叫聲賀大夫。

「沒想說什麼，就是覺得人家一個女人為了得到甲子草，連命都差點兒丟了，而身為間接禍首的我們若不盡心去救治她，良心上委實說不過去，你覺得呢？」

葉韜眉頭輕蹙，抿了抿唇。「我受傷了。」

「呵呵。」左沈舟搖頭輕笑，看著沈著臉、無動於衷的葉韜道：「受傷不是理由吧？依我看，你是怕碰了她的身體要負起責任來。」左沈舟了然地道，語氣中帶了幾分幸災樂禍。

沒有辦法，郝光光中的陰寒掌氣只有練就一身剛陽內力的葉韜能化解。

葉韜拿眼角掃了左沈舟一眼，沒開口，擺明了不想繼續這個話題。

左沈舟因拿回了甲子草，且確定它是真貨後，心情不錯，假裝沒看懂葉韜的臉色，好心提議道：「其實你可以偷偷為她運功療傷，郝光光正昏迷著，不會曉得這事。至於其他人，只要你不說，誰知道？用你的內力化去她身上正肆虐著的陰寒之氣，她能少吃些苦頭，如此你的良心也能好過一些是不是？再說，就算是最差的打算也無妨，收了她做妾便是，你又不缺養一個妾的那點銀子。」

「說夠了沒！」葉韜瞪過去。

「我這不是好心在給你出主意嗎？不愛聽就當我沒說。」左沈舟閉起嘴不說了。

葉韜壓下惱火，換了個話題沈聲道：「甲子草已到手，我們不日便動身離開，魏哲沒拿到甲子草不會輕易放棄，你近日出門還需小心點兒行事。」

「他傷得不比你輕，何況他還有『武狀元』的名譽要顧及，行事不敢過於張揚，我們無須太過顧忌。」左沈舟一點都不擔心。

葉韜想了想，也覺得是這個理，眉頭稍緩道：「明日便將甲子草煎了給子聽服下吧。」

「相關藥材差不多買齊了，明日能行。」

早日解決了甲子草早放心。

這時一名丫鬟突然自裡屋衝出來，焦急地道：「莊主、左護法，不好了！郝姑娘她、她好像沒氣了！」

「什麼？」葉韜和左沈舟聞言，驚得立刻站起身。

「剛剛大夫不是說沒性命之憂了嗎？」左沈舟嚴肅地問道。

「奴婢也不清楚，方才餵郝姑娘喝藥，她只喝進去一、兩口，躺下後沒多久就開始猛打冷顫，接著、接著就一動不動了……」丫鬟的臉色有些蒼白，話說得有點結結巴巴。

「我進去看看。」葉韜皺著眉，大跨步向裡屋行去。

左沈舟詫異地揚了揚眉，眼中閃過一抹促狹的笑意，抬手阻止了要跟上去的丫鬟，道：「隨我出去，莊主出來之前妳不用進去了。」

「是。」丫鬟不明所以地看了眼一臉狐狸樣的左沈舟，跟在他身後三步一回頭，不甚放心地出了房門。

葉韜走向泛著濃濃藥味的床邊，餵的藥大半都浪費了，雖然丫鬟已經清理乾淨，但苦澀的藥味尚殘留在屋內未及散去，藥味猶以床附近最濃。

郝光光一動不動地趴在床上，身上罩著厚厚的被子，蒼白且死氣沈沈的小臉面朝外枕著瓷枕，眼睛緊閉，那安靜的模樣真跟死了差不多。

伸出手指貼近郝光光的鼻尖停住，擰起眉細細感覺，一股淡到極易被忽略的溫熱遊蕩在指尖。

心下稍鬆，葉韜猶豫了下，將手伸進被子裡，手搭在郝光光細腕處的脈搏上。雖然沒有研究過醫術，但就以練武之人對脈搏有的那麼一點點瞭解，立刻便知此時脈搏紊亂無章法的郝光光情況非常不妙。

不敢再耽擱，葉韜脫鞋上床，將床幔解開放下，閉了閉眼，深吸一口氣後抬手將郝光光身上的被子全部揭開。

頓時，盈白如玉的肌膚映入眼底，只是光滑細膩的美背上有一道刺目的青紫色掌印，掌印張牙舞爪地印在一片乳白之上，突兀得彷彿上等美玉上停著一隻蒼蠅般破壞美感。

沒了被子保暖，郝光光的身子幾不可見地瑟縮了下，隨後又靜止不動。

葉韜盤腿坐在床上，右臂將正在生死一線間徘徊著的郝光光攬起置於身前，屏著呼吸強迫自己不被女子的體香所惑。左臂由於受了傷正纏著布條，是以只能一隻手臂忙活，這樣極為麻煩，尤其郝光光正昏迷著，身子軟得跟棉花似的立不住。

待好不容易將她身體一側用瓷枕和被子固定住後，他已經累得滿頭大汗了。

郝光光身中陰毒掌傷，傷及肺腑，為了能更好地運功為她驅除寒毒且不易走火入魔，最好最安全的方法便是掌心直接貼在她的裸背上輸入真氣。

葉韜將大掌抵住郝光光滑膩柔軟的肌膚，閉上眼默唸了幾句靜心咒後定下心，開始將自己渾厚純陽的真氣一點點地輸入郝光光體內，引導著真氣順著她體內經脈緩慢遊走，將到處肆虐著的寒毒逐一化解。

起先郝光光臉色蒼白如紙，一炷香過後臉色漸漸恢復了血色，原本微弱到幾乎沒有的呼吸變得明顯起來，只是依然沒有醒過來的跡象，垂著頭，身體無力地靠在背後那隻大掌上。

葉韜的額頭滲出汗珠，臉上顯現出疲憊之色，一刻也不敢停地繼續操控著真氣，直至將郝光光體內最後一絲寒毒逼出體外後方收回真氣。

前一晚與魏哲過招已經損耗了葉韜的一部分功力，此時又為郝光光治傷，耗損精力更多，導致此時疲憊不堪，急需回房打坐調理內息。

現在兩人的臉色對調，郝光光的臉色變得紅潤了，葉韜的則蒼白一片。

「噗」地一下，郝光光噴出一大口黑血來，身後因失去葉韜大掌的支撐，柔軟嬌軀無力地向身後倒去，直接倒入葉韜泛有清新男性氣息的懷抱中。

方才是在治傷，肌膚相親在所難免，此時郝光光寒毒已清，情況便大不相同，葉韜的身體猛地僵住，別開眼，一把扯過放置在床頭的衣服，胡亂罩在郝光光身上，隨後將無轉醒跡象的人放回床內，匆忙間動作稍顯粗魯。

郝光光因胳膊被攥疼了，皺起眉頭「嚶嚀」了一聲，驚得葉韜立刻鬆開手，刻意忽略此時兩人曖昧的氛圍，拉起被子就往她身上蓋。

重新趴在床上躺著的郝光光左臂朝外，葉韜拉回被子間，眼角餘光突然掃到一點朱紅，不自覺地望過去，只見她皓如白雪的左臂上明晃晃地印著一枚象徵女子貞節的守宮砂……

第十九章

郝光光身上不再泛冷，屋內新添加的兩個火爐便搬出了房間。寒毒已清，但肺腑被傷到，一時半會兒的，身體還無法恢復如初，遂又昏昏沈沈地在床上躺了兩日。這一次是她有生以來傷得最重的一次，差點兒就走進鬼門關了。

彌留之際時，郝光光見到老爹和美麗的娘來接她了，兩人向她伸出手笑著說要帶她一起走。

終於見到了思念著的親人，被折磨得痛不欲生的郝光光毫不猶豫地作出了選擇，邁出腳步就要向一臉親切的父母走去，眼看就要遠離傷痛，與疼她寵她的爹娘團聚了，結果不知怎的，一股大力突然出現，愣是將她扯了回去。

掙扎間，郝光光看到慈祥的爹娘笑著對她揮了揮手道別，隨後消失不見，急得她又喊又哭，無奈就是再也喚不回爹娘的身影。

「爹……娘……」昏睡著的郝光光夢囈著，眼角掛著淚，削瘦了一圈的俏臉兒因點點淚漬，居然顯出一股子我見猶憐之意，若非受了重傷，此等情景怕是根本不會自向來不知嬌柔為何物的郝光光臉上看到。

葉韜站在床頭邊，抿唇看著在睡夢中哭得傷心的郝光光，眉頭輕擰。「趕快醒過來。我們馬上要動身離開此地，若妳到時還是這副半死不活的模樣，休怪我無情扔妳出去，任妳自生自滅。」

彷彿感覺到了威脅，未自噩夢中醒轉過來的郝光光哆嗦了一下，眼淚稍止。

「爹爹，你看她怕了。」葉子聰指著不再說夢話的郝光光，驚奇地道。

「別在這裡停留過久，你還要回房喝藥。」葉韜對站在身邊的兒子淡淡地交代道。

「子聰知道。」葉子聰因為服用了甲子草，過於年輕的身體有點難以承受甲子草霸道的能量，是以每日都要喝兩次藥，並且有人以內力相輔助，以便能快速安全地將其能量容納吸收。

葉韜看了郝光光一眼後，轉身離去。

得了自由的葉子聰忽閃著大眼，輕輕湊近郝光光床前，盯著她緊閉的雙眼道：「喂，妳怎麼還不醒？」

郝光光沒回應。

「告訴妳喲，再不醒，妳那八哥的毛就要被我拔光了。」葉子聰學著剛剛葉韜的語氣威脅道。

睫毛動了動，被干擾了睡眠的郝光光臉上湧現出一絲不耐煩來。

葉子聰眉一揚，板著小臉兒氣呼呼地道：「敢嫌我煩？妳等著！」說完後匆匆跑出去。

終於清靜了，郝光光鬆開眉頭再次沈睡，只是睡沒多久，那惱人的聲音又來了，這次不僅有小孩子，居然還多了隻鳥。

「妳倒是醒不醒呢？」葉子聽提著鳥籠蹲在郝光光床前問，見郝光光依然不理人，嘴角揚起一抹惡作劇的笑，瞇著眼掃向瑟縮成一團，正可憐巴拉地望著他的八哥。

「饒命！饒命！」八哥嚇得大聲求饒。

「這話還是喊給你那隻睡豬主子聽吧！」語畢，葉子聽雙手抓著鳥籠，惡劣地開始上下左右大力搖晃起來，被搖得命快丟了半條的小八哥頓時淒厲地叫起來。

葉子聽的笑聲和小八哥的尖叫聲夾雜在一起，令屋內一時間吵作一團。

郝光光被吵得頭昏腦脹，抗議地搖了幾下頭，在聲音不但沒停反倒有變本加厲趨勢之時，終於皺眉睜開眼，醒轉過來。

「醒了？我還以為妳不管小八哥的死活了呢！」葉子聽見郝光光醒了，露出得逞的笑來，好心地放過被折磨得趴在籠裡站不起來的八哥，將鳥籠子放在床頭。

郝光光昨日清晨才甦醒，但因身體虛弱，除了吃藥與吃飯時偶爾醒來片刻，大多時間都是昏迷著的。

「你……」郝光光嗓子很乾，聲音發出得有些艱難。

「來人啊，她醒了！」葉子聽衝著外頭喊道。

守在門外的丫鬟聞言立刻走進，體貼地將桌上一直準備著的溫開水端起，餵郝光光喝下。

「小姐先別睡，奴婢這就去端些飯菜來。」丫鬟的語氣恭敬得出奇，只是一直處在發呆中的郝光光沒有察覺到異樣。

「嗯。」郝光光輕輕點了下頭，睡得太久猛然醒來，思緒大半還沈浸在剛剛的夢境之中，加上頭疼、眼睛又酸脹，神情有些恍恍惚惚的。

「妳這模樣真呆真醜！」葉子聽嫌棄地打量著目光發直、一臉呆相的郝光光。

「主人……救命。」小八哥哆嗦著小身體，可憐巴巴地望著郝光光，聲音顫得比身體還厲害。

郝光光循聲望去，見到像剛打完架似的八哥，眼神終於清明了一些，不高興地瞪向葉子聽，嗓音沙啞地抱怨道：「你又欺負我的八哥。」

「誰讓妳要死不活的？就妳這風一吹就能倒的模樣，還想護著妳的馬和八哥？」葉子聽仰著頭，一臉高傲不屑地道。

郝光光此時只著一件白色中衣，頭髮披散著，臉色憔悴、雙眼紅腫，因肺腑還未休養好，連動一下都要小心翼翼的，這副弱不禁風的病態樣子，連自己都保護不了，談何保護寵物？

「也不想想我這副樣子是為了給誰偷甲子草弄的。」郝光光輕聲說道，現在她連說話都不得大聲，否則會牽動胸腔，疼得她直冒淚。

葉子聽聞言，小嘴嘟起，收起囂張樣兒，彆扭地抿了抿唇輕哼。「說得好聽，還不是因為妳自己想離開才那麼不要命的。」

郝光光氣得瞪大眼看著葉子聰。「真是一隻小白眼兒狼。」

被說得有點不高興的葉子聰張口想反駁，瞪向郝光光時，看到她紅腫著的雙眼、泛白的嘴唇，到嘴邊的話立刻變成了——

「哼，瞧妳還挺有精神的，我尋爹爹過來。」

看著匆匆跑出去的葉子聰，郝光光一時有些反應不過來。尋葉韜過來做什麼？正思索著時，突然聽到八哥叫道——

「主人、主人！」

「怎麼了？」郝光光抬手想去提鳥籠，無奈全身無力，只得作罷。

「我病了、病了！」小八哥想爬起來，但腳打顫、頭犯暈，一爬就倒，急得哇哇大叫。

「呵呵，別急，過會兒再爬起來吧。」郝光光沈悶的心情因為八哥終於好轉了一點點。

八哥聽不懂，只知道自己爬不起來，撲騰著翅膀哇哇叫。「救命、救命！」

「什麼東西這麼吵？」葉韜大步走進，冷淡的視線射向八哥，沈聲道。

八哥聞言，嚇得立刻閉嘴，安安靜靜地趴回鳥籠裡，垂下頭裝死。

「你、你怎麼進來了？」見到神色自若地走進來的葉韜，郝光光大驚，咬著牙慢慢躺下身，縮回被子中，一臉防備地望著走近的男人。

以前不知道她是女人就罷了，現在明明知道她是女人，而且此時她臥病在床，只著單衣，他居然不讓人通報就直接闖進她的房裡，不知道什麼叫做男女有別嗎？

葉韜走到床前站定，定定打量了會兒面露不悅的郝光光，見其精神不錯，料想說幾句話應該無礙，於是在旁邊的軟榻上坐下問道：「那夜究竟是怎麼回事？」

問及當日的事，正因自己女人的身分不被尊重而生著氣的郝光光，表情頓時嚴肅起來。這兩日都昏昏沈沈的，睡著的時間比醒著的時候多，無暇想這些，此時記憶被葉韜問的話立即帶回了差點兒令她命喪黃泉的那夜。

郝光光打起精神，開始將自與左沈舟分開後發生的事簡略地敘述了一遍，越往後越是氣憤，畢竟剛醒過來，身體還很虛弱，說到後來氣喘吁吁的，一句話要分兩次甚至三次才能說完，好不容易將該說的都說完後，捂住胸口難受地咳嗽起來。

葉韜看著郝光光咳得差點兒要背過氣的模樣，皺了皺眉，難得好心地站起身，倒了杯水端過來，扶起背後汗濕一片的郝光光，將水餵進她嘴裡。

被葉韜「伺候」著的郝光光，水喝得一驚一乍的，身子僵得厲害，喝完水被對方稱不上輕柔的動作扶著躺回床上時，眼睛猶不可置信地瞪得溜圓，像是見了鬼般，看著僵著臉、一副不耐煩模樣的葉韜。

被看得眉頭皺得更緊的葉韜，手輕輕一拋，將茶杯穩穩拋回桌上，避開郝光光驚魂未定的視線，繼續問：「妳確定那個傷了妳的人就是王小姐本人？」

「不是她還能是誰？那蛇蠍女人就算化成灰我都認得她！」喝了水，感覺好受了些的郝光光，說話不那麼費力了，顧不得理會葉韜餵水的詭異行為，憤恨的表情再次湧現。

葉韜得到了答案便不再問，換了個問題。「妳何以會破解迷魂陣？」

「什麼迷魂陣？」

「就是困住王小姐的那個陣法。」葉韜強忍著不耐解釋道。

「那個啊，我老爹教的。」

「妳爹為何會破解迷魂陣？他是何方高人？」比起王小姐的事，葉韜與左沈舟對這件事更為好奇。

「我爹只是個普通粗人，哪是什麼高人不高人的。」郝光光皺眉，不耐煩地回道。

葉韜仔細打量著郝光光的表情，見其並非有意隱瞞，狐疑地皺起眉。難道她真的一點都不了解自己父親的事？

郝光光說了太多話，情緒又起起伏伏的，早累了，疲乏地閉起眼喃喃道：「我睏了……」

該問的都已問完，沒有再待下去的必要，葉韜轉身要離開，走出幾步時突然開口道：「妳的……已被我看過，幾日後隨我一同回北方，我收妳做妾。」

被周公拉著要走的郝光光突然被葉韜的話嚇得睏意盡失，結結巴巴地問：「你、你說什麼？」

已走至門口的葉韜回過頭，淡淡看了眼嚇得魂都要飛了的郝光光，眸底顏色漸沈，什麼也沒說，轉身便出了門。

「肯定是聽錯了……」郝光光睜大眼瞪著床幔，喃喃自語著。

小八哥這時終於將頭抬了起來，望向郝光光，抖了抖羽毛，帶著懼意地道：「嚇死了、嚇死了！」

郝光光側過頭望向被一大一小兩父子嚇得還在發著抖的八哥，同病相憐地回應道：「我也嚇死了，希望是聽錯了……」

葉韜出去時，有下人稟報說白木清又來了。

自送親的人傳出王小姐失蹤的消息後，白木清便一日三、四趟地往這裡跑，說是要尋「前妻」問問她，他的準新娘哪裡去了。

原來是王小姐的丫鬟香兒後知後覺地想起女扮男裝的黑衣人與當時隨葉韜一起去的「郝英俊」長得幾乎一模一樣，還有她在林外等著自家小姐時，有聽到一個男人在叫什麼「郝光光」的。

這兩點訊息連在一起，白木清還有什麼想不明白的？什麼葉韜的「表弟」？根本就是假的！那人分明就是他的前妻郝光光！想到在王家見面之時，郝光光種種不自然的舉動，分明是心虛怕被認出來的表現。

如此，白木清便日日要求見郝光光，但次次都被拒之門外，起初還因為懼怕葉韜的勢力不敢放肆，但一次次地被拒絕輕視令他的大少爺脾氣頓起，後兩次再來時，竟對門口守衛威脅，說他知道甲子草在葉韜手中，因為偷甲子草之人就是郝光光，不想將事情鬧大的話就讓他進去。

這日，白木清再次前來，此時正在門口惱火地與守衛理論著，口口聲聲說郝光光是他前妻，葉府根本沒有什麼表弟的存在云云。

葉韜聽完屬下的回報，俊眸微瞇，冷酷地道：「去『告訴』他，葉府沒有他的『前妻』。一次解決，我不想再有閒雜人等前來胡說八道。」

「是。」

傍晚，白木清被不明人士襲擊打至重傷的消息散播開來，有人稱白、王兩家不宜結親，兩個新人一個下落不明，一個差點兒致殘，勉強聯姻後果恐怕會更為嚴重。

誰打白木清的？到底是怎麼回事無人知曉，因為白木清自己什麼都不說，眾人只知幾日後他休養好了身體，便像是躲著什麼可怕的人或事似的，急匆匆離開了。

什麼前妻、未婚妻、甲子草的事，白木清全然不顧了，哪裡還敢再說一句類似葉韜的「表弟」是他前妻的話來……

第二十章

就算再想自我安慰是聽錯了，可是在面對一個又一個態度前後大轉變的下人們後，郝光光不得不將不滿往肚子裡吞，暗嘆霉運之神再次給她「走後門」格外照顧了。

比如，以前只在給她準備三餐時能露個面，平時有多遠就避多遠的丫頭婆子們，現在有事沒事地就往她面前湊，態度簡直是好極了，不再跟個木頭似的一問三不知，人人都將臉笑得跟菊花開了似的，不停對她噓寒問暖，唯恐她凍著餓著了。

就連以往曾帶她去過地牢、誤會過她發情的冷面侍衛見到她，都變得恭敬有禮了許多。

「原來妳還當不了我繼母，只是一個小小的姨娘而已啊！」

想起先前葉子聰半憐憫、半嘲笑的話語，郝光光就氣得青筋暴跳，撐著剛恢復一點、還不能走太遠的病弱身體，忿忿地向葉韜的書房走去。

「小姐、小姐！妳別走得那麼快，當心身體啊！」這幾日一直伺候著郝光光的丫鬟如蘭舉著一件披風，急呼呼地跑過來，體貼地給郝光光披上繫好。

看到如蘭小心討好著的小臉兒，惱意蹭蹭蹭，立時一蹦三尺高，郝光光瞪過去。「對我這麼好做什麼？就像以前那樣愛搭不理的不成嗎？」

如蘭的臉一下子紅了，垂下頭戰戰兢兢地問：「小姐可是在怨奴婢？怪奴婢以前怠慢了小姐？」

郝光光聽得更是冒火，只是實在不忍欺負一個比她還小的丫頭，因此強忍火氣別開眼道：「我不是這個意思。」

「那是什麼？奴婢哪裡做得不好，小姐請指出來，奴婢會改！」如蘭急得直冒汗，拿不準郝光光那句話究竟是心中所想還是在說反話。

「妳沒錯，錯的是那隻變態『豬上』！」郝光光被態度前後變化過大的如蘭搞得氣悶。源頭在誰身上就怪誰，這些下人無非都是看主子的臉色行事而已，她還不會失控到遷怒無辜的如蘭。

遠遠地見到郝光光往這方走來，守在書房外的侍衛立刻進去向葉韜稟報，得到允許後，恭恭敬敬地推開書房門，請郝光光進去。

如蘭不敢進去，只得在門口候著。

不怎麼長的一段路，郝光光愣是走得氣喘吁吁，走進書房時都沒顧得上看葉韜，而是先尋了個離門口最近的軟榻坐上去。

這副要死不活的樣子都是拜屋內這個男人所賜，郝光光喘完，待氣順了些後，怒目瞪過去，拿眼刀子狠狠剮葉韜的臉。

葉韜的目光在郝光光不知是喘得還是氣得通紅成一片的臉上淡然一掃，啟唇問：「有事？」

「請告訴我，那要收我做妾的事是假的。」郝光光緊緊盯著葉韜的眼道。
「是真的。」
「憑什麼？我有同意要當你的妾嗎?!」郝光光頓感氣悶，抬手捏住癢起來的嗓子，拚命壓抑住因激動而要湧起的咳嗽。
「我為妳治寒毒時看了妳的身子。」短短一句話算是解釋了要收她的原因。
聞言，郝光光驚訝地眨了下眼，結結巴巴地問：「什、什麼？」
「不然妳以為妳現在瞪我的力氣是哪裡來的？」葉韜反問。
「是你救我的？」郝光光大受打擊，當時她傷得過重，昏迷之中感覺全身發冷，冷得像是身體馬上就要凍成冰塊一樣，後來突然間就不冷了，她一直以為是喝的藥起了作用。
「妳中的寒毒正好我可以解，舉手之勞而已。」
「解毒為什麼要脫我衣服？」很難以啟齒的問題，郝光光卻問得理直氣壯。
葉韜被質問得太陽穴突突直跳，郝光光的語氣分明是在質問一個乘人之危的色狼！
「無知！妳當時命在旦夕，寒毒急需化去，若不褪去妳的衣衫很可能救不活妳，甚至還可能會加速妳的死亡。」葉韜沈著臉，不悅地說道。被人當成故意占女子便宜的登徒子還真是有生以來頭一次。
郝光光無法反駁，但一股氣堵在胸口散不去，憋得她難受，因此哼了聲，嘴硬道：「欺負我什麼都不懂，你當然是怎麼說怎麼是。」

「投懷送抱的美人不計其數，我葉韜何至於會占妳這個姿色並非上等又蠢得出奇的女人的便宜。」葉韜這話說得毫不客氣，顯然被氣得不輕。

「你、你這得了便宜還賣乖的變……男人！」郝光光氣得胸口又疼上了，喘著氣不怕死地回嘴。「既然這麼不屑我，就當沒有過治傷那回事豈不是更好？」

葉韜一雙黑如墨的俊眸頓時更為幽深，沒有惱火也沒有因為不用攬起一個包袱而鬆口氣，而是以著近乎稱得上和氣的語氣問：「就算只是個妾，地位待遇卻比尋常人家的正妻要強得多，妳是第一個我肯納為妾室之人，就憑這點，山莊那些人也不敢怠慢了妳，興許外面的人為了方便行事還會巴結妳也說不定，妳究竟在排斥什麼？」

郝光光氣笑了。「你的意思是說，我不但要乖乖答應，還要感激涕零？」

葉韜沒有回答，但或多或少應該是帶了點這個意思的。

「哼！我老爹說過，寧願拿著一只破碗要飯去，也不能屈就當一名毫無尊嚴的妾。不管給什麼人做妾，哪怕過得比大地主還滋潤都不成。」郝光光自小與郝大郎相依為命，對她來說，他的話比聖旨還管用。

葉韜的臉色頓時一黑，抿了抿唇要說什麼時，外面突然有人通報——

「主上，魏狀元來了。」

郝光光聞言，心咯噔一下，因葉韜而生的萬丈怒火立時跟被撒了氣的馬車軲轆似的蔫了，不再多說，慌慌張張地起身就要逃跑。

若有所思地打量著郝光光的一舉一動，葉韜對外面交代道：「帶魏狀元去正廳，通知左護法先過去好生招待著，我隨後便到。」

「是。」侍衛下去傳話了。

郝光光哪裡還顧得上再與葉韜理論，撐著不甚俐落的病體快速往外走，她要趁魏哲進門之前先回房裡躲著去。

「妳確定只是強盜怕官兵那麼簡單？」葉韜帶著懷疑的聲音自身後傳來。

「你別貴人多忘事，甲子草我已偷到，現在是自由身。」這句話的另外一個意思就是——葉韜無權再過問她的事。

出了書房，郝光光一刻都不敢耽擱，讓如蘭攙扶著匆匆回了房間，當終於躺回床上歇下來時，緊繃的神經才徹底放鬆下來。

還有兩日葉韜就要動身回北方了，本來今天就要走，因為擔心剛服用過甲子草的葉子聰路上出狀況，是以特意推遲了兩日。

郝光光已經想好，這兩日她身體太虛，需先養足精神，待兩日後離開時她就帶著自己的東西走，想葉韜既然身為一個山莊的大頭子，當著那麼多屬下的面不可能會說話不算話，在她明明已經偷完了草後還不讓她走。

「妳幫我注意著，魏狀元走時立刻通知我。」郝光光不放心地對如蘭道。其實她現在「帶病在身」，魏哲肯定不會過分到要求她過去，雖然明白這一點，但魏哲來了這件事就是令她提心弔膽的，無法安心入眠。

「小姐多慮了，有主上在，您大可放心，魏狀元不會怎麼樣的。主上——」如蘭對葉韜的崇拜有如滔滔江水，連綿不絕，在她眼中就沒有他擺平不了的事。

「行了行了，妳給我盯著點就是了。」郝光光打斷了如蘭想繼續吹捧的念頭，這幾日只要一醒來，如蘭就會在她耳邊不停地說著葉韜多麼能幹、多麼厲害，簡直優秀到前無古人後無來者。雖然她很愛聽人吹牛，但吹噓的內容若是與葉韜有關，那就另當別論。

睡也睡不著，又沒體力做別的事，於是讓如蘭將八哥提了來，打算逗鳥玩。

想到自己的身子被葉韜看過，郝光光寒毛直立、頭皮發麻。自娘親過世後，洗澡都是由隔壁好心大娘幫她洗的，郝大郎說她長大了，不便親自給她洗，而白小三與她雖拜了堂卻沒有入洞房，於是在她長大後看過她身子的男人，葉韜是第一個！

「不當妾，絕對不當，尤其是當葉韜的妾！」郝光光眼睛望著八哥，心思卻不知飄到哪裡去了。

「不當、不當！」小八哥搖著小腦袋，學得像模像樣的。

「很好！你也是個有骨氣的，不愧是我的八哥！」郝光光被逗笑了，她知道下人們也想不通究竟發生了什麼事，怎麼葉韜突然間就要納她為妾了。

這件事只有如蘭稍稍明白一點，知道當晚葉韜進了郝光光房間後就下了這個決定，但葉韜並沒有留下過夜，郝光光還是清白之身，這一點令她也很糊塗。

「被看光了的事如果他不說，連我都不知道，更何況是其他人了。既然如此，完全可以當作沒發生過嘛！」郝光光托腮思索著，她寧願自己吃了這記啞巴虧，也不願意委身給大變態葉韜當小。

郝光光打定了主意，等魏哲走後要找葉韜說清楚，她可不認為葉韜突然喜歡上她了，頂多就是想負責而已，既然兩人互無好感，她又不想被「負責」，那何必非要湊在一起鬧不痛快？

越想越覺得這法子可行，她是吃虧的一方，占便宜的一方只要腦袋不是傻了，都不會反對的。

放下了一件心事，郝光光眉頭鬆開幾許，開始專心地教起八哥說話來。

一整個下午，郝光光都在關注著魏哲的事，沒想到他老人家待了半日沒立刻走，而是要留下來用晚飯！

郝光光氣得直咬牙，暗自嘀咕著留下來用飯，不會過後還要留下來睡覺吧？

晚飯郝光光在房裡吃得心不在焉的，窩在房裡連出去透透氣都不敢。

好在她沒擔心太久，魏哲用過晚飯後不久就離開了，並沒有留下來過夜。

晚上就寢時，擔心了好幾個時辰的郝光光又睏又乏，躺在床上迷迷糊糊將要睡著之際，聽到如蘭與另外一個丫鬟在外間小聲說著話，她一點都不想聽，但那些話偏偏就跟長了翅膀似的，直直往她耳朵裡灌。

「聽小虎說，魏狀元對甲子草已被少主服用了的事雖感遺憾，卻沒生氣，他今日來只是對偷了甲子草的人感到好奇而已。」

小虎是左沈舟的屬下，很多消息他都能第一時間知道，這點郝光光明白。

「啊，魏狀元居然對小姐好奇？」如蘭低呼。

「瞧妳這嚇的，魏狀元知道小姐是主上的人，哪裡會怎麼樣？頂多就是想見見啦！」

「魏狀元沒得到甲子草真的不氣嗎？他可是大老遠自京城趕來的。」如蘭問。

「不氣才怪！偷甲子草的若不是主上的人，魏狀元還不得抽他的筋、剝他的皮，然後拉去餵狗！」

窩在被子裡的郝光光嚇得睡意全失，冷不防打了記寒顫。

「幸好、幸好，小姐就要隨著主上回莊上了，路上有主上保護著，不會出事的。」如蘭慶幸。

「聽小虎說，主上邀魏狀元一起走，但魏狀元推拒了，說有事要辦，要比主上晚一日離開。」

「不一起走最好不過，小姐不知因為什麼，好像很怕魏狀元。」

「不管因為什麼，這下都不用怕了。不一起走，以後碰上的機會更少。」葉氏山莊離京城並不近。

兩個丫鬟後來還說了什麼，郝光光完全沒心思聽了，她的思緒只集中在兩點上——

一是魏哲離開得晚；二是他對她很「感興趣」啊……

兩日後，葉韜一行人出發時，郝光光很沒骨氣地說到沒有做到，將白馬牽出來給葉韜的一名侍衛騎著，一手拿著包袱、一手提著鳥籠，乖乖地爬上為她單獨準備的馬車。

路上郝光光不停地開導自己，她這麼做是正確的，想避開正恨不能抽她筋、剝她皮的魏哲，只有先「暫時」靠著葉韜這棵大樹，等離得魏哲遠了時再想辦法跑吧……

第二十一章

郝光光換上了簡單的女裝，幾乎所有人都知道她是女人了，沒有再扮男人的必要，為方便趕路，沒有穿繁瑣華麗的女裝，當然那類衣服也不是她能穿得慣的。

「把八哥還給我！」郝光光掀開簾子，對搶走八哥的葉子聰吼道。她只是在馬車內柔軟的毛毯上小睡了片刻，結果一沒注意，八哥就被葉子聰拿跑了。

小八哥趴在籠子底部，將頭埋進羽毛裡瑟瑟發抖著，這次牠學乖了，沒有向主人喊救命。

「爹爹說妳身體尚未痊癒，照顧八哥傷神，本少主就做一回好事，趕路期間就勉為其難地幫妳照顧一下這隻鳥吧！」葉子聰說完，不顧郝光光氣怒的臉色，得意洋洋地回了與葉韜一起的馬車上。

「給我回來！」郝光光揮開如蘭過來攙扶的手，下了馬車快步向葉子聰的馬車行去。

葉韜有一點還算令她滿意，那就是頗大方，給她的藥和補品全是上等很貴的那種，三日下來她身體恢復了許多，稍微快點走步已經沒有問題。

眼看將要接近之時，葉韜淡淡的聲音突然自馬車內傳出——

「天黑前要趕到下一個縣城，加快點速度。」

葉子聰的小腦袋立刻自馬車內探了出來，衝著郝光光嘻嘻一笑。「爹爹說要加快速度了，再不上車妳就被扔下嘍！」

被扔下郝光光一點都不怕，甚至可以說是期待著的……

「有老虎喲！左叔叔說專門吃女人和小孩兒。」葉子聰嚇唬道。

掃了眼四周的林子，這種深山野林，晚上時常會有野獸出沒，但她有信心能在天黑前出去。

透過葉子聰掀開的那條縫，馬車內的葉韜看到了郝光光正滴溜溜轉著的眼睛，俊眉一挑，啟唇對馬車旁的侍衛道：「去問問狼星，魏狀元趕至哪裡了？」

「是。」侍衛騎著郝光光的白馬離開。

聽到魏哲的名字，郝光光眼中的喜悅登時減了一半，快走幾步追上葉家兩父子的馬車，抓住葉子聰未來得及縮回去的胳膊，大聲道：「把我的八哥還給我！」

「哎呀，擰斷我的胳膊了！」葉子聰張開嘴哇哇大叫，震得郝光光耳朵嗡嗡的，下意識地鬆開手。

葉子聰趁郝光光疏忽之際，迅速爬回馬車，鬼靈精地衝她做起鬼臉來，臉上哪還有半點疼痛的影子。

「主上，狼星說魏狀元一行人已經過了樵木村，目前離我們大概有十里地遠。」侍衛回答時，狀似無意地瞄了眼正支著耳朵聽的郝光光。

「速度挺快的，果然還是騎馬方便。可知他們接下來走哪個方向？」葉韜眼睛淡淡地注視著侍衛。

「這點不好推斷，魏狀元等人像是中途還要拜訪什麼人，是以選擇哪個方向走都是有可能的。要不容屬下去通知狼星探問一番？」侍衛垂著頭恭敬地詢問。

「不必了，只是隨口問問。」葉韜抬手阻止了，皺眉看了眼正揪著馬車簾子借力走著的郝光光，對侍衛道：「通知隊伍再快點，誰敢磨蹭就撇下了自己走！」

「屬下這便去傳話。」侍衛說完便騎馬去前頭傳信了。

葉韜抬指輕輕一彈，指風彈至被郝光光揪著的簾子上。

「嘶！」郝光光被迫鬆開讓簾子蹭疼了的手，見馬車突然加速，心一急，來不及揉泛疼的手，急急向前奔去，然後在隨行之人目瞪口呆的目光注視下，手忙腳亂地爬進了葉韜和葉子聰所在的馬車。

若換成以往，郝光光足尖輕輕一點就能很漂亮地跳進馬車，可現在受身體狀況所限，不得提氣，於是只能像個絲毫不懂功夫的人般，雙手雙腳並用，以非常蠢的姿勢往正急速行駛的馬車上爬。

葉韜和葉子聰父子二人錯愕地看著爬進馬車、趴在柔軟毛毯上正大口大口喘氣的郝光光。一個女人能當眾令自己狼狽成這副模樣是很需要勇氣的，因為這不僅丟她自己的臉，連與她帶了點關係的所有人的臉也一併丟了。

葉韜黑著臉瞪著髮絲凌亂、累得連頭都抬不起來的郝光光，聽到馬車外幾聲隱忍的悶笑，表情僵得更為厲害了，恨不得一把將這個丟他臉的女人扔出去。

「主人、主人！」角落裡一動也不敢動的八哥看到突然出現的郝光光，小聲地喚著。

郝光光兩眼發黑，連說話的力氣都沒了。果然不能逞強，她此時的身體狀況不允許。

「妳要暈過去了嗎？」葉子聰學郝光光趴在鋪著的毛毯上，湊過去，頭對著頭問。

「以後再這麼丟人現眼，就直接將妳綁去送給魏哲！」面子掛不住的葉韜握緊拳頭，冷聲威脅道。

郝光光也不想這麼狼狽，只是為了不落入魏哲的手中，下意識的自保舉動而已，早知道這樣會要了她半條命，打死她也不會爬上來。

「停一下。」這時外面突然傳來左沈舟的聲音。

不一會兒馬車便停了，左沈舟揚聲道：「子聰下來陪左叔叔乘一輛馬車吧。」

「不要！」葉子聰想都沒想便搖頭拒絕，他才不想放棄與爹爹如此靠近的機會，難得趕路時葉韜不催促他背書識字。

「我要進去逮人了！」左沈舟威脅的聲音越來越近，眼看就到馬車前了。

葉韜迅速伸手將軟綿綿、趴著的郝光光拖過來置於自己身側，大掌握著她兩肩維持她身體的平衡，一臉嚴肅地對嘟著嘴的葉子聰道：「聽你左叔叔的話。」

葉子聰聞言，眼圈一紅，瞄了眼嘴唇發白的郝光光，不情不願地起身跳下了馬車。

左沈舟帶著葉子聰離開後，葉韜冷哼一聲，鬆開手任由郝光光像塊破布似地滑下去，冷著臉望著痛呼出聲的郝光光。「既然這麼會折騰，補品就斷了吧，犯不著花那麼多銀子浪費在妳身上。」

被葉韜「扔」在地上的郝光光疼得渾身直冒冷汗，在心裡一個勁兒地詛咒葉韜。她這樣狼狽還不是因為突然發瘋似的要加快速度趕路的他害的？不爬上來就會被拋下，到時很可能會撞進魏哲手裡，以她近來倒楣的程度來講，再不可能發生的倒楣事她都能碰到。

過了好一會兒，郝光光方恢復了一點元氣，慢慢地爬起坐在葉子聰先前坐的位置上，開始整理散亂掉的頭髮。

「不是想逃跑嗎？怎麼不逃了？」葉韜冷笑著問。

一驚，手上簪子「啪」地掉了下來，郝光光慌忙俯身將之撿起，強裝鎮定地否認。「誰要逃跑了？沒有的事！」

「想逃大可隨意，還能省了我的藥材錢。」葉韜嘴角扯起一抹瞭然的諷笑。

「莊主您誤會了，跟著您有上等馬車坐，還有好吃好喝好住的，逃跑了可就沒這等待遇了，呵呵……」郝光光將簪子插回髮間後，討好地笑，心裡已經將他罵得狗血淋頭了。

「是為了待遇不想逃？我還以為是因為魏狀元呢。」葉韜狀似無意地說道。

郝光光臉上的笑霎時出現一道裂痕，立刻收起笑，奉承道：「莊主您真是料事如神啊，我不逃既是因為待遇，也因為魏狀元。」

「算妳識相。」郝光光若是敢否認，他二話不說直接將她扔下馬車，任她自生自滅去。

「識相，絕對識相！」郝光光將鳥籠抱在懷中，衝著葉韜直笑，笑得臉皮直抽搐。

葉韜懶得再理會心口不一的郝光光，開始閉目養神起來。

郝光光剛剛一番大動作令身體極為睏乏，見葉韜沒有再發作的態勢，將鳥籠放到一邊，輕聲安撫幾下緊張的八哥後，慢慢躺了下來，打了個哈欠，閉上眼沒多會兒便睡著了。

為了避開魏哲，郝光光的打算是過了京城後就藉機逃走，那時魏哲已經回京去皇帝老兒面前任職了，她沒什麼可怕的。只是算盤打得叮噹響，到後來事情往往不按她預期的方向走。

不知怎麼的，郝光光後來的幾日根本就是睡過去的，只在吃飯和洗浴時偶爾清醒一小會兒，平時完全醒不過來。

就算再遲鈍、再沒經驗，也知道自己是被下藥了！對她下藥的人能有誰？除了葉韜，不作第二人想！

「主上、少主、左護法，一路上辛苦了。」葉氏山莊的老總管帶著下人守在門口，迎接葉韜一行人回來。

葉韜下了馬車，在眾人的注視下探身回馬車，將睡得迷迷糊糊的郝光光攔腰抱了出來。

「這位姑娘是……」老管家詫異地望向葉韜懷中的郝光光，不只是他，所有來迎接的人都面露驚訝之色，因為葉韜從不帶女人回來，更何況是抱她進門了。
「將竹園打掃出來，安排郝……姨娘住進去。」葉韜看了看懷中還未醒過來的郝光光交代道。
「姨、姨娘？」老管家下巴都快掉下來了，忍不住又打量了兩眼睡得正香的郝光光。
「快去。」葉韜說完後，避開莊內護院伸過來的手，親自抱著郝光光走了進去。
一個小小的閃避動作，令眾人明白葉韜對這位郝姨娘不僅重視，還極具占有慾，這下更是不敢怠慢。
「右護法回來了嗎？」葉韜問。
「回主上，右護法出外辦事，很快就會回來。」立刻有人回答道。
「右護法回來後，讓他直接來見我。」
「是。」
竹園未打掃好之前，郝光光暫時先被葉韜安置在他臥房裡的側間休息，除了如蘭外，又撥過去兩名伶俐的丫鬟伺候著。
葉韜片刻都沒休息，直接去了書房，將左沈舟也喚了去。
「你懷疑郝光……郝姨娘與魏相家有關係？這怎麼可能！」左沈舟問話時，表情帶著不可思議。
「也許是我多心了，等東方回來後再談這事。」葉韜沈聲回道，右護法名叫東方佑。

房。

不多時，東方佑回來了，聽了下人的稟報後，沒來得及回房換衣服，便匆匆來到了書房。

不同於性子溫和好相處的左沈舟，東方佑的性子極冷，整日不苟言笑，左臉上有一條小拇指長的刀疤，令他稜角分明的俊臉上平添了幾分冷俊之感。

「冰塊兒回來了！」左沈舟笑咪咪地衝著東方佑打趣道。

東方佑朝葉韜抱了下拳後，坐在屬於他的位子上，對左沈舟點了下頭當作打招呼。

「事情辦得如何？」葉韜問。

「已辦妥。」

「急著喚你來是有件事想交代你做。」

「主上請說。」

「據說左相魏家十八年前迷倒京城無數男子的魏大小姐染病辭世，因魏家上下為這事傷心欲絕，是以自那之後很少有人敢在魏家人面前提起魏大小姐，久而久之，關於魏大小姐的事蹟就漸漸淡化了。」葉韜一點點地說起了當年魏家的事。

東方佑雖好奇，但卻沒問什麼，左沈舟倒是插口道：「你懷疑魏大小姐其實並沒有死？」

葉韜點了點頭。「是有這想法，郝光光無意中曾說過，她娘的琴藝比王小姐要高明得多，魏大小姐才藝出眾，連當年我這個才幾歲的孩子都有所耳聞。」
「光這一點也不能說明什麼啊！」左沈舟搖頭，要他相信缺根筋、又純又蠢的郝光光是當年迷倒眾生的魏大小姐的女兒，簡直難如登天。
「這一點是不能說明什麼，關鍵是魏哲的態度。」葉韜望向左沈舟，提醒他道：「那日魏哲來訪時你也在，他對郝光光的好奇程度明顯比甲子草要高得多，尤其對她的來歷更為好奇。還有，當日在王員外家，他曾說過郝光光眼熟。」
左沈舟不說話了，亦開始思索起來。
葉韜望向東方佑。「調查陳年舊事你比較擅長，這事就交給你辦，查一查當年到底是怎麼一回事，若無頭緒可以試著從當年會破迷魂陣的人裡找找線索。」
「迷魂陣？」東方佑詫異地望過去。
「你也感到好奇？這次我們去盜甲子草的過程中，就遇到了迷魂陣，不巧主上新納的姨娘剛好會破解它。」左沈舟好心地為東方佑解起惑來，想起沒文化還有點缺心眼的郝光光破迷魂陣跟啃饅頭一樣容易，他就不是滋味，那陣法他可是一點都不會破。
東方佑點頭道：「屬下會盡力去查。」
「秘密行事，這事只有我們三人知道，尤其要瞞著郝光光。」葉韜看著名為下屬，實則情同手足的兩人叮囑。
「明白。」

三個男人在書房裡談論著什麼，當事人郝光光一點都不知情，一覺醒來後天已經黑了。

完全陌生的房間，寬敞明亮的臥房，床褥柔軟、泛著剛曬過的清新香氣，床前站著三個丫鬟，如蘭是其中之一。

「小姐醒了！」如蘭看到郝光光醒來，高興地上前扶她坐起來。

「這裡是……」郝光光突然有了非常不好的預感。

「這裡便是葉氏山莊了，這間屋子以後就是小姐居住的地方。」叫「小姐」叫習慣了的如蘭，一時還改不了口。

「什麼？這裡是葉氏山莊?!」郝光光一副受了驚嚇的模樣。

這時另外兩個丫鬟說話了，恭敬地對著像見了鬼似的郝光光福身道：「奴婢如菊、奴婢如雪，給郝姨娘請安。」

「妳們叫我什麼？」郝光光的聲音在顫抖。

如菊、如雪不解地望過去，詢問道：「莫非主子不喜歡『郝姨娘』這個稱呼？那奴婢們同如蘭一起喚您小姐可好？」

「我不是問這個！」郝光光氣得直搖頭，這一搖使得頭又開始暈眩了。

「那您是——」

「妳們都下去吧。如菊、如雪去廚房端點清淡的粥菜進來，如蘭去準備洗浴的熱水，替妳們『姨娘』擦洗身子。」葉韜的聲音自門口傳來。

「是。」三個丫鬟領命後，各做各的事去了，屋內立時只剩下葉韜和郝光光兩人。

郝光光皺眉瞪著顯然剛泡過澡，髮梢還泛著濕氣的葉韜，口氣很不好地質問。「你在搞什麼鬼？」

葉韜走過來，在床前站定，好整以暇地問：「這一路睡得可好？郝、姨、娘。」

「我不是你的姨娘！」郝光光氣得想撲上去掐死害她昏睡了好幾日的罪魁禍首。

「這裡是我的地盤，我說了算。」

「卑鄙小人，居然下藥害我一直睡！」

「不下藥妳保證自己不會跑？」葉韜搖頭輕笑。

「我跑怎麼了？你又沒有損失！」郝光光氣得直想哭，從沒像現在這般如此地討厭一個人，在他的地盤上還能有什麼好日子過？不說姨娘不姨娘的，就光飯菜她還敢不敢吃了？誰知道哪一餐會不會又被「加料」。

「妳若跑了，我的臉還往哪兒擱？」隨行的人都知道郝光光將會是他的女人，如果半路跑了，他的威嚴何在？

還有一點郝光光並不了解，男人的劣根性和征服慾是很要命的東西，尤其向來自視甚高的男人更容不得有女人「不稀罕」、「不屑」，迫不及待地想要逃離他，郝光光像是避害蟲的模樣重重地刺激到了某個自尊心極重的男人。

如此，葉韜又如何會好心地放過她？尤其現在又多了個原因，在郝光光身世未查清之前，他更是不會放她走！

「堂堂的一莊之主居然說話不算話，你還配說有『臉』？」郝光光前仇舊恨加在一起，哪裡還顧得上害怕，抄起瓷枕便向坐在她床邊的葉韜頭上砸去。

「啊——」端著飯菜剛走進來的如菊見狀，嚇得驚叫起來。

葉韜是什麼人，哪裡是睡了一路、沒什麼力氣的郝光光能偷襲得了的？但被下人撞見這一幕，令他比被成功偷襲了還要生氣。

抬手攥住郝光光砸過來的手腕，另一隻手迅速奪過瓷枕扔到地上，瞇起眼與臉蛋因憤怒而更顯嬌俏的郝光光對視。

「很好！既然這麼有精神，那就好好伺候我吧，今晚我要留宿！」

「……」

第二十二章

「妳們伺候她用飯、洗浴，看緊點兒，別讓她跑了。」葉韜鬆開箝制著郝光光的手，對三個並排站在門口處戰戰兢兢的丫鬟們下完了命令後，沈著臉步出了房間。

「郝……小姐先吃點飯吧。」如菊雙手微微顫抖著將食盒中的粥菜一一端出來，放在屋內的八仙桌上，低垂著頭不敢看「恐怖」的郝光光。對葉韜都敢大聲辱罵甚至動用武力，她們這些下人還能有什麼好日子過？

如雪幫著一同將碗筷擺好，而後便與如菊一樣規規矩矩地站好，不敢像郝光光剛醒時那麼自在了。

如蘭與郝光光相處了一陣子，瞭解她的性情，自然不像不明狀況的如菊二人那麼害怕。上前將氣得不停喘氣的郝光光扶下床，感覺到了她的抗拒之意，眨眨眼投其所好地道：「小姐先吃點東西吧，吃飽了才能有力氣與主上對抗不是？」

聞言，被葉韜害得胃口盡失的郝光光頓時來了精神，向如蘭投去讚許的一瞥，誇道：「好妹子，妳說得對，就聽妳的。」

桌上擺著四個精緻的餐盤，大概是顧及她睡了幾日，不宜立刻吃油膩的食物，四盤菜都是很清淡養胃的蔬菜，還有一碗泛著甜香的粟米粥。

光聞味道就能看出廚子用了心，四素一粥瞬間便挑起了郝光光的食慾。

吃飽了才有力氣保住清白，郝光光坐下來後，沒有立刻便吃，拿眼睛掃了下身旁的三個丫鬟道：「妳們將這四菜一粥都吃上一口。」

知道郝光光是怕飯菜裡有「東西」，三個丫鬟都聽話地取出乾淨的碗筷，將粥菜挨個兒嚐了個遍。

郝光光兩隻烏黑明亮的杏眼兒在三人臉上來回觀察著，大約半刻鐘過去了，沒見她們有何不妥之處，於是便放下心來提起筷子開始吃東西。

一直睡著，肚子早空了，是以餓壞了的郝光光這一餐吃得可謂是狼吞虎嚥的。

如蘭等人在一旁佈菜，如菊趁郝光光不注意，一直向如蘭打眼色，想一會兒叫如蘭說一些關於她們新主子的事。

吃飽後，郝光光便去沐浴，她其實很想與葉韜對著幹不洗的，但一路上睡過來，只有如蘭每日給她草草擦一下身子，身上已經有了黏意，剛剛又被葉韜驚出一身冷汗來，更不舒服了，不洗澡難受的只會是自己。

如蘭抱來剛摘下來的清香花瓣一一灑在浴桶內，隨後挑了件路上葉韜特意為郝光光新添的衣物，準備澡後換洗用。

「妳們都下去吧，我自己洗。」郝光光解著衣服說道。

「主上讓我們——」如菊剛要說什麼，被瞭解郝光光習慣的如蘭使眼色阻止住，拉了出去。

又不是天生小姐的命，吃飯時有人站著佈菜就已經很不習慣了，更何況是洗澡這等私密事？她可不習慣被人看到她的裸體，哪怕對方是個女人。

郝光光一邊搓著頭髮，一邊思索怎麼應付發了瘋的葉韜，沒想到她會倒楣到來狼窩的第一晚就要名節不保！

「王八蛋、老色狼！要發情去雞舍找母雞去，本黃花大姑娘是你那大變態色鬼能配得上的嗎？當你的妾？呸！作你的春秋大夢去吧，我要就當你姑奶奶！」郝光光越罵聲音越大，聲音傳到守在外間的丫鬟耳中，嚇得她們頭皮發麻、臉發白，驚嚇在看到慢慢走近的葉韜時，一下子飆到了最高點。

葉韜揮了揮手，讓一個個嚇得渾身發抖的丫鬟都下去，隨後冷著臉走進了正不斷傳出辱罵聲的房間。

「出爾反爾的陰險傢伙！卑鄙無恥的偽君子！臭流氓！居然給老娘下藥！早晚有一天我也給你下藥，毒得你一輩子也別想娶妻納妾，讓你當太監！」郝光光匆匆洗完了澡，自浴桶裡跳出來，用浴巾擦乾了身子後，換上一旁如蘭準備好的乾淨衣服。

剛穿好衣服自屏風後走出來，迎面便撞上了全身繃緊、正泛著怒意的葉韜。

「哎喲，你往哪兒走呢！」郝光光摸著被撞疼的鼻子喝問，若她動作慢一點兒，此時怕不是要被他看光了？

葉韜沒開口，抓著郝光光的胳膊便將她往寬敞舒適的大床帶。

「放手！你要做什麼？」郝光光恐懼地看著床的方向，使出吃奶的力氣反抗。

「妳說做什麼？當然是履行我做妳男人的權利！」葉韜不費吹灰之力地將對他又踢又掐的郝光光拉到了床前。

「你不是我男人！你去找別的女人吧，求求你了！」郝光光這次是真的害怕了，原本硬氣的語氣到最後已經變成了請求。

葉韜鬆開手，居高臨下地望著如兔子似的立刻跳離他身邊的郝光光，挑眉輕諷。「現在知道怕了？方才罵人的膽子呢？」

「此一時彼一時。」郝光光匆忙間抓起一只精緻的花瓶擋在胸前，防備地看著葉韜。

「妳當我是什麼人，可以任妳隨意辱罵？」葉韜抬手慢慢地解開腰帶，冷笑地看著郝光光。

「別脫衣服！」花瓶立刻舉高做攻擊狀。

「不脫衣服如何履行義務？如何睡覺？」葉韜一邊解著衣服，一邊有如王者巡禮國土般，邁著優雅的步子向嚇得花容失色的郝光光走去。

突然，一個花瓶在空中劃過一道優美的弧線，「哐啷」一聲，重重地摔碎在葉韜腳前，正是郝光光手裡的那個。

「你別過來！」郝光光扔完了花瓶，掉頭就往外跑，衝著外頭大喊。「有採花賊啊！捉流氓啊！」

還沒跑兩步，後脖領便被揪住了。感覺危險逼近，郝光光恐懼得心都要跳出喉嚨了，雙腿登時一軟，往地上跌去，因被葉韜提著衣領才沒有摔倒。

「我在這裡，就算妳喊破了喉嚨也不會有人進來的。」葉韜輕柔得有些過火的聲音聽在郝光光耳中無疑是地獄的索命修羅。

「莊、莊主，我以人頭發誓，以後再也不罵你了，你放過我吧？」郝光光阻止不住自己被葉韜再次往回帶的身體，怕得兩手緊緊抓著葉韜的胳膊，指甲「不小心」地陷入他的肉裡，放聲哭嚎。

「妳這種人如果不給個實實在在的教訓，是永遠不知道長記性的。」葉韜像拎小雞似地將郝光光拎至床前，俯視著剛洗過澡、披散著頭髮、哭得鼻涕眼淚齊流的郝光光，勢在必得地笑起來，笑得像是匹馬上就能飽餐一頓的大灰狼。

「別、別，我成過親的，我是破、破鞋！你們男人不是很介意這點的嗎？」郝光光腿軟得立都立不住，跌坐在地上，不惜抹黑自己以求達到擊退葉韜的目的。

葉韜聞言，薄怒掠過俊美的臉龐，一現即隱。「不許提那兩個字，妳至今仍是完璧。」

「嗚嗚……我是完璧的事知情的人不多，你若收了我做妾，別人只會說你撿白小三穿剩不要的……他們可不知我與白小三其實沒有洞房過啊！」郝光光一邊抹淚擦鼻涕，一邊拿眼角餘光偷偷瞄葉韜的反應。越是自大的男人，應該越不會接受自己的所有物曾標上過別的男人的名字，她在賭。

郝光光賭對了，葉韜確實不能容忍她曾是白小三的棄婦這件事，但卻不代表他會為此甘願受她擺佈。

葉韜面色陰沈著，揪起還在不斷打著歪主意的郝光光，毫不憐惜地扔上床，隨後俯身壓向了身體瞬間僵硬如石頭的郝光光，捏住她的下巴，盯住她泛有不解和恐懼的眼，冷諷道：「這種時候還敢不老實，不得不說妳真是與聰明兩個字絕緣。」

「我、我、我錯了還不行嗎？莊主您真精明，我真傻，您別跟我這傻瓜一般見識了吧？」郝光光語帶哭腔地看著近到幾乎要貼到她臉上來的、充滿了侵略性的危險俊臉。若換成別的女人，說不定已經被葉韜的俊臉及結實勁瘦的懷抱迷得暈頭轉向了，但對於自小就有個天仙美人娘的郝光光來說，對「美人」的免疫力自是要比常人高得多。

「晚了。」葉韜鬆開郝光光的下巴，修長有力的大手貼著她纖細的脖子，像是貓在逗弄老鼠般，慢慢向下游移，畫上她微微顫抖著的起伏，頓了頓，最後來到她平坦柔軟的小腹處停住，手指輕輕一挑，解開了她的腰帶。

「不要啊！」郝光光閉上眼放聲尖叫，眼淚流得更凶了。為了自保，雙手雙腳開始齊齊向緊貼在身上的男人用力攻去。

掙扎間，因腰帶被解開，所以衣衫敞得更開了，男人的身體也被她的掙扎扭動挑起了久違的慾火。

「妳自找的！」葉韜黝黑的眼睛瞬間變得更加幽暗，聲音也因慾望而變得沙啞危險。

「救……命……唔！」郝光光呼救的聲音突然被堵住了，是葉韜的唇。

某一個柔軟、熱呼呼的東西在摩擦著她的唇，郝光光只感覺五雷轟頂，連掙扎都忘了，瞪大眼睛驚恐地望著用雙手固定住她的頭，唇和牙齒並用地「吃」著她嘴唇的葉韜。

女人生澀的反應不僅能滿足男人的虛榮心，更能挑起其征服慾來，原本只是想好好嚇一嚇她的葉韜在嚐到郝光光嘴裡的甜美芳香後，突然捨不得停了，舌尖不容拒絕地撬開她緊閉的嘴唇，開始霸道地攻城掠地起來。

毫無經驗的小白兔又如何是老練的大灰狼的對手？三魂七魄嚇跑了一半的郝光光神智本已大受影響，被某人刻意的挑逗愛撫下，沒多會兒便化成一灘春水，忘了今夕是何夕。

郝光光感覺自己彷彿置身於雲端，柔風輕拂臉頰，周身被溫暖的陽光所籠罩，正有人帶著她迎風翱翔於半空中，穿過叢林、飛過湖泊、行遍千山萬水，最後登上峰頂俯看腳下的世界……

忽高忽低、時冷時熱，極具刺激性，郝光光的心跳早已不受控制，只覺得眼前所有的景象都彷彿覆蓋上了一層彩虹，整個是一片七彩的世界，虛幻美麗得有如處於仙境之中。

突然，空氣變得稀薄起來，七彩仙境消失，胸口窒息般難受起來，處於迷離中的郝光光睜開眼嗚嗚著開始抗議，雙手有氣無力地捶著正不斷「搶奪」她口中空氣的男人。

察覺到了郝光光的不適，葉韜睜開眼，意猶未盡地放過了郝光光的唇，抬手撫了撫有如抹了上等胭脂般紅潤迷人的俏臉，聲音中帶著連他都沒有察覺到的寵溺，輕笑道：「真是笨，不知道呼吸嗎？」

得以解脫的郝光光開始大口大口地呼吸，感覺終於好受了，思緒恢復了大半，突然感覺到不對勁兒，不自覺地往下一看，大驚失色。

她的衣服不知什麼時候已被褪下，葉韜的亦是如此，兩具赤裸裸的身體正緊貼在一起，像個連體嬰一樣！

見狀，紅潤有光澤的臉立時褪去麗色，變成了蒼白，怒聲質問。「你、你脫我衣服?!」激情過後，聲音不受控制的有些發軟，像是含著蜜似的，帶著絲絲柔媚，帶著怒氣的雙目中水光未消，明明是帶有怒意的質問，但此等表情看在旁人眼中則成了媚眼如絲、正向情人使性子的小女人模樣。

葉韜瞇起眼，認認真真地打量了幾番因察覺到聲音「太過不像話」而氣得緊抿起唇來的郝光光，不可思議地道：「原來妳只有在這種時候才會變得稍稍像個女人。」

「走開！」郝光光抬手便向葉韜的臉抓去，腿間那發燙的硬物逼迫得她差點兒發狂。妓院都闖過，被子也掀過，正抵著她的那東西是什麼、很可能會發生些什麼事，令不是很懂但卻並非一無所知的她感覺到了近乎毀天滅地般的驚嚇。

「野貓！」葉韜突然間喘得更厲害了，迅速抬手包裹住在他身上亂抓亂撓一通的兩隻小手，單手將其置於郝光光的頭頂，另一隻手則帶著懲罰，用力捏了一下她敏感的腰側。

郝光光的身體猛地一顫，這一動正好觸到了葉韜的敏感處，刺激得他悶哼一聲，額頭上的汗掉下了一滴。

「我當你的妾行了嗎？只要你不用強，我就乖乖做你的妾！」箭在弦上，郝光光只得示弱。

見葉韜悶不吭聲，只是一個勁兒地拿那雙彷佛能勾人心魂的俊眸盯著她瞧，心倏地漏跳了幾拍，慌亂地道：「你去找長得比我美又比我識相的姑娘伺候你吧？我只會掃你的興還惹你生氣。」

惹他生氣倒是真的，但是掃興……葉韜明顯感覺到他的身體正興奮得直顫。

大手上移，罩上郝光光微微的「挺起」，使壞地輕輕揉了下，在某人極殺風景的尖叫聲中，半真半假地威脅道：「以後妳若不聽話，就會受到類似的懲罰。辱罵我一句就吻腫妳的唇；敢打我就扒光妳的衣服，將妳從頭摸到腳；若企圖逃跑，最好祈禱別被我逮到，否則別怪我不顧妳的意願，對女人用強。」

「是是是！」郝光光一聽清白能保，立刻激動得有如小雞啄米似的猛點頭。只要葉韜能放過她，讓她舔他的手指頭都絕不會拒絕一下的。

僅因為不用成為他的女人就興奮成這樣，葉韜心中不怎麼是滋味，趁還未改變主意之前，立刻起身離開那具會令他失控的嬌美胴體，背過身，忍著叫囂的慾望，匆忙穿起衣服來。

得到解脫的郝光光扯過被子將自己牢牢包住，裹得跟粽子一樣，悄悄露出一對受了驚嚇的眼睛，偷瞄正在穿衣服的葉韜。

沒有一絲贅肉的精壯後背，寬肩窄臀，標準的倒三角形男性軀體，全身上下都充滿了力與美。明明知道不應該看，但卻控制不住自己的眼睛，巴巴地猛瞧著。這身體委實比去妓院捉姦時不小心瞄到的白小三的要好看多了，看著看著，嘴巴莫名地乾燥起來。

「再看我可就要改變主意了！」披上最後一件衣服的葉韜半側過身，狠狠瞪了正拿眼睛猛吃他豆腐的某人一眼。聽到自己沙啞的聲音，他微微皺眉，暗斥向來以高超的自制能力為傲的自己，今日居然會反常到僅僅被女人看著就能起反應，莫非是太久沒有女人了？

「不要！」郝光光嚇得一個翻身，面朝牆壁，將被子拉高蓋過頭頂，在被窩裡使勁兒摸著自己熱辣辣的臉。剛才葉韜側過身時，她眼尖地看到了他腿間衣衫遮蓋不住的……

得不到及時紓解的身體很難受，葉韜急需冷水消火，最後瞪了眼從頭到尾蒙得嚴嚴實實的郝光光後，冷哼一聲匆匆出了房門。

久聽不到聲音的郝光光悄悄探出頭去，在屋內掃視了一圈，沒有看到人，終於放下心，這一放鬆，霎時感覺到背後已經沁了一層冷汗。

後怕地拍著胸口，小聲地慶幸著。「阿彌陀佛，居然逃過了一劫。爹、娘，是你們在天上保佑著光光吧？也保佑光光能安然逃走吧，這裡簡直太可怕、太危險了，明顯是龍潭虎穴啊！」

這一晚，莊內不止一個人發現了匪夷所思的一幕——

他們眼中英明威武的主上大人自新帶回來的郝姨娘房裡匆忙而出後，一刻不停地飛奔至只隔了三個庭院的湖裡泡水了，短短的幾步路，他卻施展了天下鮮有人及的高明輕功，可想而知……

第二十三章

從狼嘴裡有幸保住清白的郝光光，這下不敢再輕易道葉韜的不是了，哪怕葉韜不在附近都不敢亂說話。雖然葉韜這廝有出爾反爾的前科，說出的話不一定真能保證做到，但對她來說，哪怕希望如寒毛那麼微小都要慎重，清白這種事可不是鬧著玩的。

負責伺候郝光光起居的丫鬟對她依然還是清白之身感到驚訝，雖好奇但卻沒那個膽子過問葉韜的私事。

郝光光的到來，令竹園一下子成了山莊內最受矚目的焦點之一，丫頭婆子平時有事沒事總愛往這裡跑，探消息。平時莊內八卦甚少，無聊得緊，這次突然多了個「姨娘」，大家自是覺得新鮮。

郝光光不是能悶在屋子裡的人，除了吃飯、睡覺，她總愛出去到處逛，葉韜並沒有限制她的自由。

葉氏山莊極大，比在南方暫住的別莊要宏偉得多了，方向感不好的人在這裡絕對會迷路。

郝光光能自由行走的地方只有後院，前院是議事的地方，屬機密之地，除葉韜允許外，旁人不得擅闖。

在屋裡待不住，想到處走動多結識點人是其一；熟悉環境，暗中尋找適合逃跑的路線才是最為要緊的。

郝光光人沒架子，有親和力，是以沒兩日便贏得了莊內一片丫頭婆子的好感，她經常跑去聽她們說八卦，因不喜被喚作郝姨娘，於是讓人都稱呼她為光光姑娘。

「我說光光姑娘啊，妳這性子怎麼就那麼拗呢？跟了我們主上有什麼不好？偏要害得他大晚上的去冷水湖裡降火氣，再鐵打的身子也禁不住長期這樣啊！」幾個莊內比較有點地位的婆子和大丫鬟湊在一起，嗑著瓜子數落著對石桌上剛做出來的新鮮糕點進攻的郝光光。

「就是，我們主上模樣好、本事大，又沒有什麼亂七八糟的紅粉知己，光光姑娘不接受就算了，怎麼還對主上又打又罵呢？」一名大丫鬟跟著說道，因為知道郝光光沒將自己當主子看，更沒將她們當作下人，是以眾人與她說話時都很自在，想說什麼便說什麼。

郝光光愛往這邊跑的最大一個原因便是這些丫頭婆子們待人熱情，見到她總會將最新做好的各種糕點拿出來讓她品嚐。葉氏山莊號稱北方第一富，這裡好吃的、好用的應有盡有，就算是下人，日子都過得滋潤得緊。

「當妾有什麼好？」郝光光嚥下最後一口棗糕，灌了一口毛尖後，回應了一句。

「光光姑娘難道嫌棄妾這個身分？」

「當主上的妾比當一般富人的正妻要好得多呢！」

「妳這個身在福中不知福的人喲，主上那樣的美男子天下少有，做他的女人簡直是前生修來的福氣。像我家那老不修的，又矮又醜，居然還不老實，學人家逛妓院！給他那種殺千刀的熱了半輩子炕頭，一點好得不著，居然還被嫌棄是黃臉婆、水桶腰！想想婆子的遭遇，妳還嫌棄主上什麼？咱倆換個位置妳就知道自己有多幸運了。」一名四十多歲、身材圓潤的婆子，恨鐵不成鋼地對郝光光說道。

吃飽喝足了的郝光光終於有時間跟人侃大山了，拿出帕子擦了擦嘴，望向全批判地看著她的一眾人等道：「妳們是不知道莊主對我有多不好，他啊可真是……」

郝光光開始將當初自從遇到葉韜後發生的一連串倒楣事蹟添油加醋地說了一遍，她一直提醒著自己不能辱罵葉韜半句，說他哪裡不好時也只是挑不會引起公憤的措詞來講，總之只是將自己的不幸遭遇擴大，談及葉韜本人時則說得很小心。

當郝光光說得口乾舌燥，終於說完時，本以為會博得一點點同情，誰想聽眾們個個不捧場，反而目露紅心，激動地哇哇直叫。

「主上對光光姑娘果然是不一樣的！」

「主上很少有這麼注意一名女子的時候，光光姑娘要珍惜啊！」

「欺負著欺負著，真情就出來了嘛！」話本子看多了的小丫鬟說的話更令郝光光無語。

「照妳們這麼說，有天我欺負妳們去，不但不招恨，妳們還會一個個地對我感恩戴德嘍？」郝光光氣餒地瞪著一干不為她著想，還亂起鬨的丫頭婆子道。

「那不同，這只對男人和女人才說得通。」

說得正歡時，一個穿著鵝黃色衣裙的俏麗姑娘笑嘻嘻地走過來，她穿著打扮與一眾丫鬟不同，衣料和首飾都要高出一個檔次來，她一來，丫鬟們紛紛打招呼，郝光光見狀，猜測這小姑娘在莊內應該算是比較有地位的。

「這位是雲心姑娘，葉大總管的嫡孫女。」有人立刻為郝光光介紹起來。葉大總管在前任莊主在世時就已經是大總管了，為山莊勞心勞力地付出半生精力，而後又服侍葉韜，在葉氏山莊的地位自是不用說。

葉大總管一家子都是葉氏山莊的家僕，在其嚴厲監督之下，每個人做起活兒來都稱得上盡心盡力，葉韜感念葉大總管大半輩子為山莊所做的一切，作主令葉雲心等兄弟姊妹脫離了家生子的身分，又因葉韜對大總管的孫子孫女都照顧有加，是以葉雲心在莊內的地位可以算是半個小姐。

「妳就是韜哥哥帶回來的郝姨娘嗎？看起來比我還小。」葉雲心大大方方地在郝光光身旁坐下，水靈靈的大眼睛忽閃忽閃地打量著郝光光。

一干丫頭婆子不便一直逃懶，收拾了一番後，便留下郝光光與葉雲心兩人，離去做事了。

「妳多大？我覺得妳比我小。」葉雲心略圓的臉很可愛，郝光光見到與自己年紀差不多大又可愛好看的姑娘，立刻便生了好感。

「我十五了！」葉雲心挺了挺比郝光光大了那麼一點點的胸，強調自己已經及笄，不

「小」了。

「我十六，長妳一歲。」郝光光得意了。

葉雲心嘟起嘴，拿過一塊點心吃起來，鼓著腮幫子強調。「妳看起來比我小就行了。」

「呵呵！」郝光光被逗樂了，突然想起昨日那個喜歡看話本子的丫鬟說起的某個情節，眼珠子轉了轉，作賊似地湊過去，趴在葉雲心耳邊小聲問：「妳與我說實話，妳喜歡葉韜嗎？」

正吃著東西的人冷不防被這麼一問，一時不察，糕點渣子卡在了喉嚨裡，噎得葉雲心眼淚都出來了，捶著胸口瞪過去。「妳、妳……」

「就算被我說中了也別這麼激動嘛，快喝口茶壓壓。」郝光光殷切地遞了杯茶過去。對方反應越大越是證明作賊心虛！葉雲心可能喜歡葉韜這一點，令她興奮得端著茶杯的手都微微顫抖起來。

管家的孫女愛上自小便崇拜著的少主子，多年後少主子成了大主子，小孫女也長成了美麗可人的姑娘，又時常相見，一來二去的說不定就對上眼了。

劇情可以這樣發展下去：莊內有點地位的美麗姑娘，因為嫉妒，將礙眼的情敵送走，事後也許男人會生氣，但礙於自小的情誼，不會將其怎麼樣，說不定還會因為這一點點小衝突，兩人就濃情密意了呢……

郝光光越想越興奮，俏臉兒笑成了一朵花，葉雲心越是生氣她就越高興。

「妳笑得可真……難看。」其實葉雲心想說「淫蕩」來著，但好人家的姑娘不能隨便說這兩個字。

郝光光一點都不介意被說難看，反倒是對方越嫌棄她難看越高興，怕葉雲心太小或是心腸「不毒」，根本想不到要用這麼好的法子對付她，於是擠眉弄眼地暗示道：「小妹妹，妳想不想將我這個『眼中釘』趕出莊外去？」

葉雲心莫名地眨了眨眼，狐疑地望著笑得極為可疑的郝光光。「我為何想趕妳出去？」

「因為葉韜要納我為妾啊！妳也知道，你們莊主目前沒妻沒妾沒通房，我在這裡就成了一家獨大，有句話叫什麼日久生什麼情的，說不定這麼著他就對我生情了呢！到時一個發瘋，將我轉成了正室可就有妳哭的喔！」郝光光搖著頭，萬分憐憫地看著還處於「狀況外」的葉雲心，彷彿此時的她已經成了道道地地的被拋棄之人。

葉雲心突然興奮起來，睜大眼睛道：「妳也是這麼想？那為何這兩日一直聽說妳很不想當韜哥哥的妾呢？還對他又打又罵的。」

郝光光因對方不按「正常戲路」走的行為而感到氣悶，開始懷疑這姑娘比自己想像的要笨多了。忍著要打對方頭的衝動，她耐著性子說：「此時不是談論這個問題的時候，妳怎麼就一點都不關心自己的將來呢？」

「我的將來與這個有什麼關聯嗎？」葉雲心完全被郝光光繞糊塗了，在對方恨鐵不成鋼的視線中，不由得開始懷疑自己是不是笨過頭了，怎麼就聽不懂呢？

耐性盡失，郝光光「啪」地一拍桌子，怒道：「笨死妳了！葉韜若與我恩恩愛愛了，妳不就沒法子再嫁給他了嗎？這麼簡單的道理妳怎麼就不明白？」

葉雲心聞言，臉立刻脹紫起來，結結巴巴地道：「我為何要嫁韜、韜哥哥？」

「妳難道不喜歡他？」

「……喜歡。」妹妹不是都喜歡哥哥的嗎？

「這不就成了？難道妳想眼睜睜地看著心上人與別的女人廝守一生？」

「啊！」葉雲心驚叫，終於弄清楚郝光光在誤會什麼了。

見葉雲心臉色大變，郝光光終於吁了口氣，總算是將這顆木頭腦袋敲得稍稍明白了點。

「妳誤會了，我的心上人不是韜哥哥！」像是要捍衛什麼般，葉雲心這句話說得極大聲。

郝光光完全不相信，只當是她心事被人發現了不好意思，瞭解地拍了拍她的肩膀安慰道：「別激動，我不會說出去的。」

葉雲心不知是急的還是氣的，臉通紅成一片，兩隻小手緊緊攥成拳頭，怒瞪郝光光。

「我的心上人另有其人！」

「啊，是誰？」郝光光的表情微僵，有點意識到自己好像是弄錯了。

聞言，葉雲心圓圓的俏臉登時燒了起來，垂下頭扭扭捏捏地把玩著髮角，嘟嘴羞道：

「哪有妳這麼問的？這要人家怎麼回答嘛！」

「妳真的對葉韜一點意思都沒有？那妳剛剛生、什、麼、氣、啊！」害她誤會了！郝光光乾瞪眼，不能接受難得想到的好法子就這麼無疾而終。

「再問我這事就不理妳了。方才生氣還不是因為妳害得我差點嗆死！」葉雲心被郝光光逼得差點兒就想跳起來掐人了。

果然是自己誤會了。心情大起大落是很要命的一件事，郝光光忿忿地瞪著葉雲心，最終垮下臉來，欲哭無淚地喃喃自語著。「我怎麼這麼倒楣，好不容易碰到一個人，怎麼就不喜歡葉韜呢？」

葉雲心沒聽清楚郝光光在說什麼，但是她們身後不遠處因身懷武功而耳力甚佳的兩個男人則是聽了個一清二楚。

「沒想到妳對我的感情事這麼關心。」

葉韜帶著火氣的冷嘲突然自身後傳來，嚇得郝光光蹭地一下跳起來，轉身望去。

「你、你、你走路都不帶聲音的嗎？」郝光光神色慌亂地望著神情冷怒的葉韜，這個男人她惹不起，於是便想遷怒到他身邊的男人身上，結果杏眼兒在瞪過去時，觸到對方臉上的刀疤，頓時便被他周身更甚於葉韜的寒冰氣息給嚇退了。

「若非妳對我的『感情生活』這麼上心，豈會聽不到腳步聲？」葉韜將「感情生活」四個字咬得極重。

「我開玩笑的，開玩笑呢，莊主你若當真可就著了我的道了。哈哈……」郝光光僵笑著說完後，不顧對方的反應，立即施展起輕功落荒而逃，再在這裡待下去，指不定又要說出什麼激怒葉韜的話來了。

「韜哥哥。」葉雲心手足無措地站起身向兩人問好，嫣紅的臉在瞄到葉韜身邊的那個男人時，一下子紅得更厲害了，羞答答地低下頭，緊張地揪著衣角，結結巴巴地喚：「東方、東方哥哥。」

對葉雲心女兒家的小心思稍稍瞭解的葉韜點點頭，見她緊張得話都說不俐落了，體貼一笑。「心心去玩吧，我與妳……東方哥哥有事要談。」

「是。」葉雲心頭都沒敢抬，扭頭跑開。

看著葉雲心匆匆跑開的背影，葉韜對著還在發愣的男人開著玩笑。「怎麼樣？現在終於相信心心的心上人不是我了吧？」

東方佑被調侃得頗不自在，收回專注於葉雲心俏麗身影的視線，小麥色的俊臉上露出一絲不易察覺的赧然。

因郝光光的言行而臉面無光的葉韜不便再打趣東方佑，咳了下道：「先談正事吧。」

「好。」東方佑正有此意。

兩人走到先前郝光光與葉雲心所在的石桌旁落坐，不知是巧合或是其他，葉韜正好坐在郝光光先前坐過的位子上，東方佑則是坐在葉雲心的位子。

在書房談得悶了的兩人打算出來繼續談，雖在外面談正事不保險，但在葉韜的地盤上，不怕有外人混進來，並且有奸細也無妨，兩名高手在此，附近只要有人接近立刻便會發現，不用擔心隔牆有耳。

「你剛剛在書房要說什麼？」葉韜問。

聞言，東方佑有點猶豫。

「有什麼難以啟齒的？有話直說便是。」

東方佑看了葉韜一眼，道：「屬下有查到，當年夫人剛被刑部尚書救起的那兩年間，曾與魏家大小姐有過幾面之緣，據說交情頗好……」

「你想讓她幫忙來認郝光光？」葉韜的眉頭不自覺地皺起來。

一直觀察著葉韜臉色的東方佑見狀，立即打住了話頭，歉意地抱拳道：「屬下唐突了，主上勿怪。」

第二十四章

郝光光因「不老實」，被葉韜發現後提心弔膽了一整日，沒再去外面亂跑，一直窩在房裡，時不時地哼個幾聲裝不舒服，丫鬟要請大夫她又不讓。

一直到天黑了，葉韜都沒有出現。聽下人說，他這幾日正忙著，此時還在書房裡與人談論要緊事，這下子郝光光明白到葉韜根本是忙得沒有時間來尋她的麻煩，於是樂得高興，不再裝病了，將八哥提進屋裡來教牠說話。

「少主。」給郝光光鋪床的如蘭見到走進來的葉子聰，立刻規規矩矩地行禮。

「嗯。」葉子聰背著手，邁著矜貴的步子向八仙桌旁的郝光光走去，使了記眼色讓如蘭出去。

「少主好！少主妙！少主少主呱呱叫！」小八哥見到葉子聰，立刻挺胸抬頭大聲說道。

葉子聰聽得不太高興，板起臉瞪著正邀賞的八哥。「什麼呱呱叫？本少主又不是青蛙！」

「又沒說你是青蛙，這話是指你樣樣都好得頂呱呱。」郝光光眼皮子都沒抬地回道，她這幾日反覆教八哥說這些話，還有誇葉韜的，主要是為了讓牠經常說些拍馬屁的話討得他們歡心，以後牠的小日子也能過得好點。

「頂呱呱、頂呱呱！」八哥學舌。

沒再理八哥，葉子聰在郝光光身旁坐下，拿眼角掃郝光光，不滿地道：「若我不過來，妳怕是已經忘了我的存在吧！」

「你又在發什麼少爺脾氣？」郝光光狐疑地斜睨著葉子聰不悅的小臉。

葉子聰立刻轉過頭，拿後腦勺對著郝光光，哼道：「妳找丫頭婆子可開心著呢，就是不找我！」

「噗！」郝光光聞言樂了，抬手用力揉了揉葉子聰的腦袋，隨便找了個理由道：「你回來後不是忙著練功夫就是忙著唸書，我可不敢去打擾你。」

聞言，葉子聰皺著的小臉為之鬆緩了一些，轉回頭想了想道：「這樣吧，自明日起，晚飯過後妳來陪我練字。」

郝光光頭皮發麻，去他房裡給他當使喚丫頭嗎？搖頭立刻拒絕。「你爹爹肯定不會答應的，我去了會影響你練字背書。」

「爹爹同意，他也想妳識點字呢！」葉子聰反駁。

「識、識字？」郝光光震驚，不敢相信地道：「少胡說，我識不識字有什麼要緊？」

「怎麼不要緊？莊內的丫頭們都識得幾個字，就妳一個人不識字，妳很好意思嗎？」葉子聰盛氣凌人地批判道，那語氣、那神情，與葉韜批評他不上進、總淘氣時一模一樣。

「都識字？」郝光光眨了下眼，呆呆地問。

「當然，我們葉氏山莊最最鄙視的就是妳這種不識字的人。」葉子聰仰頭驕傲地道。

「這麼不屑我，那就將我趕出去啊，免得留在這裡給你們丟人。」郝光光不悅地回嘴，小屁孩子傲成這副德行一點都不可愛。

「妳再說要走的話，我就告訴爹爹去。」葉子聰也學郝光光，拿葉韜說事。

「是你嫌棄我的，可不是我說要走的。」

「我沒有嫌棄……」葉子聰氣惱地糾正。

「你瞧瞧，我們兩個每次在一起都吵架，這樣我如何去陪你溫書練字？哪日你學得慢了，你們還不得將錯都賴到我頭上啊？不去！」郝光光最怕的就是背書識字了，當年郝大郎想讓她學識字，她不愛學，向來寵著她的郝大郎沒忍心逼迫她。

「哼，不理妳了，我去找爹爹。」葉子聰臭著小臉兒，跳下椅子走了。

郝光光沒有阻止葉子聰，皺起眉頭望著八哥，開始煩惱起來。從來不覺得不識字是件丟人的事，以前在山上不識字的人很多，根本不算什麼，下山後聽著人家說什麼女子無才便是德，她便更沒有了認字的念頭，怎麼這裡所有人都識字？

「如蘭。」

「奴婢在。」如蘭從外間走進來。

「妳識字嗎？」郝光光問。

「識得一些。」

「如菊、如雪她們呢？」

「都識得一些。莊內的下人來到山莊後都是要學識字的，有專門的人教。」如蘭如實回答。

聞言，郝光光的眉頭立刻皺得像是能夾死蟲子。這葉氏山莊有夠變態，下人居然被要求必須識字，白家的下人根本就沒幾個識字的，就葉韜搞特殊化！

「沒事了，妳先下去吧。」郝光光煩躁地擺了擺手。

次日，剛用過早飯不久，下人便傳葉雲心來了。

郝光光有點不自在，想起昨日誤會人家的情景就覺得對不住葉雲心，尤其是還被兩個大男人撞見了。

比起郝光光的不自在，葉雲心倒是自在多了，進來後就拉著郝光光的手說：「我無聊得緊，妳陪我說說話吧？」

「好啊！」見葉雲心沒有將昨天的事放在心上，郝光光咧嘴笑了，讓如蘭上了兩盤瓜果點心，然後拉著葉雲心坐在桌旁聊天。為防昨日的糗事重現，特意命如蘭她們去外間守著，若有人進來就大聲通知她。

「昨天我們說的話被韜哥哥他們聽到了，我、我一想起這事就……」葉雲心臉紅了，支吾著不好意思往下說。

「怎麼了？明明是我出的醜，我都不彆扭了，妳不好意思個什麼勁兒？」昨日老早就逃跑了的郝光光沒發現當時葉雲心的可疑之處，是以什麼都不知道。

「妳問我是否喜歡韜哥哥，那個人也以為我喜歡的是韜哥哥。」葉雲心望向郝光光，羞紅的臉蛋漸漸泛起苦惱之色。

「哪個人？」郝光光問。

「東方哥哥啦！」因喚出心上人的名字，葉雲心的臉又紅了。

「那個臉上有疤的冰塊兒？」

葉雲心聞言表情頓僵。「妳不要嘲笑他臉上的疤，那疤其實是……是我小時候用刀劃的。」

「什麼?!妳劃的？」郝光光詫異地瞪大眼睛，不敢相信眼前這個嬌滴滴、動不動就臉紅的小姑娘能傷到那個冷冰冰的恐怖男。

葉雲心羞愧地低下頭，扭著手指頭道：「我小時候比較霸道，仗著葉伯伯和韜哥哥的寵愛，總是欺負人，對葉伯伯帶回來的孤兒尤其看不順眼，就是東方哥哥啦。他爹爹以前是葉伯伯的得力下屬，後因救葉伯伯身亡，葉伯伯便收養了東方哥哥，對他極為重視，我、我不知怎麼的，就很討厭那個整日不苟言笑的孤兒，不僅不給他好臉色看，還老笑話他長得像塊黑炭。

「他、他其實長得很好看，一點都不比韜哥哥和左哥哥差，莊內很多小丫頭都偷偷愛慕著他。我當時年幼，懂得的少，看他對別的姑娘溫和就生氣，有一次他幫一個丫鬟提了一桶水，我、我當時不知發了什麼瘋，就衝上去搶過他一直放在袖口中的匕首，往他臉上劃了一刀……嗚嗚……我當時犯傻了，還說就討厭他那張招蜂引蝶的臉，結果大概是這句話傷了他的自尊心，他臉上的疤賀大夫是可以消去的，可是他卻拒絕了……」

「啊，妳以前居然這麼混帳，真是人不可貌相啊！」郝光光瞬間對葉雲心肅然起敬，兩眼放光地望著愧疚地直抹淚的人。

「妳別笑我了，傷了東方哥哥的臉是我自小到大做得最離譜的一件事，事後被祖父請了家法打得昏迷了好幾日，之後又被罰跪祠堂面壁思過，很久之後我才知道祖父還有爹娘都去向東方哥哥道歉了，他們還差點兒跪下，是東方哥哥仁厚阻止了，否則我、我……他還說只是破了相而已，並沒有生我的氣。」有些話憋在心裡太久實在難受，一旦找到了想要傾訴的對象，就想將所有苦惱都說出來。

「妳是什麼時候發現自己喜歡上他的？」郝光光覺得這比小丫鬟講的話本子有趣多了，聽得特別投入，畢竟是真事，話本子上的故事都是編的。

「其實我應該早就、就那樣了，否則也不會見他對丫鬟好就不高興，更不會失控到破了他的相。反正之後我就有點不敢見他，見到了也不敢看他，很久之後才意識到原來這就是喜歡，可我不敢告訴他。前陣子左哥哥開玩笑時，說東方哥哥一直以為我喜歡的是韜哥哥。」葉雲心垮著臉，圓圓的小臉上寫滿了後悔兩個字。

「喜歡就說啊，這有什麼不敢的？一直讓他誤會下去豈不是耽誤了妳？」郝光光實在是搞不懂女兒家羞答答、想說不敢說的彆扭心思。在她的觀念中，喜歡就說出來，像她老爹般，喜歡她的美人娘，就直接將人偷走，要是像葉雲心這樣彆彆扭扭的，美人娘早被別的男人搶跑了。

葉雲心瞪過去，嗔道：「妳是沒有喜歡過人吧？怎麼懂得因喜歡一個人而患得患失的心情？何況我是女子，哪裡好意思跑去告訴他，我喜歡他。」

「沒喜歡過人又如何？等我喜歡了就直接告訴他，才不會像妳這般扭扭捏捏的，黃花菜都涼了還在扭扭捏捏。」郝光光一臉鄙夷地道。

「哼，我等著妳喜歡上韜哥哥的一天，看到時妳會不會像今日說得這般有勇氣。」

「喜歡個屁！我可能喜歡上任何一個男人，但就是不會喜歡姓葉的那個大變態！妳想等到那一天就等吧，等得妳成了老太婆都不會發生。」郝光光翻白眼道。她又不是受虐狂，怎麼可能會喜歡上一直囚禁她、不給她好日子過的葉韜？

「妳別說得那麼肯定，當年我還不懂事時就像妳一樣，覺得自己最討厭的人是東方佑，喜歡誰都不可能喜歡他，結果我、我現在最喜歡的就是他。」說到後面時，葉雲心不好意思地捧著發紅的臉傻笑。

沒有人喜歡被人一個勁兒地與最討厭的人湊成一對的，郝光光對葉雲心不停提起葉韜的事感到惱火，這一生氣立刻便將某人的威脅忘到了腦後，猛地一拍桌子大聲道：「妳閉嘴！

我與妳不一樣，那東方佑沒欺壓過妳，妳喜歡上他不足為奇，可那大變態葉韜對我就從來沒好過，居然還讓我去娶一個蛇蠍美人！不僅踐踏我的尊嚴，還無視我的性命，這種人渣我喜歡他做什麼？哪怕太陽打西邊出來、天下紅雨、妳拋棄了冰塊兒東方佑愛上了白小三，我都不會喜歡上那變態！」

「白小三是誰？」

「白小三是我前——」話未說完的郝光光見到突然走進來的男人時，腦子登時一蒙，立刻便將要說的話忘光了。

「沒想到我在妳眼中是這個樣子的，很好，很好。」葉韜噙著一抹令人看了為之膽寒的笑，慢慢走進來。

「韜哥哥。」葉雲心站起身來，見葉韜臉色不善，同情地看了眼窩囊地縮起脖子來的郝光光，隨意尋了個藉口，匆匆離開。

「如、如蘭哪裡去了？」郝光光氣得咬牙切齒的，暗怪如蘭在關鍵時刻不通報。

「是我不讓她們通報的，有意見？」葉韜如泰山壓頂般向郝光光靠近。

「沒意見！莊主說什麼就是什麼！」郝光光強忍著逃跑的衝動，對離得越來越近的葉韜僵笑著。

葉韜伸出手輕輕一拎，把郝光光提了起來，將她整個人抵到牆壁上，壓低身子困住她。

「你要做什麼?!」郝光光嚇得哇哇大叫，冷汗一點點地冒出來，掙扎了下，哪裡逃得出去？她被葉韜用雙臂牢牢地困在了他的懷抱與牆壁之間。

「我曾說過，妳罵我一次便吻腫妳的唇一次，我說到做到。」葉韜說完，捏住郝光光的下巴，固定住她不停搖晃的頭，俯身慢慢靠過去。

「嗚哇～～你饒了我吧！真的沒有下次了行不行？」葉韜的氣息越來越濃，敏感地感覺到他呼出的溫熱氣息拂在她的臉上，郝光光雙腿顫得立都立不住了，哭著求饒。

「妳只要罵我，我便當妳在渴望我的吻；敢打我便是在暗示著妳想被我扒光衣服；而若是妳妄圖逃走，則在說明什麼呢？」葉韜聲音低柔，享受地打量著示弱討饒的郝光光。

變態，真是個大變態！郝光光在心中無聲地吶喊著，眼淚掉得更凶了。

「哭什麼？好像被虐待了一樣，我這可是在犧牲色相成全妳想被吻腫嘴唇的願望，我對妳可真縱容呢……」

語畢，葉韜「如郝光光所願」地俯首，用嘴封住了因顫抖而更顯魅惑的紅唇……

第二十五章

郝光光連著好幾日不敢出房門，哪個丫頭婆子端著好吃的、好喝的來，她只讓丫鬟留下東西，人絕對不見！

之所以不見，完全是因為葉韜。每想起那日的事她就氣得想殺人，她的嘴唇被「咬」得又紅又腫，房裡的三個丫頭一看到她的嘴就眼帶曖昧地掩嘴偷笑，刺激得郝光光將屋內的銅鏡都砸了，那明顯「犯過罪」的嘴唇她一點都不想看。

葉韜與郝光光在屋內「激情」的事蹟不久便傳得沸沸揚揚，證據就是郝光光那像是吃了好幾個辣椒般紅腫得厲害的嘴唇，還有她不出門且拒絕見客的「害羞」模樣，這都被如蘭她們偷偷地傳了出去。

打趣郝光光的人不少，但敢打趣葉韜的幾乎沒有，唯一一個敢打趣的左沈舟，某日摸著下巴曖昧地笑話葉韜——

「憋太久的男人猛起來果然與眾不同，拿人家姑娘當柿子咬，你悠著點兒，別嚇壞了人家。」

就是這句話惹毛了葉韜，可憐的左沈舟被據大傢伙兒猜測是「惱羞成怒」的葉韜打發走，去各地巡察生意了。

其實莊內人都知道，這種大規模巡察生意的事只有臨近年關那兩個月才做，而此時冬天還沒到，左沈舟就被強勢地命令去了，原因為何大家都心知肚明。

「讓我進去吧，我要找光光玩。」葉雲心又來了，正與如蘭她們在院門口進行幾日來不知道第幾次的交涉。

「雲心姑娘，小姐吩咐不見客的，您先回去吧。」如蘭無奈地勸道。

「是韜哥哥允許我來的。」葉雲心說完後，向郝光光屋裡的方向大聲喊起來。「郝光光，是韜哥哥讓我來的，如果妳不讓我進去，我就去告訴韜哥哥，到時後果自負，哼！」

屋內，知道葉雲心來了而避不見面的郝光光聞言，氣得嘴角直抽，站起身「砰」地一下打開窗子，非常不高興地衝著外頭吼了一嗓子。「進來吧，吵死人了！」

詭計得逞的葉雲心得意地朝如蘭她們一笑，揚著下巴，美滋滋地進門了。

「想見妳一面真是不容易呢，不將韜哥哥搬出來，今日我又得無功而返了。」進門的第一句話就將郝光光氣著了。

「找我有事？」郝光光板著臉，一點都不友好地道。

「嘖嘖，這麼凶幹麼？我是來看看妳『好些』了沒有。」葉雲心在郝光光對面坐下，淘氣地眨著曖昧的大眼，盯著郝光光早已恢復如常的嘴唇猛看。

「看完了沒有？看完了可以走了！」郝光光像是吃了火藥似的發脾氣，直接送客。

那日被葉韜堵在房裡又啃又咬了近半個時辰的事，讓她連睡覺都能被噩夢驚醒，現在再被葉雲心一調侃，登時氣得頭髮梢恨不得都冒起火來。

「怎麼火氣這麼大啊？妳別氣了，我說笑的。」葉雲心收起玩心，略帶忐忑地小聲道歉。

郝光光瞪過去，沒好氣地道：「若換成幾年前妳還討厭東方冰塊兒的時候被他堵在屋裡……那個什麼了很久，妳會高興被別人拿這種事來說笑嗎？」

葉雲心嚇得一哆嗦，前兩次見面郝光光都和和氣氣的，又覺得有點投緣，是以敢調侃她，誰想今日她會這麼凶，她瑟縮了下，怕怕地保證道：「妳別氣了，我發誓以後絕不再拿妳與韜哥哥說笑了成不？」

「再有下次就將妳脫光了直接送到東方冰塊兒床上去，讓妳一、夜、春、宵！」郝光光威脅。

轟的一下，葉雲心的臉瞬間紅成了猴屁股，又羞又驚又怒地指著郝光光。「妳、妳怎麼能說出這樣的話來？」

「我不僅說得出，還能做得到。」郝光光哼了一聲，只要她不罵葉韜、不打葉韜又不逃跑的話，做什麼事她都不怕。

「妳太流氓了！」葉雲心控訴道。

「這都是跟妳那親愛的『韜哥哥』學的。」

葉雲心氣呼呼地瞪了郝光光幾眼，大概是終於瞭解了對方的心情，收起惱意，換了個話題道：「這幾日妳都不跟我玩，好無聊。」

「就知道玩，都大姑娘了，眼看就要嫁人了，居然還整日往外跑，妳家人也不說妳？」想到葉雲心自小眾星捧月似地在一眾寵她愛她的親人間長大，郝光光就羨慕不已。她只有爹和娘，娘死得早，後來爹爹也去了，目前只剩下她孤零零的一個人在這世上，沒人寵就罷了，還總被壞人欺負。

「有什麼可說的？以後就算嫁也是嫁莊裡的人……」葉雲心想起了想嫁的男人，嘴角不自覺地掛起了甜蜜羞澀的笑。

「就妳這磨磨蹭蹭、總背後偷著臉紅的模樣，怎麼嫁給冰塊兒去？」郝光光鄙夷，她就受不了葉雲心說話時羞答答又患得患失的模樣，一點都不乾脆俐落。

「一定會嫁的！祖父說到時與韜哥哥商量，讓韜哥哥作主將我許配給、給東方哥哥。」葉雲心說話時，大眼睛裡滿是喜悅，就是因為得到這個好消息，才想找郝光光來分享喜悅，結果誰想連著好幾日都被拒之門外。

「是嗎？那真是件好事。」郝光光衷心祝福道。她向來是火氣來得快去得也快，葉雲心不故意氣她時，兩人就能相處得很好。她們年齡相近，還都是天真、心眼不壞的小姑娘，脾性都合對方的口味，於是很快便成了比較談得來的朋友。

「早就想來告訴妳這件事了，就妳總將我趕走。」葉雲心再次控訴起來。

「妳以後如果不說令我生氣的話，就隨時歡迎妳來。」

「一言為定！」葉雲心笑了，因嫁東方佑有望，這幾日她動不動就笑，渾身散發的喜悅很輕易便能感染到周圍的人。

女孩子在一起最愛談論的話題便是彼此的心上人了，郝光光沒有心上人，沒什麼可談的，於是便一直聽葉雲心說著幾年來東方佑的點點滴滴。不同於葉雲心急需找人分享她酸甜愛戀的喜悅心情，郝光光最想做的事是將葉韜所做的一切惡事都抖落出來，然後拉著人與她一起罵他，可惜吃過了好幾次教訓的她，此時根本是有那心卻沒那膽。

「對了，反正平日裡妳我都無事，要不我每日教妳識字如何？上午我教妳識字，下午妳教我功夫吧？」葉雲心眨動著無邪大眼詢問道。

「不好，我才不要識字，功夫我倒是可以教妳一些。」郝光光回道。

「不讓我教妳識字，妳會後悔的。」葉雲心嘟著嘴道。

「為什麼會後悔？」

「哼，不屑讓我教，到時……」

「到時什麼？」

「哎呀，都晌午了，我要趕緊回去，明日再來尋妳玩。」葉雲心看到一旁的沙漏，驚呼一聲，沒來得及回答郝光光的問題便急匆匆走了。

自從那日葉韜狠狠「欺負」了郝光光後，就一直沒再出現，這點令郝光光稍稍好過一點，否則真怕夜不能寐，被他嚇得神經錯亂。

次日，在屋子裡悶了太久的郝光光終於決定「不害羞」了，想出去走動走動。她沒讓丫鬟跟著，自己在偌大的山莊內走動。雖然她已經來到這裡有幾日了，但還是有很多地方沒有去過，在屋子裡悶得久了，出來自然便想多轉幾處，散完了心再回去。

很久沒見她出來，突然看到，一路上的婆子丫頭們都會上前與郝光光親熱地攀談一二。郝光光起初還有點彆扭，後來見婆子丫頭們大多都有眼色，沒有笑話她，於是也放鬆了心情與她們聊天。

最後，一邊走一邊與路上遇到的丫鬟聊聊天，聊得累了想回房休息，結果路過假山時，突然聽到了兩個婆子的對話，因她們的話題人物是她，於是郝光光停住腳步，縮在兩個婆子背對著的假山角落，支著耳朵聽了起來。

「真不知主上怎麼想的，居然將個要才無才、要貌也稱不上絕色的姑娘帶回來，看著好像還很重視她似的。」其中一個婆子擠眉弄眼地嘀咕道。

「就是就是，聽說連字都不認得，連我這個老婆子都不如呢！」另一個婆子重重點頭道。

「簡直就是一無是處啊！」

「優點全無，當妾都抬舉她了，居然還擺譜不同意，根本配不上我們英明神武的主上！」

「……」

郝光光越聽越怒，她哪裡像她們說得那樣一文不值？最可氣的是，居然說她配不上那個討厭至極的男人！

剛要抬腳站起，出去說說兩個亂嚼舌根的婆子，正巧她們聊完了結伴要走，抬出去的腳又收了回來，郝光光改變主意了。

瞇眼看著兩個婆子走得遠了，郝光光立刻喚來不遠處的灑掃丫鬟，指著兩個婆子的方向，狀似不經意地問了句話。

敢說她一無是處、優點全無？那她就讓她們看看她究竟是不是一無是處！

以前郝光光從來沒用過自己的特長去做些什麼，這次她想用自己唯一的特長去懲治人，為了爭面子去學以致用一番，不知道另一個世界的郝大郎知道後會不會生氣？

某一日，郝光光挑了處比較空、平時少有人去的院子，對負責照看院子的丫鬟道：「叫梅園的楊婆子和秋水園的李婆子過來一趟，我有話與她們說。」

待丫鬟一走，她立刻忙碌起來，將事先就準備好的樹枝還有磚頭、石塊等物圍著院子門口裡側的樹木和花草挨個兒擺弄起來。

「叫妳們嘴巴不老實！不是看不起我嗎？這次就讓妳們瞧瞧我是不是一無是處！」郝光光如一個陀螺般，圍著一棵大槐樹不停地插插挪挪的，擺弄了大概有一刻鐘的時間，終於擺出一個比較簡單但能輕而易舉困住人的小小陣法來。

「郝姑娘，奴婢將兩位帶來了。」丫鬟帶著人來後，沒見到郝光光，納悶地向前走，結果不知怎麼的，走個幾步眼前的景色突然就變了個模樣。

「怎麼回事？這裡是哪兒？」跟在丫鬟身後的兩名婆子見她們突然置身於一個沒有出路的密閉空間裡，來時的路已經找不到，周身全是花草樹木，正好趕上陰天，也沒有日陽，她們連哪裡是東、哪裡是北都不知道。

「我們莫非是被困在陣法裡了？」其中一個婆子腦筋轉得快些，驚呼起來。

「還算不太笨，這是我剛剛隨便擺出來的小陣法，妳們若是不『一無是處』、不『優點全無』的話，相信很快就會走出來了。」郝光光幸災樂禍的聲音在不遠處響起，她將這兩名婆子私底下嘲笑過她的話加重了語氣。

「郝姑娘……」兩名婆子聞言臉色大變，這是她們私底下曾說過郝光光的話，怎麼傳到她耳朵裡去了？

「郝姑娘息怒，奴婢知錯了，以後再不敢亂說話！」在陣法裡亂轉一氣都找不到出口，想拔掉一根樹枝找出路，結果明明看著樹枝在那裡，可伸出手去卻摸了個空，虛虛實實太難分辨，於是找不到出路，就只能在這裡困著，婆子急得大聲告罪。

另一名婆子見識到了陣法的厲害，雖然郝光光說這只是她擺著玩的小陣法，但對她們來說這就是了不得的大陣法了，因此跟著一起開口求饒。「郝姑娘，放奴婢們出去吧，姑娘聰明伶俐，與主上天上一對、地上一雙……」

困在陣法裡的人看不到外面的情景，可是在外面的人卻能看到裡面的人，郝光光雙臂環胸，好整以暇地看著兩名婆子的狼狽之相，沒有心軟地立刻放她們出來。

「本姑娘累了，回房休息，妳們二位就憑著自己的『聰明和本事』走出來吧！」郝光光說完，躍進陣中將嚇傻的丫鬟拉出陣來，速度快得讓兩個婆子傻眼。

「郝姑娘，她們怎麼辦？」被拉出陣來的丫鬟轉憂為喜，指著還在陣裡亂轉悠的兩個婆子問道。

「不用理她們，妳該做什麼就做什麼去。提醒妳一句，若是想將她們帶出來，可要事先想想自己會不會進去後就出不來了。」郝光光警告地看著善良的小丫鬟。

丫鬟聞言立刻搖頭，連忙保證。「奴婢不會的！」

郝光光心情不錯地回房了，動腦筋想想也知道說過她類似壞話的人肯定不少，只是被她親耳聽到的就這麼兩個，只能算她們倒楣。

一整天，莊內都在談論著一件事，那就是郝光光將兩個碎嘴的婆子困在陣法裡了，眼瞅著困了大半天，現在天都黑了，兩婆子還沒出來，看來她們是將郝光光惹火了，要困她們久一點。

這大半天的，餓點、渴點倒是問題不大，關鍵是人有三急，萬一誰被屎尿憋得緊了卻沒地方解決，那可比被套麻袋狠揍一頓還難受，畢竟她們不能就地解決，因為她們看外面是什麼都看不到，可是外面的人看她們卻是看得清楚，真要當人的面脫了褲子，那可還怎麼有臉活。

晚上吃過晚飯，快就寢時，郝光光覺得差不多了，於是動身去將兩個婆子放出來。

「郝、郝姑娘……」兩個婆子抖著腿，敬畏地望著笑得一臉花兒的郝光光。她們腿抖並非怕，而是憋了大半天，快尿褲子了！

「行了，知道長記性就好了，走吧。」郝光光揮揮手，憐憫地對著快憋哭了的兩人說道。

「謝謝郝姑娘！」一得令，兩名婆子使出這輩子都沒有過的速度，咻地一下跑遠了。

這只是一件小事而已，但因自被帶進葉氏山莊後就一直很好說話、整天嘻嘻哈哈，看起來非常和氣的郝光光突然發威，「嚴重」地懲罰了下人，是以這件事被一傳十、十傳百的，鬧得莊內所有人都聽說了此事。

因為這件事，他們對郝光光改變了些看法，不再覺得她性子軟、好欺負，而且隨便做出的一個小小陣法都能差點兒「憋」死兩個婆子，若她認真地設個陣法困人，那還得了？

郝光光這次的小小懲戒起了超乎想像的作用，下人們再見到郝光光時，望向她的眼光裡多了幾分以前沒有的尊重及小心翼翼，也令與那兩名吃了苦頭的婆子一樣抱有「郝光光一無是處」想法的人們收斂了許多輕視之心。

第二十六章

對於郝光光懲治婆子的事，葉韜沒有理會，一是因為忙，無暇他顧；二是覺得郝光光是他的妾，且是他目前唯一的女人，自是有權力懲治不老實的下人們。

再說，郝光光被下人們輕視了，那等於是將他這個帶郝光光回山莊的人一併輕視了，於是郝光光的小試牛刀正合他意。

兩日下來，聽說了下人們對郝光光稍稍改觀的事，葉韜心中得意的同時也暗自讚嘆郝光光在陣法上的才能，果真是人不可貌相，海水不可斗量。

這幾日郝光光過得輕鬆多了，因為葉韜沒再來招惹她，下人們對她比之以前更熱情了。以為暫時都不會見到那個令她不痛快的男人，可以再高興幾日，誰想老天再次忽視了她的渴望。

這日，郝光光剛出院門打算找丫頭婆子們聊天去時，就被葉韜的貼身侍衛叫走了，說葉韜有事要找她。

郝光光想不去，結果侍衛面不改色地複述了葉韜的話。「主上說若是郝姑娘不去，那麼今天晚上就要履行身為姨娘的義務。」

氣得牙都快咬碎了，在心裡將葉韜詛咒了好幾遍，最後為了保住貞操，郝光光只得心不甘、情不願地隨著侍衛走了。

葉韜沒有在書房，而是在山莊的後山處等著郝光光，身旁站著東方佑。

「主上，郝姨娘帶來了。」侍衛稟報。

跟在他身後的郝光光被那聲「郝姨娘」震得眼皮狠狠抽動了兩下，雖不滿，卻理智地沒敢在葉韜面前抗議稱呼的事，只得假裝那聲郝姨娘叫的不是她。

「嗯。」葉韜轉過身望向睜大眼開始好奇地在山間樹木中來回打量的郝光光。

「帶我來這裡做什麼？」郝光光打量了一圈，看出山上佈滿了各種陣法。

葉韜背著雙手，淡淡地望著幾日不見的郝光光，俊眸在她的唇上停頓了片刻，隨後立即轉移了目光，道：「想必妳也看出了些門道來，既然妳會破迷魂陣，又隨便擺弄個幾根樹枝就能困住人，這些陣法怕是應該也難不住妳。」

「你是想試試我的能耐？」郝光光瞪大眼問。

「是有這打算。不用怕，陣裡的機關已經關掉，妳只管進去試試，若半炷香內還沒出來，我自會派人進去尋妳。」葉韜淡聲解釋道。

「陣法的盡頭是通往何處的？」郝光光眼中閃現雀躍，悶了好幾日總算有了個好玩的事，暫時將對葉韜的怨恨擱置到了一邊。

「通往哪裡，妳親自去看看不就知道了嗎？」葉韜唇角含笑，語氣中存了幾分誘惑。

「去就去，這陣比你說的那什麼迷魂陣要簡單點兒，我很快就會出來。」郝光光胸有成竹地說完後，邁開步子便向江湖人聞風色變的神秘肅穆陣法走去。

「光光。」郝光光進去時，葉韜突然出聲喚道，不知怎麼的，這「光光」兩個字很輕易地便喚了出來。

「什麼？」郝光光下意識地轉身回應。

「有特殊情況記得大聲通知我們。」葉韜眉頭微微皺了皺，為自己莫名湧上的類似關心的反應感到很不習慣，並且排斥。

「知道了。還有，不許叫我『光光』！」郝光光瞪了眼葉韜，轉身進了陣法之中。當初她曾毫不給面子地拒絕白小三的娘喚她光光，此時她同樣拒絕葉韜這般喚她，這麼親密的稱呼是關係與她非常親近之人才能喚的。

葉韜聞言，眸中的溫度頓時降了下來，抿緊唇，不悅地望著郝光光消失的方向。

一直沒出聲的東方佑眼中突然劃過一抹笑意，道：「很有趣的姑娘。」

「哼，不知死活、又傻又笨還不識抬舉的野丫頭！」葉韜惱火地批判道。

難得見葉韜如此情緒外露地批判一名女子，尤其還連續用了好幾個貶抑詞，果真如左沈舟說的那般，葉韜對那個郝光光有點不一般。東方佑向來少有情緒波動的臉上難得露出了一絲絲笑意來。

時間一點點的過去，半炷香的時間很快就要到了，郝光光還沒有出來，葉韜的眉頭不自覺地緊皺。

「她真的能破陣？」東方佑語帶疑惑地問，雖然這兩日一直聽下人們說郝光光在陣法上多麼本事，但只是困住普通下人而已，他並沒覺得如何了不得。

「迷魂陣都能破，何況她剛剛明明說了，這些陣法相對來說要容易些……」葉韜的語氣也不敢那麼肯定了。

「陣裡機關是暫時撤了，但說不定會有野獸出沒。」東方佑說道。

葉韜沒開口，只是一直背在身後的雙手下意識地攥了起來。

一旁燃著的香已經燒了一半，郝光光還沒出來，葉韜剛要開口喚人進去尋郝光光，正在這時，陣裡突然傳出一道女子的驚呼。

東方佑迅速施展輕功奔了過去，與此同時，一道更快的黑色身影自他身旁掠過，向聲音傳出的方向奔去。

「這麼在意？」東方佑見狀大為驚訝，暗道他們向來潔身自好、鎮定至極的主上，怕是對那位郝光光姑娘已經動心了吧。

很快地，葉韜便看到了跌坐在地上、捂住腳直咧牙的郝光光，視線快速在她身上巡視了一圈，見她除了有些狼狽外，其他並無異狀，提著的心倏然放鬆下來，在她面前停住，詢問：「出了何事大驚小怪的？」

「扭到腳了。」郝光光回答得有些沒臉，這陣法一點都難不倒她，之所以沒立刻出去是因為懷疑這裡是通往外面的路，於是特意多探查了番，結果還沒尋到通往外面的路，時間就要到了，怕葉韜知道她有逃跑的心思，只得迅速往回趕。

光顧著作賊心虛，沒注意腳下，踩到了凸起的石頭，本來輕功甚好的她絆到了石頭也是不會跌倒的，但好巧不巧地偏就在這時小腿肚一陣痙攣，於是就……

「蠢死妳算了！簡直是會輕功人士的恥辱！」葉韜黑著臉批評道。

都快被自己臊死了的郝光光被葉韜一鄙視，面子更掛不住了，尤其旁邊還有個「冰塊兒」在，忍不住回嘴道：「還不是因為這幾日沒休息好，腿抽搐了！」

「沒休息好？」葉韜面露狐疑之色。

「哼！」郝光光忿忿地別開臉，她能說每天夜裡都會被那個「被咬」的噩夢驚醒，於是後半夜便一直擔心著葉韜會突然出現「強迫」了她而再也睡不著嗎？

見兩人要吵起來了，東方佑及時開口道：「出去再說吧。」

郝光光聞言放開腫起來的右腳，雙手撐地慢慢爬起身，咬著牙一瘸一拐地往外走。

葉韜看不過去，不由分說地上前便將她攔腰抱起。

「你幹什麼?!」對葉韜的接觸有點「恐懼症」的郝光光驚聲尖叫。

「閉嘴！」葉韜冷聲喝道。

感覺到了葉韜的怒火，郝光光不敢在老虎嘴上拔毛，只得僵著身子、垮著臉，任由他將她抱出陣去。

「據說妳這些日子很閒，既然如此，自明日起開始學識字吧，我親自教。」葉韜瞥了眼臉色瞬間發白的郝光光，冷聲道。

「不、不用了，雲心妹妹說要教我識字的。」郝光光連忙出聲拒絕，開玩笑，他來教她識字，那還有好日子過嗎？

一直在他們身後行走的東方佑聽到葉雲心的名字，腳步微頓，眼中流露出一抹不易察覺的柔意。

「妳不是拒絕了？那就由我來教。」葉韜被郝光光明顯的反抗搞得心情很不好。

終於明白昨日葉雲心的那句「妳會後悔的」指的是什麼了，郝光光癟起嘴來想哭給他看，結果視線一觸到葉韜暗含警告的雙目，眼淚登時便被嚇了回去。

郝光光腳踝處腫成了包子，只能在房裡休息，莊內有位醫術很好的賀老大夫，給郝光光開了點塗抹的藥，讓郝光光每日上完藥後揉半個時辰，手勁到位的話，兩日後就恢復了。

沒有讓如蘭她們給她揉腳，郝光光堅持一切自己來。這些事對她來說並不陌生，以前在山上住時有個什麼不適，趕上郝大郎不在時，都是她自己做，現在雖有三個丫鬟，但很少使喚她們，郝光光不想放任自己沈迷於這種被伺候的享受生活，怕逃出去後會過不習慣沒有丫鬟可以使喚的日子。

晚上，用過晚飯後，在丫鬟的幫助下好不容易洗了澡，郝光光坐在床上，拿出藥膏，塗抹腳上腫起的地方。藥是半透明、泛著淡淡植物清香的膏狀物體，抹勻後膚色不會出現太過明顯的色差。

「嘶嘶，好疼好疼……」郝光光一邊揉著腳踝，一邊呼痛，這就是嚴重缺眠的下場，她需要好好睡一覺才成，否則以後不知道類似的情況還要發生多少次。

「怎麼不讓下人來做？」葉韜的聲音突然響起，將郝光光嚇了一跳。

立刻將兩隻白生生的小腳縮進裙襬內，郝光光皺眉瞪向走過來的葉韜，忍著痛道：「我自己揉能掌控好力道。」

葉韜在郝光光床前站定，望向遮住雙腳的裙襬處，目光在上面頓了會兒後，突然伸出手要去掀裙襬。

「你幹什麼！」郝光光兩手牢牢壓住裙襬，一臉防備地瞪著葉韜伸過來的那隻大手。

「我只是想看看它腫得有多難看而已。」葉韜聲音中泛著微微的不悅。

「很難看，你還是別看了。」郝光光將腳護得嚴實，那是她的腳，不是手，女人的腳哪是可以隨便給男人看的！

將郝光光排斥的表情攬入眼底，葉韜雙眼微眯。「還不快點揉，想一直當跛子嗎？」

「你、你迴避一下我就揉。」郝光光以商量的語氣說道。

葉韜什麼也沒說，伸出手就要去掀郝光光的裙子。

「啊啊啊，莊主您的好意我心領了，這種事我自己做就成，不敢煩勞您給我揉腳！」郝光光尖叫一聲，揮開葉韜的手，扯過一旁的被子將雙腳蓋住，一系列的動作做完後，怕葉韜發火，縮著脖子拿眼角偷瞟葉韜的臉色，長長的睫毛因擔憂而輕顫著。

葉韜額頭青筋暴跳，冷冷地注視著郝光光，忍著怒火嗤笑。「妳可真會抬舉自己，我從不給女人揉腳，何況是妳這個女人的腳！」

郝光光聽得眼皮子直抽，敢怒不敢言，哼了一聲，別過頭去當作沒聽見。

「趕緊揉，別妄想腳沒好就不用學認字了，妳腳傷未癒期間，我會來妳房裡教，若存著腳一日不好便可逃避一日的僥倖心理，那可真令妳失望了。」葉韜說完要說的話後便轉身離去。

「我才沒那麼蠢，拿自己的身體當兒戲呢！」郝光光在葉韜走後，小聲嘀咕道。身體髮膚受之父母，豈能不愛惜？葉韜自己是小人，於是就拿小人的眼光來看她，真是可笑。將腳自被子裡抽出來，重新揉起腳來。葉韜居然說要來她房裡教識字，不是聽說他最近很忙嗎？居然還有時間「逼」她認字，傳言果然不可信。

次日，葉雲心來看郝光光，結果挨了頓訓斥，被遷怒的她沒敢多待，一臉委屈地離開了。

葉韜由於白天忙，是以只在臨近晚飯時才會稍稍輕閒一些，於是他給郝光光定的時間是晚飯後半個時辰學認字。

郝光光晚飯吃得一點都不高興，草草吃完後就見如蘭她們將文房四寶都拿了出來，放在屋內新添的書案上，又擺上了兩張舒適的座椅，幾乎是剛一準備好，葉韜便來了。

「妳們先下去吧。」葉韜擺了擺手，讓如蘭她們都出去。

走到床前，俯身將郝光光抱起，放在書案旁的椅子上，葉韜在她身旁坐下，問：「妳都識得些什麼字？」

郝光光嚥下因被葉韜「吃豆腐」而湧起的不滿，想了想，如實回答道：「識得的不多，人、丁、大、小這幾個筆劃簡單的認識。」

葉韜拿過筆，在紙上寫了個「天」，問：「這個字認識嗎？」

「不認識。」

又寫了幾個筆劃較為簡單的字，郝光光一律不認得，葉韜的眉頭越皺越緊，最後很不情願地承認，郝光光的程度與剛出生的娃娃一般無異，就只比他們多識得三、四個極簡單的字而已。

「妳爹娘沒教過妳識字嗎？」瞭解了郝光光程度的葉韜，臉色不怎麼好看。

「沒有，我娘說女人太有才華也不是件好事，於是就由得我不學了。我老爹最聽我娘的話，又因寵我，也沒逼我識字。」郝光光說完後，抱怨地白了葉韜一眼，就他這種「惡霸」才會逼她做各種不願意做的事。

「妳娘琴棋書畫是否樣樣精通？」葉韜開始詢問起關於郝光光娘親的事。

「記得不清楚了，沒見過她下棋，也很少見她寫字畫畫，不過琴確實是彈得很好聽。」

郝光光懷念地說道，以前的生活雖然清苦，但一家三口在一起生活得很快活。

「妳娘有否提過妳外祖家的人？」葉韜繼續問。

郝光光不耐煩了，杏眼立刻瞪過去。「你是來教我識字的還是盤問我祖宗十八代的？我只有爹和娘，什麼外祖內祖的全沒見過，也沒聽他們提起過，這下你可滿意了？」

葉韜若有所思地打量了下全不知情的郝光光，這女人什麼都不知道，問也是白問，只得放棄。當年魏家的事明顯是被人暗中做了手腳特地隱瞞了，多日下來，東方佑沒查到什麼有用的消息。

「算了，我今日就教妳兩個字吧，明日妳就在房裡練字。」葉韜說完後，在紙上寫了個「葉」字，隨後又寫了個「郝」字，對郝光光道：「這是葉，我的姓氏，韜這個字太過複雜，目前不適合妳學。這個郝字是妳的姓氏，妳先將這兩個字記熟。」

郝光光看了兩眼，覺得哪個字都筆劃很多，個個難寫，光看著她就想打退堂鼓。

「會拿筆嗎？」葉韜知道這話問了也是白問，拿起一枝狼毫塞入郝光光的右手，然後自己也拿了一枝，示意郝光光跟他學握筆的姿勢。

天生不適合握筆桿子的人握起筆來跟握筷子差不多，看得葉韜眉頭直皺，「啪」地一下拍向郝光光的手輕斥。「妳是握筆呢還是吃飯呢？」

「我說了我不想學，你偏讓我學，又不是我求你教我的，凶什麼凶？」郝光光揉著被拍疼的手背控訴道。這個程度她掌握得很好，只要不罵葉韜，她偶爾抱怨抱怨也沒事。

「妳可以再笨點！」自小無論是讀書還是練功都很得長輩歡心的葉韜，無法容忍連握筆都握得跟握筷子似的笨學生。

「我才不笨！我爹說了，我的聰明體現在學輕功和陣法上，這等握筆寫字的事學來做什麼？我一個女人又不用去考取功名。」郝光光乾脆扔下筆不學了，免得被嫌棄。

「不學也不是不可以。」葉韜也放下了筆，望向因他的話，眼睛瞬間一亮的郝光光，薄唇一揚。「不過得拿妳的清白來換。」

「啪」地一下，郝光光往書案上一拍，抄起毛筆，大義凜然地道：「不就是學識字嗎？這有何難？您儘管教，我全力配合便是。」

「不勉強？」

「不勉強！」

「這可是妳說的，我沒逼妳。」葉韜輕笑。

「是、是，您真的沒逼我。」郝光光咬牙切齒地點頭。

就這樣，為了保住清白，郝光光硬著頭皮去學握筆、學寫字，短短半個時辰內手被拍紅了，因照著「畫」出來的字太過四不像，被葉韜又是「笨」啊又是「蠢」啊又是「無可救藥」地鄙夷了無數次。

總之，短短的半個時辰間，郝光光就像一直置身於地獄裡，葉韜便是那提著鞭子、滿臉猙獰的惡鬼，被惡鬼又嚇又訓又打手背的郝光光，到最後恨不得拿刀一把捅死葉韜，無奈現實的差距擋在面前，怕是殺不成反倒失身，只得作罷。

「今日先到這兒，明日讓心心繼續教妳握筆。『葉』和『郝』這兩個字明晚我來檢查，必須要寫得像樣兒點，否則……」站起身的葉韜突然俯下身，在郝光光耳邊低語了一句，眼看著她的「大花」臉倏地脹紅後，大笑著出了房間。

「無、無……」恥！最後一個字被氣得理智還剩下一星半點的郝光光嚥回了肚子裡，她可不想再被葉韜逮著「啃」了，丟不起那個人。

「小姐，準備沐浴吧。」如蘭進來，見到郝光光沾了不少墨漬的大花臉後，沒忍住，噗地一下笑出聲來，趕緊止住笑，出去端溫水進來給郝光光洗臉。

一身的汗，且臉上和手上沾上墨，皺巴巴的難受，此時洗澡最好不過。郝光光放下筆，單腳一跳一跳地去臉盆處洗臉，想著一會兒痛痛快快地洗過澡後要好好睡一覺，好養足精神，明日繼續練字。

死葉韜，又威脅她，敢情他真拿她的嘴當香餑餑了，什麼事都能拿這個威脅，大色鬼一隻！那些丫頭婆子說他這幾年來都沒近過女色，分明是騙鬼的！

郝光光忿忿地洗過臉，將葉韜在心裡罵了無數遍後，才去屏風後泡澡，一會兒還要上藥揉腳。拜葉韜所賜，她的身和心就沒有一日能舒坦的時候。

次日，郝光光的腳經過上藥按摩後，已經好了大半，很想出去走走，聽聽丫頭婆子們說八卦，但為了晚上不被某人尋到由頭「懲罰」，只得老老實實地悶在房裡，在葉雲心的指導下熟悉握筆的姿勢，然後練字。

中午時葉雲心沒回去，就留在這裡與郝光光一起用午飯。

飯後，葉雲心突然說道：「對了，聽說下午夫人還有遇哥哥會來，妳知道這事嗎？」

「什麼夫人？什麼哥哥？妳的哥哥怎麼那麼多？」郝光光不在意地回道，她此時滿腦子都是「葉」和「郝」兩個字，裝不進其他了。

「夫人就是韜哥哥的娘啊！遇哥哥是韜哥哥同母異父的弟弟，聽我祖父說，今日他們會來。」葉雲心瞪著眼，對郝光光來到山莊大半個月了，竟連夫人和遇哥哥是誰都不知道的行為感到不滿。

「啊，我想起來了，葉韜是有個娘來著，好像是官夫人吧？官夫人不是很忙嗎？她來這裡做什麼？」郝光光很是驚訝，她所知不多，只隱約聽說過葉韜好像與他那已經成為官夫人的娘不是很親。

「我也不清楚，以往都是遇哥哥每年會來莊裡小住一陣子，夫人很少來的。」葉雲心回道。小時候一直叫葉韜的娘為葉伯母，後來對方夫家變了，就不好意思再喚「葉」伯母了，於是隨莊內的人一起喚她夫人。

「妳說今晚他娘和弟弟就來了，那葉韜是不是就沒空再來教我識字了？」郝光光興奮地問道，她只在意這件事。

「這個……應該是吧。」葉雲心也不敢確定。

「哈哈，那簡直是太好了！」郝光光一掃愁眉不展的模樣，開懷大笑起來。

葉雲心盯著郝光光的笑臉看了好一會兒，突然讚道：「光光，妳有時看起來還是很美的。」

郝光光聞言立刻投去鄙夷的一瞥。「什麼叫有時，明明是任何時候看起來都很美！」

「……當我什麼都沒說過吧。」葉雲心無語了。

午睡醒來沒多久，就有消息傳來，說夫人和遇少爺來了。

郝光光本來對這件事興趣就不大，根本沒放在心上，正思索著葉韜晚飯後會不會過來時，葉雲心突然跑了進來，拉住她的手道：「光光，夫人和遇哥哥來了，我們過去看看吧！」

「我腳不方便，不去。」

「去吧去吧，我扶妳過去。」葉雲心很興奮，拉著郝光光的手就往外走。

郝光光推拖不過，只得無奈地隨著葉雲心往外走，手臂搭住葉雲心的肩膀，將身體重心放過去，走得慢些倒是不影響傷腳。

路經的下人們都在忙活著，看起來對來客很是重視的樣子。

快走到門口時，迎面走過來一行人，葉韜和東方佑在前，身後跟著幾個人，正向郝光光二人的方向走來。

他們身後有一頂轎子，轎子上有葉氏山莊的標誌，郝光光猜，應該是那位夫人進了山莊後，下了馬車改乘轎子。官家太太注重禮儀，身體又矜貴，自是不會像她們這種平民百姓般走路，不是乘馬車就是坐轎子。

「快看快看，韜哥哥左手邊那個穿月白色衣服的男子就是遇哥哥！」葉雲心拉著郝光光在路邊停下，興奮地介紹道。

郝光光順著葉雲心的手指望過去，眼睛剛瞄到葉韜身旁那個錦衣華服的青年男子，還沒來得及細看長相，突然瞪大眼睛，驚恐地看著跟在轎子旁、呈保護姿勢的男人，那、那人是……

抬手捂住嚇得跳動失控的胸口，轉身拔腿就逃，這一跑扯動了還未養好的腳傷，疼痛襲來，剛要停住，結果被不明狀況的葉雲心自身後猛地一拉，郝光光身體平衡大失，頓時四仰八叉地摔在地上，跌了個狗啃泥。

「妳摔著哪兒了？無緣無故妳跑什麼啊？」葉雲心蹲下身要攙郝光光，話說得有點心虛。方才如若不是她使勁兒拉扯的話，郝光光也不會摔得這麼慘。

「呸、呸！」郝光光一臉狼狽地啐掉嘴裡的泥，雙手撐地要爬起來，結果剛一動，未好完全的腳踝處突然傳來針扎似的疼，哎喲一聲又跌了回去。

「光光，妳不要緊吧？」葉雲心著急了，抬頭望向大步走過來的葉韜，急道：「韜哥哥，光光受傷了！」

葉韜鐵青著臉走過來，俯身一把揪起將他的臉面都丟盡了的郝光光，惱火地在臉疼得皺成一團的郝光光耳邊譏諷道：「見魏狀元來了，妳激動得連路都不會走了嗎？」

第二十七章

轎旁的魏哲見到郝光光時，眼中迅速劃過一道光，打量了幾眼郝光光後才別開視線。

「哥，這人是誰啊？」剛過完十八歲生辰沒多久的蘇文遇，好奇地走上前，笑嘻嘻地問著臉色臭得一塌糊塗的葉韜。

蘇文遇還有兩年才及冠禮，看起來有點稚氣未脫的樣子，不像長他八歲的葉韜那麼沈穩成熟，個頭兒還有發展空間，與葉韜站一起，看起來略矮半個手掌的距離。兩兄弟的模樣有兩分相似，就鼻子和嘴略微相像些，俊帥程度不及葉韜，但畢竟同母所出，依然俊俏迷人。

蘇文遇活潑愛笑，令人倍感親切，與其相處感覺不到絲毫的壓力，在京城相當受未出閣的千金追捧。

郝光光恨不得就地挖個坑將自己埋進去，被葉韜提著後衣領，勉強立住身子，訕笑著望向來人。月白衣衫，長得與葉韜有一點相似，這就是葉雲心口中的遇哥哥——葉韜的弟弟。

「我、我叫郝光光。」蘇文遇善意友好的微笑令郝光光尷尬頓減，明顯感覺到這個與她差不多大的俊雅男孩兒比葉韜要好相處數百倍，輕易便挑起了她的好感，因此主動開口介紹起自己來。

「郝光光？這名字真有趣！妳是我哥的什麼人——」蘇文遇眨著一雙好奇的眼睛，來回打量葉韜和郝光光，對葉韜這麼毫不掩飾地朝一名女子發脾氣的行為感到驚訝。

「先回去梳洗一番，一會兒吃晚飯。」葉韜打斷了蘇文遇繼續追問的念頭，讓東方佑先帶人去休息，然後將因魏哲走過而頓時渾身緊繃的郝光光交給臉發紅的葉雲心，道：「心心送她回去，以後這等場合妳還是別帶她出來丟人現眼了。」

「韜哥哥別生氣，方才若非心心去拉扯光光，她也不會……」葉雲心不好意思讓摔了大跟頭、已經很痛苦的郝光光還被埋怨，趕忙出聲解釋。

「我知妳要說什麼，不必自責，若非她自己心裡有鬼，又豈會當眾出醜？」葉韜的臉色一直沒緩和過來，冷淡地瞟了眼郝光光不敢著地的右腳後，轉身離開去忙了。

本來想拉郝光光過來一起熱鬧的，誰想竟鬧了這等糗事。葉雲心攙扶著疼得直冒冷汗的郝光光，擔憂地說：「妳還能走嗎？要不我尋個婆子來揹妳回去如何？」

「不用了，妳扶我走回去就好。」郝光光氣鼓鼓地瞪了眼走遠的葉韜，她才不用他莊裡的下人幫忙呢，免得到時他在她面前更跩。

葉雲心小心翼翼地扶著跛得更厲害的郝光光，想起她剛剛突然失態的行為，疑惑像是小蟲子在她身上爬似的，弄得她渾身癢癢，忍不住問：「剛剛妳突然跟見鬼了似的要逃跑是怎麼回事？」

郝光光快好了的腳因為剛剛那重重一摔，又嚴重扭到了，疼得她直冒汗，但此時困擾她的並不是腳上的疼，而是另外一件事。沒有回答葉雲心的問題，反而問出了她的疑惑——

「魏狀元怎麼突然來了？沒聽妳說他也來啊。」

「這我也不清楚，祖父沒提過他。」葉雲心也是一臉納悶的樣子，說完後不自禁地感嘆了下。「原來魏狀元是長得這個樣子的，真是風采出眾，不愧是左相魏家的嫡長孫。」

郝光光隱忍地掃了眼在犯花癡的某人，恐嚇道：「小心妳這副模樣被妳家那冰塊兒看到，又誤會妳喜歡別人。」

葉雲心聞言一驚，迅速掃了眼四周，沒看到東方佑，悄悄鬆了口氣後嗔道：「妳少嚇唬人了，還是多顧著點妳自己吧，韜哥哥很生氣喲！」

郝光光聞言，臉頓時苦得像黃連。葉韜生氣她很怕，但魏哲的突然出現她也怕，兩股子威脅擺在面前，令她懷疑是否是無意中觸怒了哪方神靈，否則怎麼越是怕什麼，就越是來什麼呢？

因郝光光人緣不錯，且又有葉雲心在，路上遇到的丫頭婆子大多想上來幫忙，但都被郝光光拒絕了。其實這時候顯得有骨氣有什麼用，無非是令自己的腳傷上加傷、疼上加疼而已。

好不容易回了房，郝光光已經快累癱了，躺在床上一動也不想動。

「天哪，小姐的腳怎麼腫得這般厲害？」如蘭費了好一番力才將繡鞋自郝光光腫起許多的腳上脫下，見到腫得更甚於前兩日的腳，不禁驚訝出聲。

「妳家小姐走路太粗心，又摔倒了。」葉雲心幸災樂禍地說道。

「奴婢去煎藥，小姐妳再拿出藥膏來多揉揉吧！」如蘭說完後，匆匆出了房門去煎藥了。

「如菊。」郝光光將如菊喚了過來，有氣無力地道：「拜託妳出去打探一下魏狀元怎麼來了？還有，他們要在這裡逗留多久？」

「是。」如菊對打探消息的事還是比較擅長的，應了聲後，快步走了出去。

「魏狀元的事妳怎麼那麼關心？莫非妳……」葉雲心說到一半，突然驚恐地瞪大眼，來回打量著郝光光的臉。

「妳想什麼呢！以為全天下女子都像妳這般，為了個男人神魂顛倒嗎？」郝光光白了眼想像力過度的葉雲心。

「妳沒有？那就好、那就好，否則韜哥哥絕對會要妳好受的。」葉雲心鬆了口氣。郝光光目前這副沒心沒肺的樣子，確實不像是有心上人。

「誰怕他！」郝光光小聲嘀咕道。她就算真有了心上人又關葉韜什麼事？她又不是他老婆！

「妳在嘀咕什麼？」

「沒什麼，只是在好奇那位夫人與妳遇哥哥的事。」郝光光隨口說了句。

聞言，葉雲心眼睛一亮，圓而可愛的臉兒露出笑容來。「妳終於對韜哥哥的家人上心了。好，我就將我所知道的事告訴妳。」

郝光光對葉雲心又想「多」了的行為感到無語，不過沒去反駁，坐起身拿出藥膏來一邊上藥、一邊聽著葉雲心說起關於葉韜他爹娘的事蹟來。

當年，葉韜的父親葉容天是個很強勢並且有野心的男人，葉氏山莊就是在他的手上逐漸壯大起來，並且成為天下第一山莊的。

葉容天不僅有頭腦、有本事，還號稱天下第一美男子，迷倒女人無數。葉韜的娘楊氏也是頗具名氣的美人，兩人是自小訂下的親事。

比起迅速竄起來、財力勢力均屈指可數的葉氏山莊，普通富裕的楊家相對弱了許多。楊氏是標準的大家閨秀，知書達禮、三從四德樣樣做得令人挑不出毛病，對待丈夫葉容天全心全意，打理起家事來也盡職盡責。

大概就是太過溫婉賢淑了，夫妻和諧甜蜜地相處了一段時日後，喜好獵奇的葉容天覺得妻子太過溫和守禮，起初是被其善解人意和美麗吸引著，待楊氏懷了身孕後，因不宜再同房，於是便開始將眼光放到了外面的鶯鶯燕燕上。

那時葉容天的妾和通房早就在成親之前已經打發乾淨，婚後只有楊氏一個女人，年輕體壯的男人忍受不了長達一年之久不能行房事，於是便開始納妾，對此他也尊重妻子的意見，她點了頭他才收，否則就算喜歡也不會帶進莊內。

如此生活過了大概五、六年，葉韜已經五歲，當時葉容天的妾和通房加起來有五、六人之多，但卻沒再有弟弟妹妹出生。他因為是嫡長子又天生聰穎，是以很討葉容天的喜愛與重視，楊氏待他又極溫柔寵愛。

那些妾氏和通房見到他都老老實實的，唯恐得罪了他，生活在這樣的家庭裡，他覺得很滿意，可是他眼中的美好，在那個名叫如意的女人被葉容天帶回莊後便支離破碎了。

如意是某家青樓的當紅花魁，在拍賣初夜當日被出外辦事的葉容天高價買了她一夜，事後葉容天覺得如意長得嬌豔，雖在跟他之前還是處子，但在老鴇的調教下，討好男人的功夫讓他非常滿意，又因如意表現出對他的迷戀與不捨來，腦子一熱便將其自花樓裡買了下來，帶回了莊內。

楊氏深愛葉容天，但因自小受到的教育，不敢對丈夫納妾的事表現出不滿來，於是就算感覺出如意這個女人深具威脅，但卻還是忍著心酸，同意將其抬為姨娘。

起初如意還比較老實，對楊氏很恭敬，一年過後，她在葉容天心中的分量高了起來，在莊內的地位自然也高了，相比之下，正妻楊氏則不若她受寵，又因其性子溫和，有委屈總往心裡吞，於是如意漸漸地開始恃寵而驕，對楊氏不那麼恭敬起來。

如此矛盾頓生，楊氏有幾次曾向葉容天暗示過這件事，結果男人天生粗心，對女人的勾心鬥角不感興趣，於是沒放在心上，楊氏氣不過，某次在如意言語上對她不敬後，一怒命人打了她十板子，結果事後被葉容天訓斥了，說她小家子氣還心狠。

自嫁進門後從來沒對丈夫大小聲過的楊氏，那日忍不住發了脾氣，夫妻吵了架後關係降至冰點，葉容天便夜夜留宿在如意房中，耳旁風日日吹之下，越發覺得楊氏沒有容人之量。

當時六歲多的葉韜已經懂事了，曾不止一次見到如意對他娘不敬，很想給她點教訓但都被楊氏阻止了，說這是她們女人間的事，他就當不知道便好。葉韜明白，娘是不想他因為這件事惹父親不快。

不久後，如意懷孕了，葉容天很高興，也不生楊氏的氣了，因為如意身子不方便，於是他又回楊氏的房裡歇著，一個月後，兩夫妻關係緩和了許多。

如意見葉容天與楊氏的關係越發好起來，急在心中，又開始不老實起來，總要個小心計想陷害楊氏，挑撥他們兩夫妻的感情。

對此，楊氏是個善良、不喜記仇的人，但不代表葉韜也是如此。別看他年紀小，因自小便被葉容天強勢訓練下，比同齡孩子要早熟得多，見如意對娘親屢次不敬又因懷了身孕開始耀武揚威起來，於是便生了不尋常的念頭。

葉韜開始一次又一次地給如意的飯菜裡下打胎藥，但都被狡猾細心的如意躲過了，見下藥行不通，便開始在如意比較常去的地方挖陷阱，想害她流產。

有句話說得好，叫有心栽花花不開，無心插柳柳成蔭，葉韜無數次地使壞都沒有令如意流產，而在如意懷孕近六個月時，居然自己小產了。

葉容天為此大怒，揚言要查出害如意小產之人，如意一口咬定是楊氏害她的，楊氏起初矢口否認，但與如意秘密交談了一次話後，卻突然改變了態度，承認是自己命人往如意的食物中下了至陰之藥害其流產的。

寵妾流產是正妻所為，這事鬧得全莊都知道了，葉容天大感沒臉，於是揚言要休了楊氏，誰說情都不聽。當時楊家已經沒落，娘家人去的去、散的散，楊氏沒人可投靠，見葉容天休妻的態度堅決，並且真的寫下了休書，心涼了的楊氏不再堅持什麼，囑咐唯一的兒子葉韜要用功讀書練武，以後要有出息，說了很多話後，拿著休書，趁人不注意的夜裡，去後山跳崖了。

有丫鬟親眼看到楊氏跳了崖，崖邊有楊氏掉落的繡花鞋，這個消息傳至莊裡時，葉容天大驚，奔至後崖企圖跳下去尋人，結果因天色已晚被人阻止。天亮後，在腰上纏了麻繩去崖底尋人，結果什麼也沒尋到。本來崖底是草地，正趕上這幾日連續陰天下雨，河水自上游流下，導致崖底成了一人多高，足以淹死人的河。

崖太高，輕功不好的人不便下來，於是葉容天一個人在水中尋了好幾日，卻都一無所獲。待天晴水乾之後，依然沒有發現楊氏的屍骨，眾人便稱是當晚楊氏跳崖後就被水沖至了別處，那麼高的崖又趕上黑夜水涼，就算不淹死也會凍死。

搜尋無果，眾人不得不接受楊氏已經香消玉殞的事實，葉韜自此變得大為沈默，與一向敬畏的葉容天疏離了起來。後來葉容天得知了如意的流產與楊氏和葉韜都無關，只是如意的丫鬟因氣不過被打罵而狠心下藥害其流產。哪怕他有多後悔，哪怕他將惡意誣衊楊氏的如意趕出莊去，葉韜都沒有再與這個因為寵妾而害死了母親的男人親近如初。

「啊，夫人以前好可憐。」郝光光聽著葉雲心說的往事，忍不住感慨。

「是很可憐的，不過葉伯伯也可憐，他將如意趕走後，將莊上其他的女人也打發了，自那之後他沒有放棄尋找夫人，因為總覺得她並沒有死。」葉雲心說道。

「哼，休妻時那麼狠心，等人家死了他倒是裝起情聖來了！」郝光光大為惱火，因自家老爹對妻女好得不得了，於是對葉容天這種為了妾氏的誣衊就休妻的行為感到鄙夷。

「唉，我們不是當事人，說這些有什麼用？葉伯伯那些年也很慘的，韜哥哥不再喚他爹爹，只叫他父親，與他也不親近了。葉伯伯很難受，他是在夫人走後才發覺自己愛上她的，幾年來一直大江南北地尋找，沒有再納過妾，整個人像是老了十幾歲。聽我娘說，當時莊內大多人都因當年的事對葉伯伯很不諒解，但時日一久，見葉伯伯那副淒涼的模樣，也漸漸生起了同情心。再說，當時會執意休妻，也是因為夫人自己親口承認孩子是她害的。

「後來韜哥哥說，夫人之所以認了罪，是因為如意握有幾個月來韜哥哥一直想害她流產的證據，夫人是為了韜哥哥才被威脅的。葉伯伯知道這事後也沒懲罰韜哥哥，只說一切都是自己的錯。就這麼過了十多年，有次葉伯伯去京城辦事，無意間見到了已『死』的夫人，想相認，但那時夫人已經成了蘇大人的愛妻，而且完全不記得葉伯伯，也不記得韜哥哥了。後來葉伯伯自百里神醫口中得知，夫人當時被蘇大人救起時頭部受過重創，大概是過往的經歷對她傷害太大，於是潛意識裡封閉了一切關於那段不快樂的過去的所有記憶。」

「活該！妳那個葉伯伯若再次抱得美人歸，那才真是老天不長眼了。負心漢就該眼睜睜地看著自己曾經擁有的女人與別的男人恩恩愛愛。」郝光光一點都不同情葉容天。

「妳也別那麼說啦，葉伯伯被這件事打擊得整日鬱鬱寡歡，好幾次我都見到他醉得一場糊塗，不停喊著夫人的名字。自那之後，葉伯伯一有空就會去京城，聽人說他沒有再騷擾夫人，只是在遠處偷偷地看幾眼，每次回來後只會更難過，但難過之後依然會接著去京城，誰也阻止不了他。如此反覆兩年之久，大概是覺得韜哥哥能獨當一面了，於是葉伯伯在最後一次看過夫人後，便回來關在房裡再不出門，不到一個月便鬱鬱而終了。」葉雲心因說這些沈重的往事，心情也受了影響，不停地嘆著氣。

「那夫人偶爾會過來看看，應該是恢復記憶了吧？」郝光光對葉容天沒感情，不像葉雲心那樣悶悶不樂的。

「兩年前恢復的，於是就過來了一次。當時是蘇大人抽空陪同過來的，蘇大人對夫人極好，他們夫妻很是恩愛。大概是韜哥哥見不得娘親與別的男人恩愛，又或許是太長時間沒見過面了，所以彼此都表現得有點生疏，就跟不知如何相處似的。」葉雲心單手托著下巴，眨著眼說道。

「喔，是這樣。」郝光光大概瞭解了來龍去脈，腳也揉得差不多了。

天色漸沈，如菊回來了。

「小姐，奴婢打探到魏狀元是來附近辦事的，正好得知夫人母子要過來，於是便搭夥一同趕路，順便在途中保護夫人和遇少爺。魏狀元辦事期間大概會在莊上小住個兩、三日，然後護送夫人一起回京，至於遇少爺要多住幾日。」如菊如實回報。

「啊，魏狀元還要住兩、三日？」郝光光聞言，臉垮了下來，欲哭無淚道。

葉雲心見狀更為納悶了，問：「妳到底為什麼那麼怕魏狀元啊？他看起來又不像壞人，莫非你們有過節？」

「我偷過他東西，所以怕他行不行？」郝光光沒好氣地回道。

「對了，還有一件事。」如菊想起來，連忙道。

「什麼事？」

「方才碰到夫人的丫鬟，她說夫人讓小姐用過晚飯後過去她那裡說說話。」如菊回答。

「……」

第二十八章

飯後，郝光光在下人的帶領下去了楊氏的住處，晚飯她是自己在房裡用的，因為她是「妾」，身分低微，還不夠資格與葉韜等人在飯廳一道用飯，是以直到現在郝光光還沒有見過楊氏本人。

因腳傷不便，郝光光是坐著轎子去的，下了轎子被如蘭和如菊扶著走進楊氏的房間，剛一進房門，郝光光便聞到了一股淡淡的蘭花清香。

「夫人，光光姑娘來了。」下人稟報。

「這就是光光姑娘啊，別拘束，快坐我身邊來。」四十出頭、風韻猶存的美婦人笑得一臉溫和地向郝光光招手，示意她坐到她旁邊的八寶椅上。

本來還有點忐忑的郝光光在見到楊氏充滿善意的笑臉後立刻放鬆下來，只覺得葉雲心說的果然沒錯，楊氏真是個很溫和、很好相處的女人，這種與生俱來的性格在歷經當年那種慘痛事件後都沒有改變，委實難得。

郝光光一下子便對這個渾身都散發著濃濃母愛光輝的溫和婦人生了好感，也不知道見外兩個字怎麼寫，大大方方地在楊氏身旁的椅上一坐，歡歡喜喜地喚了聲。「夫人好！」

「真是個爽直的好姑娘，蓮兒，將帶來的碧蘿春沏一壺給光光嚐嚐。」楊氏笑著對身旁的丫鬟命令道，因已過中年，雖然保養得很好，但是笑起來眼角會泛起細紋，又因為趕路不便休息，此時眼角眉梢都帶了幾分倦意。

「夫人您長得可真美。」郝光光望著與葉韜有一些相像的楊氏，忍不住誇道，語氣極為誠懇，沒有刻意討好的虛假，有的只是單純的讚賞。

楊氏被逗樂了，與葉韜相似的美眸看向正望著她發呆的郝光光笑問：「妳長得這般俏生，想必妳娘也是個美人，妳倒是來說說，是我美些還是妳娘美些？」

郝光光沒想到對方會這麼問，呆了呆，斟酌了片刻，明知回答說「還是您美些」能討得對方歡心，繼而自己能舒坦些，但最終還是說不了謊的料，杏眼兒中帶了絲絲歉意。「我若是回答了，夫人您別生氣行嗎？」

「我不生氣，妳只管說便是。」楊氏說話時眼睛一直在郝光光的眉眼間打轉，像是在觀察著什麼，粗心的郝光光自是沒有察覺到異常。

「還是我娘美，沒有女人能美得過我娘的。」郝光光如實回道。楊氏雖然美，但比起她那美人娘來，還是差了一點點距離的。

「大膽！」泡了茶回來的蓮兒聽到郝光光的話，氣怒嬌斥。

「蓮兒別鬧。」聽了郝光光的回答，楊氏一點都不惱，輕斥一臉不服的蓮兒。「光光這般回答才更顯得她純真可愛，若是回答她娘沒有我美，那才是不討喜。」

正所謂兒不嫌母醜，狗不嫌家貧。若郝光光說她娘不及楊氏美的話，要嘛就是她說謊了，如此顯其為人虛偽，要嘛便是她不孝順，居然對人道自己的母親不夠美。無論哪點都令人不喜。這才是楊氏就算「被比下去了」，不但沒有責怪郝光光，反倒臉上笑容更真誠了幾分的原因。

被個丫頭訓斥了，郝光光感到不悅，拿眼角重重橫了蓮兒一眼。

蓮兒沒敢再說什麼，將茶壺放在桌上，給郝光光倒了一杯茶後，重新站回楊氏身旁，表情猶帶著不忿，對有人說自家以美貌賢淑聞名的主子不及別的女人美這一點感到不滿以及不信。

「光光這杏眼兒長得可真像一個人，那人是我生平所見之中最美麗的女子，猶記得當年無論多自視甚高的女子見了她後都不得不心服口服，我自是也不例外。她就是長著一雙很美麗、與妳相似的杏眼兒。」楊氏不知第幾次地打量起郝光光的眼睛來，說話時，眼中帶了些許的感慨懷念。

「是嗎？我娘就有一雙杏眼兒，我老爹說，我全身上下只有眼睛長得比較像娘些，剩下的部位都不像，就因如此，容貌上才遠不及我娘親。」郝光光高興地說道，她一直以有雙與娘親八分相似的眼睛為傲，現在聽說還有人的眼睛與她們母女倆的相像，於是很好奇，忍不住問：「那人是誰啊？真想見見，比一比我娘和她誰更好看。」

「她啊，紅顏薄命，很早就病故了。」楊氏惋惜道。

「這樣啊，那就看不到了。」郝光光有一點點遺憾，但並不在意。

「無妨，她雖然過世多年，但模樣我還記得很清楚，我可以畫出來給妳瞧瞧。」楊氏提議。

「啊，我只是隨口一提，當不得真的，夫人您別太放在心上。」郝光光沒想到楊氏居然這麼熱心，受了驚嚇般猛搖頭。

「不礙事的，閒著也是閒著，就當畫畫打發時間了。」楊氏笑著安撫。

「夫人您人真好，就跟我娘一樣好。」郝光光望著溫柔慈祥的楊氏，眼眶突然發熱，趕緊低下頭掩住因懷念娘親而湧上的淚意。

「好孩子。」楊氏眼帶憐愛地撫了撫郝光光的頭，隨後自手腕上摘下一只通體碧綠的玉鐲，不由分說地將其戴在郝光光的手腕上道：「妳這孩子很討我喜歡，這個鐲子就當是見面禮吧。」

郝光光嚇到了，這鐲子一看就價值連城，無功不受祿，她急忙就要將其擼下去。「這太貴重了，我收不起。」

「怎麼收不起？妳現在也算是我半個兒媳婦了，說不定哪日就成了正正經經的兒媳呢，妳若是不要，我可生氣了！」楊氏板起臉來。

「我、我……」郝光光僵在那裡，不知如何是好。

「妳就收下，若真覺得受之有愧，那就多對韜兒和子聰好點。聽人說妳好像很排斥他們父子倆？韜兒是個好孩子，只是當年那件事……總之韜兒不太會表達感情，就是對待我和子聽他都是淡淡的，不知情的人還以為他有多薄情寡義呢，實則根本不是。就算他做出什麼讓妳覺得不快的事，那也只是他的表達方式欠妥，並非他德行不好，這點妳要明白。」楊氏一臉正經地說著，如此慎重嚴肅的表情及話語，哪裡像是對兒子的妾氏說的，分明就是對兒子未來的正妻交代的話。

「光光明白，多謝夫人賞鐲之恩。」郝光光不便再推辭，受寵若驚地答謝。

因一個鐲子，兩人的關係彷彿拉近了些，郝光光一邊喝著香濃的碧蘿春，一邊與楊氏說話，越往後越是自在，到最後就跟兩人認識了很久似的，不見半點隔閡陌生。

「好了，天色已晚，妳的腳不便，還是趕緊回去休息吧。」聊了很久，已到了就寢時間時，楊氏感覺乏了，讓如蘭將郝光光扶回去，不忘交代道：「明日申時記得過來看畫。」

「一定，夫人也早點休息吧！」郝光光回頭衝著楊氏嘻嘻一笑，然後扶著如蘭的肩，蹦蹦跳跳地出了房門，坐轎子回去了。

回去後郝光光就去沐浴，洗完澡精神了許多，看了眼天色，想著葉韜不會來逼她識字了，又因多了個價值不菲的鐲子，心情挺好，因此坐床上一邊揉著腳，一邊哼起小曲兒來。

「什麼事那麼開心？」

葉韜低沈悅耳的聲音突然響起，驚得郝光光立刻停止哼唱，將腳縮進了裙襬內。

「這麼晚了，你不會是來逼我識字的吧？」郝光光垮著臉，看著走近的葉韜。這個時候若還讓她去學認字，她一定會哭給他看。

「不了，今日我很累，認字就先暫停一次。」葉韜走過來後，極其自然地往郝光光的床上一坐，絲毫不理會因他「不見外」的行為而渾身僵硬的人。

「既然今日不用識字，那天色也很晚了，你該回房休息了吧？」郝光光強迫自己儘量以溫和討好的聲音說道。

「不回去，今日我在這裡睡。」葉韜淡聲回道。

「什麼?!」郝光光聞言差點兒跳起來，瞪著眼，驚恐地看著脫了鞋子準備上床的葉韜，抖著聲音說：「你、你說過不會強迫我的！」

葉韜眉一擰，不悅地望向郝光光。「我有說要『強迫』妳了嗎？今晚只是『睡』在妳這裡，什麼也不做。」

「我如何相信你？」郝光光質疑道，臉上寫滿了懷疑，前兩次被吃盡豆腐的事她可記得清楚著呢！

「信不信隨妳，往裡點兒。」葉韜略微不耐煩地道。

郝光光下意識地往床的裡側挪了挪，見葉韜拉過被子、放下床帳，在外側躺了下來，急得大叫。「好好的，你為何突然就想來我房裡睡了呢？」

葉韜大概是累了，閉著眼，語帶睏意地道：「防夜裡鬧『小偷』。」

郝光光聞言，像是被踩了尾巴的貓般，眉毛立刻倒豎，竄火道：「你少拿小人的肚子比君子的腹，我才不會偷你家東西呢！」

「『以小人之心度君子之腹』。不會說就別亂說，免得丟人現眼。睡覺，再吵夜裡妳就去院子裡睡吧。」葉韜不耐煩地說完後，翻了個身背對著郝光光睡起覺來。

郝光光滿腹怒火，怕葉韜來真的，真將她扔出去，只得咬緊牙關、閉緊嘴巴，強迫自己別開口，狠狠地瞪著葉韜的後腦勺，恨不得將其瞪出兩個窟窿來。

僵著身子瞪人，這種姿勢維持了大概有一刻鐘，郝光光聽到葉韜傳來了均勻的呼吸聲，知他是睡著了，高度緊張著的身體這才微微放鬆。上午練字、下午受驚摔跟頭，剛剛又來了頓驚嚇，此時一放鬆，頓時覺得渾身乏力，睏意如潮水般席捲而來。

郝光光見葉韜睡得跟死豬似的，不像是有突然變身為狼的跡象，於是掀開被子慢慢躺了下去，緊緊貼著牆壁，背對著葉韜側身而臥。她寧願這樣貼著牆睡，累一晚，也不想靠近葉韜那個危險的男人半分。

因為一直在提防著葉韜，郝光光很久後才睏極了睡著。不知過了多久，恍惚間感覺自己被攬進了一個溫熱的懷抱，探手摸了摸，觸感挺好，於是迷迷糊糊地四肢齊用，將觸感很好的「抱枕」抱了個嚴實。

「抱枕」像是突然僵了下，郝光光也沒在意，動了動，尋了個舒服的姿勢，很快便沈沈睡去……

這一覺，郝光光破天荒地睡得極香，一覺到天亮。迷迷糊糊、要醒未醒時，感覺身後一片溫熱，屁股處有個硬硬的棒狀物在抵著她，硌得她很不舒服，腦子還是一團漿糊的郝光光不耐煩地伸手就去撥，想將那又硬又熱的東西撥一邊去，結果剛碰到，還沒來得及使勁兒，手突然被一隻大而有力的手捉住，耳畔傳來一道含著警告的沙啞聲音——

「再亂碰，現在我就將妳變成我的人！」

郝光光立即驚醒，睜開眼瞪著牆壁好一會兒，才想起昨夜葉韜是在這個房間、這張床上睡的，那剛剛他說的話……猛地一翻身，葉韜已不在床上，只是眨眼的工夫而已，他就已經穿戴齊全，起身離去了。

床上被褥間還清晰地泛著葉韜陽剛的男性氣息，這代表她剛剛聽到的話不是作夢，確實是醒過來的他說的！

為什麼他要那麼威脅她呢？郝光光坐在床上發愣，使勁兒回想前一刻發生的事，想著想著，突然一道靈光閃過。

那個抵著她臀部、又硬又熱的物事是葉韜的……要命的是，她睡得糊裡糊塗間居然伸手去摸，還摸到了……

轟的一下，後知後覺的郝光光終於意識到自己做了什麼糗事，立時鬧了個大紅臉兒，大受打擊地閉上眼，直直倒回床上，拚命自我催眠起來——

剛剛一定是在作夢，一場噩夢而已，她還沒睡醒呢，一定是！

第二十九章

白天時郝光光曾問如蘭，夜裡可有賊出沒？如蘭疑惑地搖頭道沒有，以為真有賊出現，還擔心地問郝光光是否丟了什麼東西。

為此，郝光光愈加肯定葉韜說防小偷的話指的就是她，他一直記著她當初偷他兩張帖子的事呢！惱火地在紙上寫了一遍又一遍的「葉」字，寫完後便在上面畫了個大大的叉字洩憤。

「真醜！我第一次寫字時，剛半日就能寫得像模像樣了，妳都兩天了還寫得四不像呢！」葉子聰進來後，見到郝光光不甚熟練地握著筆，「畫」出極為難認的字後，撇嘴不屑道。

「我本來就不是練字的料。」葉子聰來了，郝光光不好再拿「葉」這個字出氣，拿出新的紙開始寫起「郝」來。每日送來給她練字的墨和紙應有盡有，可以任她隨意浪費折騰，哪怕閒著沒事，日日拿紙燒著玩，估計富得流油的葉韜都不會皺一下眉頭的。

葉子聰聞言，臉上的鄙夷更濃。「蠢還不知道掩飾，臉皮真厚。」

「小鬼！我是你長輩，你這麼說才是無禮！」郝光光佯怒，飛速拿筆在葉子聰精緻白淨的小臉上劃了一道黑印子作為懲罰。

「妳！」葉子聰摸了下沾染上墨汁的臉，看到手指頭上蹭上的黑糊糊的東西，小臉兒臭得厲害，瞪過去。「敢戲弄本小爺，妳好大的膽子！」

「誰讓你總往我這裡跑還不說好話的？既然氣，那以後別來啊，我可沒求你過來。」郝光光幸災樂禍地看著葉子聰「黑白分明」的臉，笑得花枝亂顫。

葉子聰臭著一張臉，恨恨地別開眼哼道：「若非我叔叔與左叔叔他們不在，誰稀罕找妳來玩。」

郝光光聞言，不知為何突然就來氣了，收起笑，沈下臉來冷聲道：「喔，原來我還是你退而求其次的選擇啊，那可真是難為咱們這既高貴又聰明絕頂的少主了。」

沒想到郝光光突然就動起怒來，葉子聰錯愕了下，立時收起高高在上的表情，拿眼角餘光偷偷打量郝光光冷淡的臉，遲疑了下，稍稍放緩語氣示弱道：「也、也不是那樣啦，誰讓妳都不找我玩。」

「我腳拐了怎麼找你玩？再說了，你不是嫌棄我嗎？去尋你那官少爺叔叔玩啊，總來煩我這個『低下』的人士做什麼？」郝光光沒好氣地扔下筆，蹺起腿來，揉起痠麻的腳踝。葉子聰擺譜時的嘴臉與葉韜欠揍時出奇的像，她忍不住將對葉韜的不滿都遷怒到了葉子聰身上。

「又沒人說妳低下。」葉子聰嘟著嘴，拿眼角瞟著突然發起脾氣來的郝光光道。

「怎麼不低下了？若我並非一個可以隨意欺負、隨意踐踏的普通人，至於連你一個毛都沒長齊的小屁孩兒都這麼看不起我嗎?!」郝光光冷哼道。這葉子聰有時候很可愛，經常會讓她因為想到他自小沒了娘而產生一點同病相憐之感，但更多時候則很是討厭，恨不得抽他幾巴掌過過癮。

葉子聰被臊得臉立時脹成了豬肝色，握緊一雙小拳頭，抿緊唇，半委屈、半氣怒地瞪著郝光光。「妳今日是怎麼了?連玩笑話都聽不得了嗎?」

「管你玩不玩笑話，總之以後找我來，少給我擺大少爺的譜，擺一次就討厭你一次!整日看大號擺譜就夠膩味了，還要看小一號的擺，老娘受不了那鳥氣!」郝光光揉了會痠痛的腳踝，感覺好點後，將腳放下，重新拿起筆練起字來，看都沒看葉子聰一眼。

今日葉雲心沒來，郝光光練起字來也不得要領，於是越寫越跟畫花一樣，葉韜晚上若是來檢查她的進度，看她這寫的四不像，不知要如何發脾氣呢?一想到此就心浮氣躁的，對葉子聰發這通脾氣於此或多或少也有點關係。

葉子聰被說得臉紅一陣、白一陣的，少爺脾氣幾次想發作，最後都莫名地收了回去，看了眼郝光光亂寫的東西，然後望向眉頭皺得死緊的郝光光，含著火氣道:「我先去洗把臉。」

「隨你。」郝光光沒理會。

葉子聰走到門口，讓丫鬟給他端來洗臉水，將臉洗乾淨後，重新走回郝光光的書案旁，爬上椅子坐下，順手拿起一枝毛筆，衝著郝光光揚了揚眉。「妳筆劃錯了，應先寫豎勾再寫撇，看我寫的。」

一個像模像樣端正的「郝」字躍然紙上，六歲的孩子寫出這等水準已經很難得了，郝光光看了看葉子聰寫的方塊字，再看看自己畫的鬼符，頓時有股想跳河淹死的衝動。

她比葉子聰年長十歲，結果連人家的一丁點都趕不上，年齡和實力的強烈反差令向來不覺得自己如何的郝光光突然生出了一種「好沒臉」的感覺。

「怎麼了？是不是沒看清楚？那我再寫慢點。」葉子聰被郝光光瞬息變幻的表情攪得有點忐忑，以為嫌他寫得太快，於是放慢筆劃重新寫了一回後，望過去問：「這回可看清了？」

「看清了，謝謝。」郝光光有氣無力地回答，剛剛對葉子聰升起的不滿因他突然的友好淡去了大半，此時困擾著她的事情是覺得自己笨到連個六歲小孩子都比不上而已。

見郝光光終於不生氣了，葉子聰的小臉頓時放起光來，剛揚起唇想笑，突然覺得自己這樣表現得未免太過明顯了，勉強拉平嘴角收起笑，稍稍擺回了幾分少爺架子裝裝樣。

這種想擺譜又怕郝光光生氣、不擺譜又覺得太沒骨氣的矛盾心思，折騰得葉子聰坐都坐不舒服。

郝光光沒注意到葉子聰的彆扭，她大部分精力都放在學寫字上。若說前兩日她是因為被葉韜壓迫而心存不滿，不得不去學寫字的話，那此時她則是心態有了很大的轉變，自尊心受了打擊，開始打心裡想要好好學寫字，不想被小她十歲的孩子甩出去太遠。

於是，兩個湊一起就掐架的一大一小連續近一個時辰相處得極為和諧，一個認真教，一個認真學，因為葉子聰收起了大半的少爺脾氣，而郝光光又下了功夫，是以進展要比沒什麼耐性、總是凶郝光光笨的葉韜教時要快得多。

中午葉子聰離開時，郝光光已經能做到橫是橫、豎是豎，握筆姿勢也正確了，只是還不甚熟練而已，「葉」和「郝」兩個字也寫得有些模樣，再多練練就會更好。

用過了午飯，因申時要去楊氏那裡看畫，郝光光給腳上了藥，揉了一刻鐘後，睡午覺去了，以便去楊氏房裡能精神點。

申時，郝光光再次坐著轎子去只隔了三個院子的楊氏那裡看畫，由於前一晚兩人談得投機，是以對於這一次的見面她是存著很大期待的，不僅想看看那個令楊氏心服口服的美人究竟美到何種程度，還想與楊氏繼續侃大山。雖然一直都是自己在侃，楊氏在聽，那感覺也很有樂趣。

懷著喜悅去見楊氏的郝光光，走進待客的偏廳時，笑容頓時僵住，因為除了她，這裡居然還有其他訪客在，其中之一正是她躲來防去，不想正面遇上的男人——魏哲，另外兩個則是葉韜和蘇文遇。

「真、真熱鬧啊！」郝光光僵笑著說完，轉身就想逃走，結果不巧被笑著走過來的楊氏拉住了手臂，因不便掙脫，只得僵著身子，不情不願地被帶到了方桌旁坐下。

「光光是來看畫的吧？正巧剛畫完不多時，蓮兒去將畫拿來。」楊氏揉了揉因作畫而泛痠的肩膀，命令道。見郝光光像個石頭似的坐在那兒一動也不動，奇怪地問：「光光這是怎麼了？怎的像是受了什麼驚嚇？」

「原來這位就是『表少爺』，不知郝……姑娘可還記得在下？在王家我們曾有過一面之緣。」魏哲看著郝光光，含笑打著招呼。

郝光光猛地打了個激靈，臉上的表情更僵了，眼珠子轉了幾下，有點遲鈍地傻笑著，說起連她自己都聽不懂的話。「是、是，魏大人您好，您可真是個大人啊，人也好、好極了。」

屋內頓時陷入一陣詭異的沈默，眾人望向郝光光的表情都帶著幾分怪異，將本來就緊張萬分的郝光光看得更是緊張了，手腳都不知放哪裡好，只想逃跑，但楊氏一直親切地握著她的手，她不好意思走。

葉韜陰沈著臉看了眼郝光光，抿了抿唇對魏哲道：「葉某的這個妾腦子不太好使，見到大人物就緊張得會生各種狀況，讓魏大人見笑了。」

「怎麼會，郝姑娘如此甚是可愛，葉莊主才應勿怪才是。」魏哲意有所指地回道。

聞言，葉韜不再說什麼，只是眸中的神色不但不見輕鬆，反倒莫名地更為陰鬱了幾分。

「夫、夫人，您這兒忙，我還是先回去吧？」郝光光將視線放到溫婉的楊氏臉上，楊氏的笑像是有安撫人心的作用，令她一直不安的情緒稍稍放鬆了幾許，不再說胡話了。

楊氏微微一笑。「蓮兒馬上就將畫拿來了，妳看完了再走不遲。妳瞧，她這不是來了嗎？」

郝光光望過去，只見蓮兒拿著一幅畫軸走過來，想著反正是看個畫而已，她趕緊看，看完了立刻就走便是了。

「這是我畫的，不敢說十分像，但七、八分神韻應該還是有的，妳且看看她的眼睛是否與妳和妳娘親的很像？」楊氏接過畫卷，將其遞到郝光光手中，幫著她慢慢地將畫軸展開。

這時魏狀元突然開口了，語氣中帶了幾分笑意。「伯母謙虛了，您的畫技堪比高手，方才小侄看了下，伯母將小侄姑母當年的風姿都畫了進去，我看這畫像與我姑母有九分神似，甚至更高。」

「魏賢侄這一張嘴可真會哄人，練武出身的男子很少有你這等體貼的心思。」楊氏被誇得眉開眼笑，掃了眼面容冷淡的葉韜，不禁暗自感慨著兒子什麼時候能變得好相處點呢？

他們說了什麼，郝光光無心去在意，她的全部注意力都放在畫中淡雅脫俗的美人上了。

畫中美人身段窈窕，身著一身曳地長裙，正側著玲瓏身段對人微笑。

這是怎樣的仙姿玉貌啊！一雙彷彿會說話並勾人心魂的靈動杏眼兒、小巧精緻的鼻梁、薄厚適中好看的唇形……任何讚美之詞放到畫中人身上都顯得蒼白無力，因為女子的美貌已經超凡美好得令人看了一眼就再難忘記其瓊姿花貌、螓首蛾眉。

楊氏將其神韻畫得很出神，美人半側著身子對人微勾唇角，杏眼兒含笑，當真是回眸一笑百媚生，畫中含笑的美人完完全全擔得起「一笑傾城」這四個字。

「這、這、這人……」郝光光看得雙眼發直，手顫抖得厲害，若非畫卷的一部分正拿在楊氏手中，怕是已經滑落在地了。

「如何？畫中女子與妳娘親比起來，誰的容貌更勝一籌？」楊氏拿過畫，小心地捲起來問道。

葉韜和魏哲的視線均投放到了臉色突然煞白的郝光光臉上，神情不約而同地嚴肅起來，就一旁什麼也不知道的蘇文遇一直好奇地打量會兒這個，又打量會兒那個。

「這畫中之人是我姑母，十八年前病逝。聽伯母說，郝姑娘的母親亦有一雙杏眼並且容貌堪稱絕色，魏某好奇，於是便過來，想知道妳口中容貌無人能及的娘是否能美得過我的姑母。」魏哲說話時，雙眼正緊緊地盯著郝光光的表情。

「你姑母？」郝光光還沒有從震驚中緩過神來，眼睛發直地望向魏哲。

「正是，畫中之人正是魏某的姑母。郝姑娘反應如此特別，莫非……妳識得畫中之人？」魏哲一雙銳利的黑眸微瞇，語氣中含了明顯的試探。

葉韜眉頭微皺，瞟了眼神魂明顯沒有全歸位的郝光光後，望向魏哲，語含不悅地道：「魏大人此言未免荒謬了些，葉某的妾氏身分普通，豈會識得堂堂左相大人的千金？」

「喔？是嗎？」魏哲微微笑了笑，沒有動怒，但明顯沒將葉韜的話聽進去。

「光光？」楊氏抬手在發呆的郝光光眼前晃了晃，握了握驟然泛涼的手，訝然道：「怎麼手這麼涼？可是病了？」

「沒有。」郝光光猛地回過神來，縮回手，心神不寧地對楊氏笑了笑。

「怎麼見了畫後就神不守舍的，難道妳以前也見別人畫過這幅畫？」楊氏問。她自是不會想到郝光光認識畫中人身上去，因為畫中人病逝時，郝光光還沒出生。

深吸了口氣，稍稍緩和了一下緊繃的情緒，郝光光以著還算平穩的聲音回道：「沒有見過。」

「沒見過？那方才妳那般反應是為何？」魏哲似是被郝光光的反應激到了，咄咄逼人地追問。

終於想明白了一些事的郝光光，突然覺得魏哲沒那麼可怕了，這次不再閃躲，視線平靜地對上魏哲探究的雙眼，微笑道：「只是覺得她太美了，美得令我神魂顛倒，以至於失了分寸，讓魏大人見笑了。」

第三十章

郝光光自楊氏房中回來後一直渾渾噩噩的，用飯洗漱再到上床揉腳時也都心不在焉的，丫鬟與她說話也常常所答非所問，她腦子裡想的全是關於她娘和魏家的事。

那畫中人她認識，不僅認識，還非常非常熟悉，那可是生她養她的娘親啊！

郝光光方才在楊氏房裡之所以說了謊是有原因的，原因就在郝大郎身上。他曾交代過她，下山後如若有朝一日看到她娘親的畫像，千萬不要說認識畫中之人，在別人懷疑她什麼時也要搖頭否認，還威脅說此事事關重大，若是露了馬腳很可能要被砍頭的。

郝大郎說得太正經，以至於郝光光再馬虎都不敢掉以輕心。她不明白為何對人說與娘有關係就可能會腦袋不保，但卻一直牢記在心，於是便有了方才她否認的那一幕。

她知道自己天生不是作戲和說謊的料，就算她否認了，但屋內都是精明之人，應該都發現了她的不同尋常之處，但發現歸發現，只要她不承認，諒他們也無法奈她何！

宰相的外孫女是多麼顯赫的身分，能證明她是魏家後代的人證、物證均沒有，就算她承認了畫中的女子是她的娘，怕是也會遭質疑的吧？只有一雙眼睛與當年的魏家千金相像，除此之外她渾身上下還有哪點像是與魏家人有關係的樣子？

若真承認了自己是魏相的外孫女，估計還會被人嘲諷說是攀龍附鳳、胡亂編造身分呢！

雖然郝光光知道自己向來稱不上聰明，但還沒笨到什麼都想不清楚的地步，跟自己小命有關的事情，她腦子轉的還是比較靠譜的。

「老天可真會玩弄人。」郝光光感慨著，一直還處於震驚之中回不過神來。她的娘是很美很美，但心思簡單的她除了覺得自己的娘比那些大家閨秀更閨秀外，根本沒往她出身高貴那方面想。

誰想這下可好，這不僅是高貴，簡直高貴到一定程度了。

剛剛楊氏不經意的一句話更是令她震驚萬分，她說當年畫中女子在京城名聲極響，連當今皇帝年輕時對她還神魂顛倒過。

天哪，那可是當今天子！

郝光光心肝一直顫抖著，感覺就和作夢一樣。

她可真要對自己的老爹刮目相看了，那麼美麗高貴、追求者無數的娘，居然被老爹搶到手了，究竟是怎麼搶的呢？這些事老爹根本沒對她講過。

郝大郎模樣頂多算是中等，他也常對郝光光開玩笑說比起她娘，她長得更像他一些，所以她的姿色就遠不如娘了，勉強能算個中上而已。

「再揉就揉過頭了吧？」

一道微含不悅的聲音突然傳來，嚇了郝光光一跳。

「嚇死了！你能別時不時地來這麼一齣嚇唬人好嗎？」郝光光微惱地瞪了葉韜一眼，見他的視線正定格在一處，順著他的視線往下，正好看到了她那隻已經消了大半腫但依然微微鼓脹的腳。

臉忽地一熱，飛速將腳縮回裙襬裡，暗罵了聲臭流氓。

「我早就進來了，是妳一直沒發現。」若不出聲，她還不知要發呆到什麼時候去，被冤枉了的葉韜擰眉糾正道。

郝光光心虛，沒好意思再「聲討」葉韜，哼了一聲，小聲嘀咕道：「看人家腳看得眼都直了，還好意思道別人不是。」

「妳在說什麼？」直覺不是好話的葉韜黑眸緊緊盯著郝光光的臉問。

「沒什麼，就是想說今晚繼續休息成不成？白天練了很久的字，累得慌。」郝光光以商量的語氣說道，她此時真的是一點練字的心情都沒有。

「嗯，今日我也沒耐性教妳識字。」葉韜意味深長地看著一臉浮躁的郝光光，將手中的畫卷遞過去。「這是自我娘那裡拿來的，妳就留著做個紀念吧。」

看著遞過來的畫卷，郝光光愣住了，感覺投放到她臉上打量的視線，知道若她收了的話只會令他更為生疑。

可是這幅畫畢竟將她娘親畫得很像，很適合平日裡拿出來懷念一番，拒絕的話幾次湧到嘴邊又不自覺地嚥了回去。

到底是接受還是拒絕，郝光光猶豫了。

似是看出了郝光光的矛盾心情，葉韜沒催促，而是將畫軸放在了平時郝光光練字的書案上，道：「夫人既然有意相贈，妳就收了便是。」

郝光光吁了口氣，點頭應道：「喔，明日我去謝過夫人。」

葉韜聞言立刻拒絕了。「不必。夫人連戴了多年的鐲子都送給妳了，此時只是一幅畫而已，用不著特意過去謝，除非……這幅畫對妳來說有不同的意義。」

存有答謝之意的郝光光被葉韜最後一句噎得立刻打消了念頭，不悅地瞄向試探她的葉韜。「反正是你不讓我謝的，並非是我不懂禮數，若有人背地裡說我什麼，那罪魁禍首可就是你。」

「妳還懂得禮數這種東西？」葉韜像是聽了什麼天大的笑話般，輕笑著搖頭向郝光光的方向走來。

郝光光並沒有因葉韜話語中的輕諷而生氣，因為她的注意力被另外一件事吸引了。盯著大步走過來的葉韜，郝光光遲疑著問：「你、你不會今晚還打算要在這裡睡吧？」

「有何不可？不在這裡留宿，如何防賊？」葉韜坐在床上脫靴子，準備上床休息。

「我不會偷東西的！你回你房裡睡好不好？」被一再暗指是小偷的郝光光拚命壓下怒火建議道。

「若僅僅是偷東西還好，我葉氏山莊還不會在意那一點半點的東西，怕的就是他偷……人。」葉韜拉過被子，像是睡自己床似的，非常自然地在瓷枕上躺好。

郝光光聞言登時大怒，抄起枕頭就要砸過去，結果眼睛在對上葉韜漆黑如墨的雙眼時腦子一動，突然想起了什麼，一腔怒火登時消了去。郝光光咬著牙，慢慢地將瓷枕放回了原處。

「怎麼不打過來啊？」葉韜挑眉問，語氣中似乎還帶了一絲絲不易察覺的遺憾。

聞言，郝光光氣得肝直疼，橫眉豎目地瞪過去。「你少污辱人了，我是好人家的姑娘，豈會做出『偷人』這等齷齪事！」

「妳什麼都不懂，還胡亂發脾氣，幼稚。」葉韜翻了個身，懶得理會突然一身刺的郝光光。

「誰說我不懂？我誣衊你偷人的話你懂是不懂？」郝光光惱火地反駁，被誣衊成「蕩婦」就罷了，居然還嘲笑她什麼都不懂，簡直是欺人太甚！

葉韜突然回過頭，一雙恍若能勾人心魂的俊眸直視著郝光光的雙眼。「妳這可是在罵我？」

倏地，郝光光感覺自己的髮梢都直立起來了，腦袋立刻搖成了博浪鼓，急忙澄清道：「沒有沒有，我那只是假設，沒有罵你，真的！」

「暫且饒過妳一回。」葉韜回過頭，閉上眼準備睡覺。

受了驚嚇的郝光光後怕地拍著胸口，哪裡還敢就「偷人」一事發表感想了，不敢再說話，唯恐哪句話觸怒了大餓狼葉韜，免不了「嘴巴腫」或「被脫光摸遍」的恐怖下場。

這裡是人家的地盤，轟肯定是轟不走他的，何況她也不敢來硬的，只得忍氣吞聲地如前一晚一樣，貼著牆壁躺下，安慰自己昨晚他沒怎麼樣，今晚應該也不會怎麼樣的。

朦朦朧朧間快睡著時，郝光光突然聽到葉韜說——

「再像今早那樣亂摸的話，我可就不會放過妳了！」

騰的一下，睡意全失的郝光光，一張臉立刻熱得像是烤熟了的紅薯，瞪著牆壁抿緊嘴，僵著身子又往牆壁處蹭了幾下，企圖離葉韜遠點兒。只要不貼在一處，就不怕睡得迷糊間有「棒子」頂著她，繼而發生如今晨那件她幾乎都快忘了的糗事。

又過了很久，聽到葉韜均勻的呼吸聲響起的郝光光終於放鬆了身體慢慢入睡，她睡得並不踏實，一會兒夢見魏哲說「妳是我姑母的女兒，快跟我走」；一會兒夢見郝大郎長吁短嘆地說「妳怎麼就惹上魏哲了」；一會兒又夢見葉韜脫得光光的，壓住她說「妳是我的妾，要履行義務」；最後是葉子聰插腰哈哈大笑說「原來妳還不夠格當我繼母，只是個小小的姨娘而已啊」……

就在郝光光作著各種噩夢而眼皮直動、冷汗直流的時候，葉韜突然轉醒，望著離他有一臂之遠的郝光光好一會兒，眉頭因想起天黑前魏哲對他說的話而不自覺地微皺。

「近日你在調查什麼我一清二楚，我們明人不說暗話，若郝姑娘真是我表妹的話，我希望你能放人，讓我將她帶走，我魏家的人豈能委屈給你做妾！」

魏哲說這句話時，臉上有著不容反駁的堅定，還有著幾分對他納郝光光為妾這件事的不滿。

「妳很想走的對吧？若魏哲要帶妳走，妳是答應還是不答應呢？」葉韜抬手捏起一綹郝光光的滑溜黑髮把玩起來，胸口泛起一股似酸非酸、似怒非怒的陌生情緒，困擾得他無法安然入眠。

「常人求都求不來的際遇，妳為何不把握住，反倒矢口否認呢？」葉韜想不通，他想不通的事怕是魏哲同樣也在納悶兒。魏哲馬上就要離開了，不知他是否會沈得住氣？

次日，葉雲心又來陪郝光光練字了，臨近晌午時，葉雲心說在屋裡憋得久了太悶，於是便拉著郝光光出去散心，順便讓郝光光稍稍走動一下，便於腳傷恢復。

郝光光搭著葉雲心的肩膀小心地行走著，沒敢走太遠，就在院外不遠處的涼亭裡歇下了。

「聽說這兩日韜哥哥都在妳房裡留宿的？」憋了一上午沒敢問的葉雲心見此時郝光光心情還不錯，終於忍不住問了出來，大眼睛很邪惡地將郝光光由上到下掃視了一圈。

「別提他了，說什麼防小偷，哪裡有小偷？」郝光光白了葉雲心一眼。

「你們有沒有……」

「沒有！什麼都沒有！不許再提這件事，再提我可要生氣了！」郝光光凶巴巴地威脅道。

「好嘛好嘛，別生氣了，我不問便是了。」葉雲心氣餒，她也不知怎麼的就那麼怕郝光光生氣。

「哼！」郝光光一夜沒睡好，眼下泛著青影，她作了一夜的噩夢，一大半都是與葉韜有關的，所以此時她最最不想談起的人物便是葉韜。

「咦？魏狀元來了！」葉雲心睜大眼，望向郝光光身後的方向，突然站起身點頭規矩地道：「魏大人好。」

「不必多禮。」魏哲笑著走了過來。

聽到魏哲的聲音，背對著他的郝光光下意識地起身就想逃走，邁出腳時突然想到自己其實沒必要這麼怕魏哲的，於是收回了腳，重新坐了下來。

「這位是葉姑娘吧？可否容魏某與郝姑娘單獨說幾句話？」魏哲走進涼亭，溫和地對正睜大眼睛，明顯很興奮的葉雲心說道。

「好，沒問題。」葉雲心說完，也不顧郝光光的反應，一臉激動地走開了，留下魏哲與郝光光單獨相處。

魏哲在郝光光對面坐下來，望向不閃不躲的郝光光，笑道：「前兩次妳見到我都下意識地閃躲，怎麼這次突然不躲了？」

郝光光很自在地衝著魏哲沒心沒肺地一笑，答道：「因為突然覺得您是個大好人，於是就不躲了。」

對郝光光明顯不實的回答不甚滿意，魏哲皺了皺眉，想起重要的事，倒沒在這件事上與郝光光辯解，掃了眼四周後，突然說道：「我姑母生前平日裡常用的物事我保存了一些，這些都可以用來睹物思人。」

聽到魏哲提起娘親，郝光光立刻防備起來，閉緊嘴巴不說話了。

「我沒有惡意，只是想活著的人應該會喜歡看看亡故的親人生前所用的東西吧？當年我還年幼，與姑母關係甚好，曾不止一次地想，若是姑母生了個女兒，我一定會將其當親妹妹一般寵愛照顧著，若生的是弟弟，我依然如此。可惜姑母紅顏薄命，這個願望沒有達成，為此遺憾了二十多年。此時見妳與我姑母有幾分相似，便起了要認妳做義妹的心思。」魏哲慢條斯理地說道。

「義妹？」郝光光詫異。

「正是，不知妳意下如何？也許妳不想與魏家人有過多牽扯，不過請相信我沒有惡意。兩日的觀察下來，我發現妳並不喜歡在這裡生活，『妾』這個身分想必也令妳不喜。時間有限，我便挑明了講。後日一早我便離開，若妳不想一輩子困在這裡當個小小的姨娘，就隨我一道走，回京後我可以將妳安置在存有許多姑母遺物的地方。」魏哲的表情漸漸嚴肅起來，壓低聲音對郝光光說道。

郝光光聽得心驚膽戰的，作賊似的開始四處亂望，唯恐葉韜突然出現。

眼角銳利地掃到某個快步走過來的男人，魏哲唇角一揚，以著更低的聲音對突然變得心虛起來的郝光光道：「對了，還有一件事，那個差點兒打死妳的王小姐我已抓到，正秘密關在地牢裡，如何處置她，我想妳更有發言權。給妳一天的時間考慮，明晚之前想辦法給我答案。」

郝光光的腦子嗡嗡的，瞪著一臉自在的魏哲，心因激動和緊張咚咚跳個不停，剛要張嘴說些什麼，結果葉韜不悅的聲音先一步自身後不遠處響起——

「妳的腳還沒好，亂跑什麼！」

「葉莊主不是正在書房忙公事嗎？此時趕過來，莫非事情都忙完了？」魏哲含笑打趣的臉與葉韜鐵青的臉形成了強烈的對比。

「魏大人很清閒啊，居然還有空與『葉某的妾』聊天。」葉韜將那四個字咬得極重，看著魏哲極具魅力的俊臉，掃了眼一旁的郝光光，想著剛剛他們兩人「有說有笑」的畫面，心中莫名地犯堵。

「正巧碰到了而已。」魏哲隨口解釋。

郝光光頭皮發麻，根本不敢回頭去看明顯在生氣的葉韜。

葉韜冷淡地掃了眼絲毫不見彆扭與愧疚的魏哲，大步走向正縮著頭的郝光光，不由分說一把將其攔腰抱起，衝著突然收起笑、皺起眉頭來的魏哲道：「魏大人請便，葉某先將這個不讓人省心的妾氏送回房了。」

魏哲暗中捏緊拳頭，淡淡地掃了眼僵在葉韜懷中，一動也不敢動的郝光光，對葉韜道：

「魏某回房了，一會兒午飯時我們飯廳見。」

葉韜點了下頭後，抱著郝光光快步走開，當離開魏哲很遠之後，方將視線投向渾身僵得跟個石頭沒兩樣的郝光光，壓下心中翻騰的、似酸似怒的複雜情緒，低聲警告道：「以後不許與魏哲單獨見面，聽到沒有？」

郝光光聞言抿緊唇，別過頭不說話。

此舉更是刺激到了心氣不舒的葉韜，收緊抱著郝光光的雙臂，威脅道：「若敢不聽話再偷偷見魏哲的話，小心妳吃不了兜著走！」

第三十一章

葉韜怒氣沖沖地將郝光光扛回房裡，「砰」地一聲將房門關上，把如蘭等人關在外面。

郝光光頓覺不妙，被扔到床上後手腳並用地爬到床裡側，雙手握拳置於胸前，擺出一副防備的姿勢，警戒地問：「你要做什麼？」

「我做什麼？我發現不做些什麼的話，某人是越來越不聽話了！」葉韜陰沈著臉，抓過恨不得貼到牆上的郝光光，一隻手將其雙手固定住，俯下身狠狠地向她的唇吻去。

「唔！」郝光光瞪大眼睛，拚命掙扎。雙手被禁錮住，動不了，於是便用完好的左腳去踹，結果因姿勢的緣故，踹的力道和方向均不到位，導致一腳下去，對葉韜來講就跟小貓撓癢一樣，身體動都沒動一下。

澎湃的怒火在碰到郝光光柔軟的嘴唇後，神奇地消去了大半，葉韜換了個舒服的姿勢攬緊「不老實」的郝光光，稍稍放輕了唇上的力道，改「用力地咬」為「力道適當地吮」。

不同於葉韜由憤怒轉為平和的享受，郝光光完全是由震驚變為驚恐，不但一點享受都沒有，氣、惱、驚、嚇反倒一股腦兒全來，不僅胸悶得難受，此時維持的姿勢——仰頭被啃、一腿跪在床上，一腿伸出要踢人、雙手被緊錮至身後——使得她渾身痠硬不說，還因被葉韜緊抱著挨緊他滾燙的身體而恐懼得直顫。

不知過了多久，在郝光光僵直的身體逐漸癱軟，翻著白眼要暈過去之時，葉韜終於達到了「懲罰」的目的，饜足地鬆開束縛著郝光光的雙臂，輕咳一聲後強裝威嚴地道：「這只是一記小小的教訓，以後記得要聽話。」

癱坐在床上猛喘氣的郝光光低著頭，瞪著繡著鴛鴦戲水的紅床單，不敢抬頭，她怕一抬頭，眼中的憤怒排斥會再次激怒眼前的狼，聽到葉韜警告的話語，郝光光只隨意點了下頭。

對剛剛的失控，葉韜感覺頗不自在，突然覺得再待下去自己說不定會做出更為離譜的事，於是摸了摸鼻子，有些狼狽地出了房間。

等葉韜離開後，郝光光抄過床邊所有能摔的東西，全部砸了個遍，緊咬著牙，像頭小獸似地發出憤怒的咆哮聲。當一個人很想破口大罵發洩之時，卻因為某種威脅而不能罵的時候最難受，憋得她只能摔東西出氣，連被褥也全被她掀地上去了。

「小、小姐……」如蘭、如菊、如雪三個丫頭瞠目結舌地看著發飆的郝光光，緊張地站在房門口不敢靠近。

「都給我滾出去！」郝光光赤紅著雙眼吼道。

「是。」三個丫頭嚇得一溜煙地消失在門口。

臭王八、死王八、大變態、大色狼、瘋狗……郝光光在心裡將所有能想像得到的罵人詞全在心裡罵了個遍，扔完了床附近所有能扔的東西後，火氣還沒發洩光，於是趴在床沿猛往地上啐唾沫，啐得口乾舌燥後方停下，又拿袖子使勁兒擦嘴，直到擦破了皮、滲出血來才停止。

若說在剛聽到魏哲要帶她走的話時有點點心動但卻還在猶豫的話，那此時她是完完全全地下了決心要離開！

什麼不許與魏家人接觸的交代她不去管了，再不能接觸也已經接觸過了，就算老爹生氣，那等她老死後去了陰間再尋他老人家認罪便是，此時若不離開，在葉韜的土匪控制下，她怕是這輩子都別想像個正常人一樣生活了。

與魏哲走後會發生什麼事她不去想，哪怕是會將自己送入另外一個更大更險的牢籠也要賭一次，與其被個霸道無禮自私的土匪逼迫做那毫無自由的妾，還不如與目前看來還算好相處的表哥一同離開。

想起魏哲最後交代她的那段話，郝光光放棄洩憤，開始思索起如何逃跑這一事來。

說實話，魏哲說的存有娘親遺物的屋子這一點非常吸引她。娘親死得早，老爹估計是不想見到遺物，怕引起傷心，於是將所有娘親的東西都燒了，那個曾被葉子聰偷走的錢袋是唯一被保留下來的東西，就因如此，她才那麼重視這個磨得有些舊的錢袋。

娘親當年的風姿令她很是嚮往，若是還保留著當年她在魏家時的東西簡直再好不過了，自己可以看著那些物事想像著娘親當年的事蹟。再說魏哲小時候曾與娘一起相處過幾年，知道的事肯定不少，她若想知道完全可以問的。

與魏哲逃走的好處多多，能離開葉韜是其一，有娘親的遺物是其二，其三便是他抓住了那個差點害掉她小命的王姓蛇蠍美人！

雖然她一直沒提起過這個人，但不代表她已忘了那晚差點見閻王的事，郝光光向來就是有恩報恩、有仇報仇之人，要她忘了王小姐那是不可能的事，她已經迫不及待想要給王蠍子兩刀子出出氣了。

「哎呀，妳怎麼將東西都扔地上？」葉雲心訝然的聲音自門口處傳來。為了方便魏哲與郝光光說話，她走開了片刻，後來看到葉韜怒氣沖沖地將郝光光抱回房，她沒敢跟上，但一直不放心，於是在附近徘徊著，見葉韜走了後才敢進來看看。

郝光光抬頭看了驚訝的葉雲心一眼，沒說話。

「妳嘴唇流血了，快擦擦。」葉雲心拿出乾淨的白絲帕走過去，給郝光光輕輕擦起唇上的血漬來，嘴唇紅腫又有血，多令人遐想的畫面，可惜料到發生了不快的她沒膽子問。

郝光光接過帕子胡亂抹了兩下，然後將帕子還了回去。「回去後洗洗還跟新的一樣，若嫌髒的話別扔了，送來給我。」

「亂說什麼呢？我有說要扔掉嗎？」葉雲心白了郝光光一眼，將沾了血漬的帕子摺好塞回袖口。

「我們是不是朋友？」郝光光突然問。

葉雲心詫異了下，隨後挺胸答道：「當然是朋友了。」

「那好，如果我有需要妳幫忙的地方，妳不要推辭也不要出賣我可好？」郝光光目光炯炯地望著葉雲心。

「為朋友兩肋插刀的事不一定非男人做不可，我們女人也是可以做到的。」葉雲心豪氣萬丈地保證道。

「記住妳這句話，若到時妳出爾反爾的話，我不會再認妳這個朋友。」郝光光說得無比嚴肅。

「那是當然。」葉雲心繼續挺胸，仰著頭一臉堅定地保證道。

「好。」

「這麼嚴肅，究竟是什麼事需要我幫忙啊？」好奇心被挑起來的葉雲心眨了眨純真的大眼睛問。

「還沒想好，等想好了再告訴妳吧。」心煩意亂的郝光光因為葉雲心毫不保留的保證而心情好轉，說話時臉上帶了一點點笑。

「真吊人胃口！」葉雲心嘟囔著，瞧了眼地上的一片狼藉道：「我去將如蘭她們叫進來吧，屋子這麼亂像什麼話。」

「去吧。」郝光光沒有阻止。

入夜，葉韜再次留宿郝光光房中，對此郝光光已經無力去爭執什麼了，只是防備得比前兩晚更要厲害，對待葉韜的態度就像是雞在防備黃鼠狼似的，要多提防就有多提防。

半夢半醒間，郝光光聽到院內似有打鬥聲，迷糊地睜開眼問：「外面可有人打架？」同樣泛有睡意的聲音響起。「大概是小偷來了。」

「居然真有小偷……」郝光光聽了會兒，發現聲音止了，想著也許小偷被逮住了。

「不然妳以為我為何連續三日宿在妳房裡？睡吧，外面自有護衛處理。」葉韜說完後閉上眼重新睡。

「喔。」主人都不理會家裡鬧小偷了，她自是更不會操心，往牆裡挪了挪，繼續睡起來。

次日，郝光光問如蘭。「昨夜的小偷抓住了嗎？」

如蘭回道：「沒有，那偷兒逃得很快。」

「那麼厲害？」郝光光摸著下巴讚嘆道，對於敢來葉韜家偷東西又能成功逃跑的偷兒甚是佩服，如果那偷兒就在她面前，她不但不會鄙夷他偷東西，反倒會抱著他的大腿大呼英雄相見恨晚啊！

這天是關鍵的一天，因為要給魏哲答案，可是葉韜那廝居然卑鄙地下令對她嚴加看管起來，不讓她踏出院門半步。

為此，郝光光氣得臉都白了，滿腹火氣無處發，最後抄起一把鐵鍬，將院子裡所有的花花草草全鏟了，若非被如蘭她們拉著，郝光光差點兒就一把火點著了這些爛「葉」子！

郝光光很急，明日一早魏哲就出發了，她傳不了信可如何是好？糾結了半天，最後將鳥籠子提進房裡，偷偷地對八哥道：「你能幫我傳下信嗎？」

八哥不明白，仰著脖子學舌。「傳信、傳信！」

嚇得郝光光一巴掌拍向鳥籠子，怒道：「不許說了！再說拔光你的毛！」

被威脅的八哥立刻不敢出聲了，小眼神委屈地看著郝光光，不明白自己哪裡做得不好，令主人生氣了。

這八哥再聰明畢竟不是人，沒法透過牠做些什麼，郝光光急得在屋內直打轉。

「小姐，心心姑娘來了。」

「快迎進來！」郝光光眼睛一亮，從來沒這般高興見到葉雲心過。

「外面怎麼突然多了那麼多守門的？」葉雲心走進來後，疑惑地問。

「誰知道，妳那韜哥哥大概是想顯擺一下他家下人多吧。」郝光光沒好氣地回道，給如蘭她們使了個眼色，讓她們都出去。

「妳能幫我個忙嗎？」郝光光望向葉雲心，有點不確定地問。

「什麼忙？」葉雲心對郝光光作賊似的樣子感到疑惑。

「就是幫我傳個信。」雖然知道葉雲心與葉韜的關係更近些，對她來說很具風險，但是此時郝光光已經是熱鍋上的螞蟻，焦頭爛額了。她連門都出不去，魏哲是男人，又不可能堂而皇之地跑來女子的居住之地尋她，只能豁出去賭一賭了。

「傳什麼信？」葉雲心的好奇心立時挑了起來。

猶豫了下，郝光光一咬牙，附去葉雲心耳朵邊低語了一番。

「什麼?!妳、妳……」葉雲心驚詫莫名，指著郝光光，一句完整的話都說不出來。

「妳忘了昨天妳是怎麼保證的了？只此一件事，若是背地裡去告密，我永遠都不會再理妳！出爾反爾的人最討厭，我不希望妳是那種卑鄙無恥的小人！」郝光光瞪著葉雲心威脅道。

葉雲心臉色變幻了幾番，最後居然生出了幾分因刺激而興起的激動來，雙頰泛紅，兩眼有神地望向郝光光。「妳放心，我一定會偷偷將話送到，等我消息。」

「不要被葉韜他們發現。」郝光光叮囑著。

「知道。」葉雲心說完就跑出去了。

郝光光在屋內坐立不安，自從遇上葉韜開始，所有倒楣的事她都遇到過，這一次希望老天放過她，讓她稱心如意一回吧！

大概過了半個時辰，葉雲心回來了，郝光光衝上去拉著她問結果。

葉雲心一臉的得意，說道：「已經傳達了，魏大人說明日他會晚點走，到時見機行事。」

一切太過順利，郝光光突然不相信了，一臉懷疑地問：「那麼順利？沒有被人懷疑？」

瞪起眼，葉雲心佯怒道：「我說沒事就沒事！因為、因為我尋東方哥哥幫忙了。」

郝光光恍然，原來某人是施了美人計，怪不得。只是不知對東方冰塊兒來說，到底是「義」重要，還是「情」更重要？

「謝謝，傳了信兒我就放心了，記住不許告訴任何人。」郝光光再三叮囑道。

「放心啦，我既然選擇了幫妳，我們便是一根繩子上的螞蚱，被發現的話，妳當我會有好果子吃嗎？」葉雲心斜了郝光光一眼。

聞言，郝光光放心了，她只需將話送到就好，剩下的相信魏哲會有辦法。

次日，本來決定清晨就要出發的魏哲，因為楊氏頭有些暈，於是不得不將行程拖延了半日。

看過大夫、喝了些藥後，楊氏便在床上躺著休息，葉韜因此沒出門，詳細問了大夫，確定楊氏沒事後，方放下心出門辦事，等楊氏離開時再回來送行。

這一日，郝光光繼續被監視著，不得出院門一步，連楊氏身體不適想去看一眼都不被允許，尋常人等，無論男女都不得進入郝光光的院子。

自己出不去，別人也進不來，急得郝光光什麼似的。

郝光光什麼都不拿，只將一些銀票和簪子、釵之類的值錢物帶在身上，馬和八哥已經顧不上了，她自己都泥菩薩過江，哪還有精力顧及其他？

正當她在房裡急得團團轉之時，突然有消息傳來，說魏哲已經與楊氏離開了山莊。

「什麼？他們已經走了？」恍若晴天一道響雷劈在身上，郝光光震驚得差點兒自椅子上掉下來。

「是，剛走沒多久，主上送完他們後也出莊辦事去了。」如菊如實回答道。

郝光光失魂落魄的，不相信魏哲就這麼走了，難道是葉雲心說謊了，其實她根本就沒將信兒傳到？還是說魏哲在尋她開心，根本就沒有帶她走的打算？

被殘酷的事實打擊得想哭，就在郝光光眼淚差點兒要掉出來時，葉雲心突然來了。

見到葉雲心，郝光光蹭地一下站起身就要發火，剛要開口，見葉雲心一直向她使眼色，知她是有話要與自己單獨說，情緒不佳地對如蘭她們說：「妳們先下去吧，我與心心待會兒。」

「是。」三個丫頭出去後，郝光光眼睛一瞪，抓過葉雲心，咬牙低聲質問：「妳昨日究竟有沒有將口信傳達給魏大人？」

葉雲心手臂輕輕一動，掙脫開了郝光光的箝制，淡淡地道：「我不是葉姑娘，我家大人命我來給小姐易容。」

完全陌生的聲音令郝光光嚇了一跳，仔細端詳了下「葉雲心」，模樣不見哪裡不同，衣服也是葉雲心的，若仔細看的話，只有個頭稍稍不同些，比葉雲心本人要高一點點的樣子。

「妳是魏大人的人？」

「是，時間緊急，小姐別多問。將妳打扮成葉姑娘的模樣走出這個院子後，到時自會有人迎接。」假葉雲心將門閂上，又檢查了下門窗，確認無誤後，將郝光光拉到梳妝檯前，開始麻利地給她裝扮起來。

原來葉雲心是真的將口信送到了，魏哲也沒有尋她開心。

郝光光激動地望著鏡中一點點地在變化樣子的自己，激動得雙手直顫。

她終於要離開這個牢籠了嗎？

——未完・待續，請看文創風029《娘子》二之二・〈不做富人妾〉

預知後情

易容後的郝光光在半路認來的「義兄」魏哲的大力協助下，順利逃離了視為龍潭虎穴的葉氏山莊，跟著他來到京城的別院居住。這兒沒有那個只會在言語上霸凌她、偷她嘴吃的葉韜壓迫著，也無人再喊她「郝姨娘」，她的日子過得滋滋又潤潤，重新尋回了從前的自由，每天都快樂似神仙。

豈料，好日子不久長，魏哲的祖父——當朝左相大人居然找上門來了，而且明顯是衝著她來的！

由一路上的拼拼湊湊，她知道了左相大人其實是她的外祖父，她本不想跟魏家有過多牽扯的，偏偏根據可靠的消息來源，葉大莊主一怒之下，親自上京逮她來了，為了躲他，看來她只得先到魏府避避風頭了……

就在郝光光因為成功逃出而大喜特喜之時，葉氏山莊上下則因丟了「郝姨娘」而陷入了一片愁雲慘霧之中。葉氏山莊的人不但不敢大聲說話，連大口喘氣都不敢，人人縮著脖子做事，哪裡敢多舌，都怕一個不小心惹得他們主上不高興，人人過得可謂是戰戰又兢兢。

葉韜不是不知道眾人的如履薄冰，但他的火氣實在壓不下來！是個男人都容忍不了自己的女人逃走，何況他的女人還是被自己的弟弟和親如手足的下屬給聯合幫忙放走的！

哼，這個吃爺不向著爺的小白眼狼，真以為逃進了森嚴的魏府，他就奈何不了她嗎？他會讓她知道，敢背著他跟其他男人逃跑，甚至還同住一個宅子，會有什麼下場！

淇奧

柔情萬千　情意纏綿

凰妝

文創風 022

那詞是怎麼說的……
綠酒一杯歌一遍，再拜陳三願。
一願郎君千歲，二願妾身長健，三願如同樑上燕，歲歲長相見。
可為何，有情人要成眷屬卻是如此之難，難如登天？
明明她許瑤光是先遇上了楚離衣啊，怎麼真心相愛的人兒，
最後卻不得不分離，落得各自相思、不得相見，
這錯牽的紅線該怨誰怪誰？
他倆那夜一見鍾情，芳心暗許，
怎知也有個癡情王爺對她一眼便難忘，心心念念著要娶她；
這剪不斷、理還亂的緣分，不知是命運捉弄，
還是上天注定她一生要接受兩樣截然不同的愛；
但心若分了一半，還能完整嗎？
不完整了，又如何繼續著愛？
原來這世上，總有些事情陰差陽錯，便再也追不回了，
人人都身不由己，為了種種不得已的緣由而錯過，
於是，一切都還不了，還不了了……

老爹生前交代過她，下山後有兩種人不要招惹，
結果可好，她越是躲著他們，就越是躲不掉，
老天爺對她如此青睞有加，真是搞得她欲哭無淚啊～～

輕鬆古文新秀／

大臉貓愛吃魚

娘子

文創風 026　2之1〈大爺饒命啊〉

她郝光光自詡偷功了得，只要被她瞄上的東西沒有偷不到手的，
不料下山後竟栽在一個漂亮得不像話的小屁娃兒身上，
雖然說錢袋裡的錢不多，但那錢袋可是她過世的娘親唯一留給她的東西哪！
為了追回寶貴的遺物，她立馬追上，好不容易逮著對方、取回錢袋，
但想一想不解氣，於是又順手把那娃兒他叔叔身上的兩張請帖給摸走，
結果這一摸可不得了，原來那兩張是勞什子選婿大會的帖子，
本來帖子沒了也不是件多了不得的事，怎知娃兒他爹葉韜因此對她起了興趣，
她倒楣透頂，硬是被葉大莊主派來的人給綁……請回去「作客」，
為了順利脫身，什麼狗屁倒灶、阿諛諂媚的話她都能說得臉不紅氣不喘，
偏偏人家不吃她這套，還硬是逼她得代他參加選婿大會、替他娶妻！
搞什麼鬼啊？即便她扮起男裝的確像極了俊雅無儔的公子哥兒，
可……可她畢竟是個貨真價實的女人啊！是要她怎麼娶啊？
嗚～～這位壞心的大爺，拜託別玩，饒了她一命吧～～

文創風 029　2之2〈不做富人妾〉

老爹生前曾交代過郝光光，下山後有兩種人千萬不要招惹，
其一是葉氏山莊，因為江湖中人均不敢惹這山莊的人；
其二是官府中人，因為官家大多是些吃人不吐骨頭的。
老爹還特別叮嚀她，為官者中最不能惹的就是左相魏家的人，
甚至命令她見到魏家人要立刻就躲，不能結交更不能得罪，
至於原因嘛，老爹只支吾著說是年輕時偷了魏家的寶貝，得罪了魏家，
倘若得知她是他的女兒，魏家人定不會給她好果子吃的。
哪知老天爺對她實在青睞有加，她越是想躲著誰，就越是躲不掉誰，
先是招來了鎮日只會欺凌她、威脅她、嫌棄她，卻硬要納她為妾的惡霸莊主，
接著又惹來了左相家那個對她頗好、說要認她當義妹的新科武狀元，
稍微有點理性的人都知道該選誰，她當然二話不說地跟著義兄偷偷跑了，
不料此舉惹怒了葉韜，他竟親自前來抓逃妾，嚇得她命差點沒了！
唉，就跟他說了，她寧願拿只破碗要飯去，也不屈就當個毫無尊嚴的妾，
何況他是為她治寒毒時看了她的身子，才要收她做妾的，
但這事他若不說，連當事人的她都不知情了，完全可以當作沒發生過的嘛！
既然兩人互無好感，她又不想被「負責」，何必非要湊在一起鬧不痛快呢？
偏偏這人很番，講都講不聽，死要纏著她，搞得她欲哭無淚啊～～

風 文創 026

娘子 2之1
〈大爺饒命啊〉

國家圖書館出版品預行編目資料

娘子. 二之一, 大爺饒命啊 / 大臉貓愛吃魚著. --
初版. -- 臺北市 : 狗屋, 民101.06
面 ; 公分. --(文創風)
ISBN 978-986-240-834-6(平裝)

857.7 101008252

著作者 大臉貓愛吃魚
發行所 狗屋出版社有限公司
地址 台北市104中山區龍江路71巷15號1樓
電話 02-2776-5889～0
發行字號 局版台業字845號
法律顧問 蕭雄淋律師
總經銷 知遠文化事業有限公司
電話 02-2664-8800
初版 101年06月
國際書碼 ISBN-13 978-986-240-834-6

原著書名：《惹不起，躲不起》，由北京晉江原創網絡科技有限公司授權出版。

定價240元
狗屋劃撥帳號：19001626
網址：love.doghouse.com.tw E-mail：love@doghouse.com.tw